KB070497

우리가 다른 귀신을

불러오나니

《우리가 다른 귀신을 불러오나니》
북펀드에 참여해주신 분께 감사드립니다.

강민규 강이경 강지영 개락 고양이 고희진 곽민준 구미지 권별
권인정 귀귀괴괴 그냥, 살자 금동아리 김경현 김규영 김날로
김리리야 김명선 김민형 김보경 김선미 김선영 김소연 김수민
김여진 김영아 김영인 김윤아 김정영 김정우 김진아 김차은
김현영 김현희 김혜진 김화범 김희정 나경아 너굴♥ 다영
달아리 도윤 두루미달 릴화연 마예지 문녹주 문해진 민짱
박기효 박명실 박미연 박선영 박성윤 박소해 박지영 박지인
박혜림 반짝이 배명은 배우미 변수현 비응도해복합 석원진
소향 송민영 송예원 송홍희 수연 신서영 신원섭 신정안 신현구
심달치 심은보 아서맘 안혜림 어현숙 에몽스토리 엘프레다 여백
예니밍 오연우 우자영 유령캠프 윤다혜 윤도희 윤보윤 윤수연
윤여진 은빛나는솜니움 이경은 이경진 이규연 이다혜 이덕자
이도희 이든 이민선 이바나 이서현 이안 이연자 이유민 이윤희
이정 이주희 이지선 이진 이하양 이현아 이혜리 장선희 장순주
장지영 점례씨와삼남매 정미경 정민지 정새미 정선규 정성욱
정유미 정재윤 제루 조남식 조상은 조성진 조윤성 조해련 조현빈
주소림 지니 차세누리 채지혜 총각도사 최동호 최수연 최영미
최은하 최지명 최지혜 치치 캔디다림 퇴근하고싶은Ti 하광주
한민국 한수정 호호호 홍은선 홍지민 홍철기 황세욱 황윤희
황정옥 3in cipher0 mming Panbil Sailormars yurinmoon
(외 43명, 총 203명 참여)

여성 호러 단편선

우리가 다른 귀신을
불러오나니

김이삭 남유하 배예람 사마란 서계수
유기농볼셰비키 장아미 전혜진 코코아드림 한켠

한겨레출판

우리가 다른 귀신을
불러오나니

© 2022 김이삭 남유하 배명은 사마란 서계수
유키농불세비키 장아미 전혜진 코코아드림 한켠

초판 1쇄 인쇄 2022년 6월 30일
초판 1쇄 발행 2022년 7월 14일

지은이	김이삭 남유하 배명은 사마란
	서계수 유키농불세비키 장아미
	전혜진 코코아드림 한켠
펴낸이	이상훈
편집인	김수영
본부장	정진항
문학팀	김다인 최해경 하상민
마케팅	김한성 조재성 박신영 조은별
	김효진 김애린 임은비
사업지원	정혜진 엄세영

펴낸곳	(주)한겨레엔 www.hanibook.co.kr
주소	서울시 마포구 창전로 70(신수동)
	화수목빌딩 5층
전화	02-6383-1602~3
팩스	02-6383-1610
대표메일	munhak@hanien.co.kr

ISBN 979-11-6040-510-1 03810

07   **시어머니와의 티타임**   남유하

43   **무진도 탈출기 게임 환불 요구서**   코코아드림

93   **큰언니**   장아미

125   **창귀**   전혜진

169   **매혹**   배명은

211   **너의 자리**   한컨

245   **성주 단지**   김이삭

271   **산상수훈**   서계수

299   **뷰티풀 라이프**   사마란

333   **그를 사로잡는 단 하나의 마법**   유기농볼셰비키

시어머니와의
티타임

박연희

1.

지금은 이름도 기억나지 않지만, 그 남자가 한 말은 선명한 기억으로 남아 있어요. 중국집에서 단무지를 먹고 있는데 옆자리에 앉아 있던 남자가 말했어요.

단무지 씹는 소리가 참 경쾌하네.

그 한마디에 공연히 단무지 씹는 소리를 의식하게 됐고, 더 이상 단무지에 손이 가지 않더라고요. 남자가 저를 보며 씩 웃더니 신경 쓰지 말라고, 칭찬이라고 하면서 이런 얘기를 해줬어요.

어떤 사람의 음식 씹는 소리가 귀에 거슬린다면, 너는 그 사람을 증오하고 있는 거야.

사람은 누구나 음식을 씹을 때 소리를 낼 수밖에 없는데 유독 그 사람이 내는 소리만 듣기 싫다면 그 사람이 죽기를 바라고 있다는, 그런 얘기였어요. 인간은 음식을 섭취하지 못하면 죽게 되니까요. 그 당시에는 굉장한 논리의 비약이네, 라며 넘겨버렸지만 요즘 들어 그 이야기가 자꾸 떠오릅니다. 저는 요즘, 어떤 이의 차 마시는 소리가 거슬려 죽을 지경이거든요. 후루룩 소리를 내는 것도 아니고, 고요한 실내에서 찻물이 목구멍으로 넘어가는 그 작은 소리조차 듣기 싫다고요. 작은 소리라 더 거슬리는 걸까요?

그나마 남편이 죽은 이후로 그 여자와 겸상을 하지 않아 얼마나 다행인지 몰라요. 차 마시는 소리가 이 정도인데 음식 씹는 소리는 끔찍할 정도로 혐오스럽겠죠. 짐작하셨겠지만 그 여자의 이름은 박옥조, 제 시어머니입니다. 아니, 남편이 죽었으니 엄밀히 말하면 시어머니가 아닙니다. 제가 재혼을 하지 않아서 법적으로는 시모와 며느리의 관계로 남아 있지만, 현실적으로는 그저 한집에 사는 동거인일 뿐이죠. 사정을 모르는 사람들은 남편이 죽고 나서도 시어머니를 '모시고' 사는 저를 효부라고 할 거예요.

시어머니와 저는 서울 근교의 아파트에 살고 있습니다. 지은 지 17년 된 43평형 아파트, 방 세 개와 욕실 두 개, 주방과 거실이 있고 거실만큼이나 넓은 베란다가 앞뒤로 있는, 공간 활용이 다소 비효율적인 아파트입니다. 저는 남편이 살아 있을 때 사용하던 욕실이 딸린 큰 방을 쓰고 있어서 시어머니와 부딪힐 일은 거의 없어요. 오후 세 시가 사라진다면, 아니

이 세상에서 얼그레이가 사라진다면 얼마나 좋을까요.

시어머니는 저와 식사를 함께하지는 않지만, 하루 한 번 오후 세 시의 티타임만큼은 반드시 고집하거든요.

티타임이 하필 세 시라는 점도 마음에 들지 않았어요. 세 시는, 밤새 글을 쓰고 열한 시쯤 일어나 침대 위에서 책을 보며 빈둥거리다가 아침 겸 점심을 먹고 활동하는 저로서는 머릿속 안개가 걷히는 시간이었으니까요. 제 라이프 사이클에 의하면 진정한 하루가 시작되는 시간인데, 시작부터 향기로운 똥을 밟는 기분이었죠.

"가족이니 하루에 한 번쯤은 얼굴을 마주하고 몇 마디 나눠야 하지 않겠니?"

제가 불퉁한 얼굴로 티포트에 차를 우려내고 있으면 시어머니는 동그란 2인용 테이블에 앉아 우아한 미소를 머금고 말합니다. 그럴 때마다 양 볼에 동그랗게 튀어나온 반질반질한 광대뼈가 저를 바라보고 비웃는 것 같아요. 저는 그것이 승자의 미소라는 걸 알고 있어요. 시어머니는 제게 묘한 경쟁심을 갖고 있거든요. 죽은 아들을 놓고 벌이는 경쟁이랄까. 저한테는 전혀 의미 없는 일이죠. 저는 그저 경제적인 이유로 남편과 결혼했고, 남편은 저랑 결혼한 지 1년 반 만에 죽었어요. 다행히 아이는 없고—남편과 지내는 내내 피임약을 복용했으니 다행이라고 해야 할지 당연하다고 해야 할지—지금은 역시 경제적인 이유로 시어머니와 함께 살게 된 거죠.

집안일은 제 몫이에요. 저는 일주일에 한 번 청소기를 돌리고 걸레로 바닥을 닦아요. 다만 본인 방은 스스로 치우겠다고 하더라고요. 자기 방이 무슨 금단의 구역이라도 되는 듯 문을 빠끔 열고 나와서 얼른 닫아버리는데 사실 전 관심도 없는걸요. 전기밥솥에 밥을 하고, 간단한 반찬을 만드는 것도 제가 할 일이에요.

집안일과 티타임.

저는 그것들을 집세라고 생각합니다. 티타임에 딸려 오는 잔소리도 포함해서요. 예를 들면 이런 것들이죠.

"아가, 오늘은 차가 좀 연한 것 같지 않니?"

"아가, 같은 찻잎인데 네가 우리면 왜 깊은 맛이 나지 않을까?"

시어머니는 언제나 차 맛에 대해 불평했어요. 다시 만들어 오겠다고 하면 혀를 차며 그냥 마시자고 했죠. 참, 시어머니는 언제나 저를 아가라고 불러요. 그전까지 저를 아가라고 부른 사람은 아무도 없었어요. 저는 고아니까요.

차에 대한 불평으로 시작된 티타임은 죽은 남편에 대한 추억담으로 이어지죠. 남편이 초등학교 때 길을 건너면 횡단보도의 흰 선을 절대로 넘어가지 않았다는 둥, 사립학교 추첨에서 떨어지고 집에 오는 길에 엄마 때문이라며 발길질을 해 댔다는 둥, 저로서는 별로 공감 가지 않는 이야기들이었어요. 제가 남편을 사랑했다면 그런 추억담이 아련하게 가슴에 와 닿을 수도 있었겠죠. 더 큰 문제는 이런 이야기들이 무한 반복된다는 점이에요. 시어머니는 자신이 같은 말을 반복한다는 사실을 모르는 걸까요? 아니면 좋아하는 노래를 반복해서 부르는 사람의 심리와 비슷한 걸까요? 저는 도저히 이해할 수 없고, 이해하고 싶지도 않아요.

시어머니는 이런 말도 곧잘 했어요.

"아가, 도라지나물은 너무 짜더라. 그리고 도라지는 우리 승한이가 별로 안 좋아했잖니? 우리 다음부터는 승한이가 잘 먹던 시금치나물을 해 먹자꾸나."

그래서 저는 냉장고 안에 죽은 남편이 좋아했던 반찬들을 만들어놓았습니다. 4인용 테이블에 혼자 앉아 밥을 먹다 보면 마치 유령과 함께 식사하는 느낌이랄까. 그런 식단이 지겨워서 가끔 라면을 끓여 먹었어요. 컵라면을 먹을 때도 있었는데 언제부턴가 그러지 않게 되었죠. 컵라면을 먹고 나면 다음 날 티타임에 반드시 잔소리를 들어야 했거든요.

"아가, 너 혹시 컵라면 좋아하니? 신혼 때 야식으로 그런 인스턴트만 먹어서 우리 승한이가 병에 걸린 게 아닐까?"

저는 남편이 차라리 사고로 죽었으면 좋았겠다고, 이럴 줄 알았으면 남편이 뇌종양 말기라는 사실을 어머니에게 알리기 전, 자동차 타이어에 펑크라도 내놓을 걸 그랬다고 생각했어요. 하지만 시간을 되돌릴 수는 없는 일이니, 집에서 컵라면 먹는 쪽을 포기했습니다. 대신 정 먹고 싶은 날에는 편의점에 가서 먹었어요. 어두운 밤, 편의점 안에서 컵라면을 먹으며 미분양으로 군데군데 불이 꺼진 아파트 단지를 보고 있자면 치아가 듬성듬성 빠진 노파의 얼굴이 떠올랐습니다. 그렇다고 박옥조 씨, 제 시어머니가 그런 추한 노파라는 뜻은 아니에요. 시어머니는 노인치고는 아름다운 편이죠. 다만 양쪽으로 땋아 올린 긴 머리는 중세 유럽 귀족의 가발 같아 부담스러웠어요. 붉은 기가 도는 머리 색은 또 어떻고요.

당연히 티타임을 피하려고 한 적도 있어요. 일부러 두 시 사십 분쯤에 도서관에 가거나, 약속이 있다고 핑계를 대면서요. 그러면 시어머니는 아무렇지도 않다는 얼굴로 말했어요.

"그래, 그럼 오늘은 저녁때 티타임을 갖자꾸나."

저녁 시간이라니, 제 두뇌는 보통 저녁에 활성화되거든요. 꼼수를 부리려다 귀중한 시간을 더 낭비하게 되는 꼴이었어요. 어쨌든 이 모든 건 집세니까, 견뎌야만 하죠.

2.

보육원에 들어갔을 때 저는 열한 살이었습니다. 아홉 살 때 부모님이 교통사고로 돌아가시고 고모 집에서 2년 동안 살다가 보육원에 가게 된 거죠. 자세한 사정이야 말하지 않아도 대충 짐작하실 수 있을 거예요.

저는 잘 웃지 않는 아이였고, 열한 살치고는 가슴이 너무 커서 항상 어깨를 구부정하게 말고 다녔습니다. 아무도 저를 입양하지 않았어요. 입양되는 아이들은 대부분 어린아이였거든요. 그렇게 몸만 어른인 상태로 열여덟 살이 되었고, 보육원을 나와야 했어요. 원장님이 챙겨준 약간의 돈으로 고시원에 들어갔지요. 특별한 기술도 없고…… 치킨집에서 아르바이트를 했는데 남자 손님들이 자꾸만 핸드폰을 두고 가는 거예요. 처음에는 술에 취해 그런가 보다 하고 넘겼는데, 같은 일이 반복되다 보니 제게 데이트 신청을 하려고 일부러 두고 갔다는 걸 알았어요. 그제야 큰 가슴은 부끄러운 게 아니라 무기라는 걸 알게 됐죠. 그다음부터 돈 좀 있어 보이는 남자 손님의 테이블에 갈 때는 블라우스 단추를 하나 더 풀었어요. 그리고 기름 냄새가 풍기는 치킨집과는 어울리지 않는, 멍한 시선으로 허공을 바라보곤 했죠. 남자들은 우수에 찬 분위기를 풍기는 여자를 좋아한다는 것도 알게 됐거든요.

그렇게 사귄 남자들과는 오래가지 못했어요. 유부남이거나 애인이 있는 경우가 허다했으니까요.

시큼한 파 국물에 젖은, 남은 치킨을 주워 먹는 것도 지겹고, 창문 하나 없는 고시원에서 사는 것도 진저리가 날 무렵 남편을 만났습니다. 금방이라도 이목구비가 사라질 듯 희미한 인상을 주는 평범한 남자였어요. 부잣집 도련님처럼 보이지는 않았지만 유부남도 아니고 애인도 없었죠.

사귄 지 두 달쯤 지났을 때 남편이 제게 키스했어요. 그 전까지는 손도 안 잡던 사람이 그날따라 횟집에서 소주를 두 병이나 마시길래 무슨 일이 나겠구나, 예상은 했었죠. 그래서 마늘이랑 양파도 먹지 않았거든요. 고시원 근처 골목길에서

벽에 밀어붙이면서 서툰 키스를 하더니 대뜸 결혼해달라지 뭐예요. 농담하지 말라고 했는데 농담이 아니라고, 술기운을 빌리긴 했지만 진담이라고, 그 순간만큼은 제정신으로 말하더라고요. 솔직히 귀가 솔깃했죠.

"정말 나랑 결혼하고 싶어?"

"한 가지 조건만 네가 오케이 한다면."

"뭔데?"

"어머니를 모시고 살아야 해. 우리 어머니, 그렇게 성가신 분은 아니야."

저는 두 번 생각할 것도 없이 좋다고 했습니다. 창문도 없는 퀴퀴한 고시원, 옆방의 코 고는 소리와 방귀 소리까지 생중계로 들어야 하는 지옥에서 벗어날 수만 있다면, 시어머니 세 명을 모시라고 해도 좋다고 했을 거예요. 남편과 결혼하면 치킨집에서 일하지 않아도 된다는 것도 커다란 이점이었습니다. 아무에게도 말한 적은 없지만 저는 어려서부터 작가가 되고 싶었거든요. 보육원의 작은 도서관에 있던 책을 다 읽은 아이는 저밖에 없을 거예요. 조그맣게 뚫린 도서관 창문으로 들어오는 햇살 아래 앉아 책을 읽는 시간은, 제 인생에서 유일하게 행복한 시간이었어요. 책을 사랑하는 사람이 작가의 꿈을 꾸는 건 아주 자연스러운 일이잖아요. 드디어 저도 꿈을 이룰 수 있게 된 거죠. 정확히는 꿈을 향해 도전할 수 있게 된 거겠지만요.

시어머니를 모시는 일이 만만치 않을 거란 것도 알았지

만, 안락함에 대한 대가라고 생각하면 괜찮을 것 같았어요. 그리고 실제로도 괜찮았죠. 단 하나, 티타임을 제외하면 말이에요. 남편이 죽기 전에도 시어머니는 저와 티타임을 가졌거든요.

어쨌거나 제 평생 처음으로 남의 눈치를 보지 않고—시어머니 눈치를 제외하고—게다가 노동력을 제공하지 않고도 생활을 꾸려나갈 수 있다는 게 좋았습니다. 남편이 살아 있는 동안은 시어머니 본인이 가사를 책임지겠다고 고집했거든요.

시어머니는 자기 아들이 죽고 나서 집안일을 놓았어요. 어디 집안일뿐이겠어요. 정신 줄도 놓은 것 같았죠. 새벽에 이어폰을 끼고 글을 쓰다 이상한 느낌에 음악을 꺼보면 사악사악 소리가 들렸어요. 시어머니가 슬리퍼를 신고 거실을 돌아다니는 소리였죠. 가끔은 흐느껴 우는 소리도 나곤 했어요. 하긴 30년 전에 남편을 잃고, 이제는 자식까지 먼저 보냈으니 그 설움을 이해할 수는 있었죠.

남편은 시어머니가 서른여덟에 어렵게 얻은 자식이었거든요. 시어머니와 시아버지는 결혼 후 10년이 넘도록 아이가 생기지 않았지만 인위적인 시술로 아이를 갖지는 말자고 했답니다. 그런데 시아버지가 위암 말기 판정을 받자 시어머니는 시험관 아기를 갖기로 한 거죠. 남편을 사랑하는 마음이 무서울 정도로 강했다고 해야 할까요. 저는 도저히 이해할 수 없는 감정입니다만……. 시아버지는 자신의 아이를 품에 안

아보기도 전에 죽었고 시어머니의 사랑 혹은 집착은 고스란
히 아들에게로 이어지게 됐지요. 그런 자식을 먼저 떠나보내
다니 이침 드라마에나 나올 극단적인 설정 같아서, 한편으로
동정심도 들긴 합니다. 하지만 시어머니가 내는 모든 소음은
참기 힘든 것이었고, 제가 할 수 있는 일은 이어폰을 귓구멍
에 빈틈없이 밀어 넣고 볼륨을 올리는 것뿐이었어요.

3.

이 집에 처음 왔던 날, 저는 남편이 사준 파란 꽃무늬 원
피스를 입고 있었어요. 시어머니가 될 사람에게 인사드리는
자리니까 청바지에 티셔츠보다는 갖춰 입었다는 느낌을 주
고 싶었거든요. 휴일 낮의 아파트 단지는 조용했어요. 주차된
차도 별로 없었고요. 은퇴한 노인들이 많이 사는 동네라 그런
지 놀이터에는 아이들이 한 명도 보이지 않았죠.

엘리베이터에서 내린 남편이 502호의 현관문을 열자
가장 먼저 저를 맞아주는 건 향기였어요. 어디서 많이 맡아본
향이었는데 한 박자 늦게 얼그레이라는 걸 알게 됐죠. 전 남
자친구와 카페에서 얼그레이 케이크를 먹어본 적이 있지만
제 입맛에는 맞지 않았어요. 이렇게 말하면 촌스럽다고 할지
도 모르겠는데 저는 아직도 편의점에서 파는 보름달이 가장
맛있더라고요.

"어머니, 저희 왔어요."

남편이 현관에서 구두를 벗지 않은 채 자기 어머니를 불렀어요. 보통은 구두부터 벗고 거실에 들어서서 인사를 하지 않나요? 그걸 보면서 저는 들어오라는 허가가 떨어지기 전에는 집에 들어갈 수 없다는 북유럽의 흡혈귀 전설을 떠올렸죠.

"그래, 들어와라."

여전히 시어머니의 모습은 보이지 않았고, 목소리만 들려왔어요. 솔도 아니고 라에 가까운, 단번에 가성이라는 걸 알 수 있는 목소리였죠. 역시 호락호락하지는 않겠다고 직감하며 거실에 들어서는데, "슬리퍼 신어라. 엄마가 오늘 청소를 못 했거든"이라는 말이 역시 라 톤으로 들려왔어요. 족히 40년은 넘어 보이는 등나무 소파 앞에는 직사각형의 낮은 티테이블이 있었고, 티테이블 주변에는 방석이 세 개 놓여 있었지요. 남편 옆에 앉고 싶었지만 그럴 수 없도록 말이에요. 베란다 가까이에는 동그란 테이블이 놓여 있었어요. 맞아요. 매일 시어머니와 마주 앉아 얼그레이를 마시는 그 테이블이요.

"앉아라, 차 마시자."

붉은 올림머리를 한 시어머니가 넓은 쟁반에 티포트와 찻잔을 가져오며 말했어요. 찻잔에 그려진 무늬가 예사롭지 않았는데 시어머니가 굉장히 자랑스러운 얼굴로 '포트메리온'이라고 하더라고요. 시아버지가 살아계실 때 산 거라고 했죠. 나중에 검색해보니 엄청 비싼 영국제 찻잔이었어요.

"뭐 해? 앉으라니까."

시어머니의 말에 남편이 먼저 방석 위에 앉았어요. 저도 따라 맞은편에 앉았는데 원피스가 무릎 위로 말려 올라가는 바람에 여간 신경 쓰이는 게 아니었죠. 허벅지기 드러나는 치마 길이 때문에 제 인생에 찾아온 가장 좋은 기회를 놓치고 싶지는 않았거든요. 다행히 시어머니는 제 옷차림에 별로 관심이 없는 것 같았어요. 예나 지금이나 시어머니의 관심은 오직 제 남편, 아들에게만 향해 있으니까요.

그렇게 시어머니는 상석에 앉았고, 남편과 저는 서로를 마주 보고 있었어요. 제게 차를 따라주던 시어머니가 남편을 보면서 뭐라고 말을 걸었는데, 그 바람에 티포트의 뚜껑이 열리면서 바닥에 떨어졌어요. 뚜껑은 멀쩡했지만 안에 있던 뜨거운 물이 제 손등 위로 왈칵 쏟아졌죠.

"앗! 뜨거워!"

"어머, 어쩜 좋아. 집에 얼음도 없는데."

시어머니가 하나도 안타깝지 않은 표정으로 어설픈 연기를 하듯 말했어요. 얼음이 없으면 냉동실의 고깃덩어리라도 가져와 대줘야 하잖아요. 시어머니는 그렇다고 쳐도 남편이 멀뚱히 앉아만 있는 거예요. 집에 들어온 다음부터 뇌 없는 허수아비라도 된 것처럼요. 화끈거리는 손등만큼 정수리도 화끈거렸지만 험한 말이 튀어나오지 않도록 입을 꼭 다물고 있었어요.

"어떡하니, 예쁜 손에 흉 지겠다."

"괜찮아요, 어머니."

저는 어머니라는 말에 힘주어 대답했어요. 이 정도면 당신 아들과 살 대가는 치렀다는 의미였죠. 그러고는 욕실로 가서 손등 위로 찬물을 틀었어요. 그사이 손등에 말간 물집이 수도 없이 잡혔더라고요. 아무리 그 장면을 곱씹어봐도 일부러 그랬다는 게 확실했어요. 보통 주전자 뚜껑에는 작은 요철을 만들어놓잖아요. 내용물을 따를 때 뚜껑이 떨어지면 위험하니까 요철이 맞아들어갈 때만 열리고 닫힐 수 있도록요.

그날 입은 화상으로 제 손등에는 희미한 갈색 얼룩 같은 흉터가 생겼지만 괜찮아요. 세상에 공짜는 없고 그 정도면 양호한 값을 치른 셈이었죠.

그로부터 일주일 후, 저는 혼인신고를 하고 이 집에 들어와 살게 됐어요. 결혼식은 하지 않았어요. 넉넉한 형편이 아닌 데다가 남편도 친구가 별로 없었고, 저도 올 사람이 없었으니까요. 남편은 스튜디오 사진이라도 찍자고 했지만 제가 에둘러 거절했어요. 사랑해서 하는 결혼도 아닌데 웨딩드레스 입은 사진 따위가 중요하겠어요? 아, 남편이 조르는 바람에 커플티를 입고 몇 장 찍기는 했어요. 그중에서 잘 나온 사진 세 장을 액자에 넣어 침실 장식장 위에 올려놓았죠. 이 집 구석구석에는 어울리지 않는 장식장이 많아요. 바로크풍이라고 해야 하나요? 장식장 말고도 이 집은 유럽을 배경으로 한 순정만화에나 나올 법한, 장식이 과한 가구들로 채워져 있어요. 저는 깔끔하고 단정한 스칸디나비아풍 가구를 좋아하지만, 어차피 이 집은 시어머니의 집이니 제가 참견할 바가 아니잖아요. 하긴 예전에는 꽤 잘살았다니까 예전에 살던 집에는 어울리는 가구였을지도 모르겠네요. 아무튼, 상관없어요. 시어머니보다 제가 더 오래 살아남을 테니까, 제가 이 집의 새 주인이 되면 집을 마음대로 꾸밀 수 있을 테니까요.

솔직히 말해 신혼 생활이 평탄하지만은 않았어요. 남편과 저는 종종 말다툼을 했는데 그럴 때마다 시어머니가 들을까 봐 놀이터로 나가서 싸우고 들어왔죠. 43평이라고 해도 지은 지 오래된 아파트라 방음 수준은 고시원과 별반 다를 게 없었거든요. 싸움의 이유요? 절반은 보통의 신혼부부처럼 사소한 것들이었고 절반은 시어머니 때문이었어요. 시어머니는 제게 대놓고 참견하거나 잔소리하지는 않았어요. 대신 그 불만을 남편에게 털어놓는 유형이었죠. 한번은 집 안에서 큰소리가 난 적이 있어요. 남편이 저한테 또 잔소리를 하길래 어머니가 그러더냐고 어머니는 왜 나한테 직접 말하면 될 걸 당신한테 이르느냐고 했거든요. 그랬더니 남편이 "네가 감히 우리 엄마에 대해 그런 식으로 말해?"라며 목소리를 높이더라고요. 감히, 라는 말에 저는 새삼 제 위치를 자각하게 됐죠. 이 집에서 가족은 남편과 시어머니 두 사람이고, 저는 그 밖에 있는 어떤 존재라는 걸요.

감히, 라는 말을 듣고 얼마 지나지 않아서였어요. 남편과 섹스를 하고 있는데 베란다에 그림자가 어른거리는 거예요. 의심할 여지도 없었어요. 그림자의 정체는 시어머니였죠. 가발처럼 땋아 올렸던 머리를 풀어헤치고 흰 잠옷을 입은, 《어셔가의 몰락》 같은 고딕 호러 소설에서 튀어나온 듯한 모습이었죠. 시어머니가 어떻게 침실 베란다까지 왔는지를 설명하려면 이 집, 아파트의 구조를 다시 말씀드려야겠네요. 이 집은 현관에 들어서면 오른편에 욕실이 있고 정면에 문간방이 있어요. 그리고 문간방 옆으로 거실과 침실이 나란히 있는데 거실의 베란다가 문간방과 침실까지 쭉 연결되어 있거든요. 비효율적으로 넓은 베란다라고 말씀드렸잖아요. 그러니까 시어머니가 마음만 먹으면 거실 베란다로 나와서 얼마든지 침실을 엿볼 수 있었어요.

"저, 저기, 잠깐."

"왜?"

남편이 동작을 멈추는 순간 시어머니의 그림자가 사라졌어요.

"아, 아니야."

저는 아무 말도 하지 못했어요. 시어머니가 지켜보고 있었다고 하면 남편은 분명 제게 눈을 부라리며 미친 소리 하지 말라고 했을 테니까요. 남편은 중단됐던 일을 계속했고, 저는 토할 것 같은 기분으로 눈을 질끈 감고 있었어요. 마치 악몽을 꾸는 것 같았지만, 언젠가 이런 경험도 소설로 풀어내야겠다며 제 안에 꾹 눌러 담았어요.

다음 날, 남편이 출근하고 어김없이 티타임이 돌아왔어

요. 전날 밤 베란다에서 희번덕거리던 눈빛이 떠올라 시어머니와 눈을 마주칠 수가 없었죠. 시어머니는 그날따라 향수 냄새를 짙게 풍기면서 이렇게 말했어요.

"아가, 행복하지? 매일 밤 남편한테 사랑도 듬뿍 받고."

양 볼을 붉히며 말하는 시어머니가 어찌나 소름 끼치던지요.

아기요? 아기 문제도 있었죠, 물론.

제가 피임을 했다고 말씀드렸잖아요. 남편의 자식을 낳고 싶지는 않았거든요. 남편을 사랑했다고 해도 그건 별로 달라지지 않았을 거예요. 아이를 싫어한다거나 좋아한다거나 하는 차원의 문제도 아니었고요. 보육원에서 자란 영향이 컸나 봐요. 잘 기억나지는 않지만 아홉 살 이전의 삶은 평범했어요. 그런데 부모님이 돌아가시고 고모 집에 맡겨졌을 때, 밥을 먹기 위해서는 눈치란 걸 봐야 한다는 것을 알게 됐죠. 충격적이었어요. 그러고도 보육원에 보내졌으니까요. 버려진 아이들, 불행한 아이들…… 아니, 아이들은 그냥 아이들이었어요. 보육원에서 지낸다고 딱히 불행해 보이지는 않더라고요. 오히려 제가 어두운 기운을 잘 흡수하는 아이였죠. 선택받지 못했다는 좌절감을 다른 아이들보다 더 많이 느껴야 했기 때문이었을까요? 어쨌든 아이를 낳는다는 건, 죄 없는 한 생명을 불확실한 세상에 던져버리는 몹쓸 짓이에요.

남편은 어땠을지 몰라도 시어머니는 속이 탔겠죠. 워낙

유전자에 대한 집착이 강했잖아요. 그래도 대놓고 말하지는 않았어요. 그 부분에 대해서는 남편의 견제가 있었던 것 같아요. 대신 제 다크서클이 짙어지는 날이면 "너 혹시 생리하니?"라며 에둘러 묻곤 했어요. 그리고 오므린 입술 사이로 긴 한숨을 내뱉었죠. 얼그레이 향과 뒤섞인 입 냄새란! 정말이지 역겨움 그 자체였어요.

남편이 뇌종양 말기 선고를 받고 시어머니가 인공수정 얘기를 꺼내면 어쩌나 걱정했는데, 그럴 틈도 없었어요. 남편은 두 달도 되지 않아 죽었거든요. 저로서는 다행스러운 일이었죠. 복이라고는 지지리도 없는 인생에 그 정도 운은 따라줘야 하지 않겠어요?

4.

남편이 죽고 한 달쯤 지났을 때였나, 그날도 변함없이 티타임을 하는데 시어머니가 저를 빤히 보는 거예요. 무슨 할 말이 있는 건지, 물어볼까 말까 망설이는데 시어머니가 불쑥 말을 꺼내더라고요.

"애, 그 커플 사진 나한테 줘야겠다."

"네?"

"너랑 승한이, 결혼할 때 찍은 사진 말이야."

그제야 시어머니가 말하는 커플 사진이 웨딩 사진 대신 찍었던 사진이라는 걸 알았어요. 그 사진들이라면야 얼마든지 줄 수 있었죠. 저는 남편 얼굴을 굳이 보고 싶지 않아 엎어 놓고 있었거든요. 제가 시어머니 방에 들어가지 않듯이 시어머니도 제 방에 들어오지 않았는데, 혹시라도 들어와서 보고 뭐라고 하면 '마음이 아파서 그랬다'라는 핑계까지 생각해두었다니까요. 제게 필요 없는 물건이 시어머니의 기쁨이 된다 해도 나쁠 건 없었죠. 솔직히 제 모습은 잘라 버리고 남편 사진만 주고 싶었지만 어떻게 그래요. 그렇게 사진 세 장은 시어머니의 방으로 옮겨졌어요.

그게 엊그제 일 같은데 남편이 죽은 지 벌써 1년이 다 되어가네요. 거의 2년 반 동안 하루도 빠지지 않고 얼그레이를 마신 거예요. 말이 2년 반이지, 매일 얼그레이만 마셔 봐요. 정말이지 향만 맡아도 토할 것 같다니까요. 얼마 전에는 얼그레이 말고 다른 차를 마시면 어떻겠냐고 조심스레 물어봤어요. 티타임에서 벗어날 수 없다면 저 빌어먹을 얼그레이에게서라도 벗어나고 싶었거든요.

"그래? 어떤 차로 바꾸고 싶니?"

"바꾼다는 게 아니라요, 어머니. 여러 가지 차를 번갈아 마시면 어떨까 해서요."

"너는 아직도 차 맛을 모르는구나."

시어머니가 쯧쯧, 혀를 찼어요. 그게 대화의 끝이었죠. 저는 얼그레이를 즐겼다는 찰스 그레이 백작을 원망했고 중국 홍차에 베르가모트 향을 입혔다는 토머스 트와이닝을 저주했어요.

어떻게 하면 티타임을 끝낼 수 있을까.

요즘은 그걸 공상하며 시간을 보내곤 해요. 답은 정해져 있었죠. 시어머니가 이 세상에서 사라진다면 저는 그 지긋지긋한 차를 더 이상 마시지 않고, 집주인이 될 수 있어요. 만약 그런 일이 일어난다면 저는 우아하게 커피를, 아니 됐어요. 당분간은 아무것도 마시고 싶지 않을 것 같네요.

사실 시어머니를 없애고 싶다는 생각은 단지 티타임과 마시기 싫은 얼그레이 때문만은 아니에요.

한 석 달 전부턴가, 이 할망구 아니 시어머니가 좀 이상해졌어요. 원래도 이상했지만 그보다 더 이상해졌다니까요. 집 안에 기이한 물건을 들여놓기 시작한 거예요. 성기 형태를 본뜬 목각 인형이라든가 호루스의 눈 모양 펜던트처럼 국적도 근본도 없는 물건들이 집 안을 채워갔어요. 유럽풍 가구나 도자기 인형만으로도 충분히 그로테스크한 집이 사이비 주술사의 집처럼 변해갔죠. 그래도 새로운 취미 생활이겠거니 하고 내버려 뒀어요. 저한테 해를 끼치는 것도 아니니까 상관할 필요는 없잖아요.

5.

오늘은 남편의 일주기 날이에요. 그래서 어제 티타임을 할 때 저는 시어머니가 무슨 말이라도 할 줄 알았어요. 의외로 아무 말 안 하길래 그냥 조용히 넘어가나 보다 했죠. 안 그래도 신경이 쓰여 인터넷을 찾아봤더니 보통 죽은 자식의 제사는 지내지 않는다더라고요. 화장한 후 납골당에 봉안한 것도 아니라 찾아갈 데도 없었고요. 평소처럼 꾸역꾸역 차를 마시고 일어나는데 시어머니가 테이블 위로 비쩍 마른 손가락을 뻗었어요. 물러날 틈도 없이 억센 손이 제 손목을 움켜잡았죠.

"아가, 내일은 제사를 지내야지."

저는 서양식 생활 습관을 가진 시어머니와 제사라는 단어가 주는 전통적이고 인습적인 느낌의 간극 때문에 좀 놀랐어요. 하지만 시어머니가 원한다면 제사를 지내야죠.

"그럼 음식 준비를 해야겠네요?"

"내가 알아서 할 테니, 너는 네 볼일이나 보거라."

기름 냄새, 생선 굽는 냄새, 고기 산적 냄새…… 저는 밤새 제사음식 냄새에 시달려야 했어요. 글은 한 글자도 쓰지 못하고 멍하니 노트북 앞에 앉아 빗소리를 닮은 전 부치는 소리만 듣고 있었죠.

오늘 아침, 시어머니는 제게 검정 원피스를 건넸어요.

"이따 제사 지낼 때 입으려무나. 새 옷이다."

저는 새 옷이라는 말을 믿지 않았어요. 소매나 옷깃이 보일 듯 말 듯 낡아 있었거든요. 입지 않은 옷이라고 해도 사놓고 30년이나 지났다면 그걸 새 옷이라고 부를 수는 없잖아요? 그래도 들어주기 어려운 부탁은 아니었어요.

"네, 입을게요. 어머니."

"속에는 아무것도 입지 말고."

순간 두 귀를 의심했지만 제가 들은 게 정확하다는 것도 알고 있었죠. 이번에는 순순히 네, 라는 말이 나오지 않았어요.

"내 말 알아들었니?"

"네, 알겠습니다. 어머니."

저는 건성으로 대답했어요. 어차피 벗겨볼 것도 아닌데 무시하면 그만이니까요. 제사를 지내는 건 번거롭지만 제가 할 일이야 설거지 정도겠고, 시어머니가 남편이 좋아했던 샤인머스캣을 사 오겠다며 백화점까지 가는 바람에 티타임도 거르게 됐으니 실보다 득이 더 컸죠.

"제사는 열 시 정각에 지낼 테니, 열 시가 되기 전에는 거실에 나오지 말거라."

시어머니가 말했어요.

"네? 상 차리는 거 도와드려야 하지 않아요?"

"괜찮다. 다 내 일이야."

이것도 아들 사랑을 표현하는 방식이라 생각하고 조용히 방에 틀어박혀 있었어요. 달그락거리는 제기 소리를 듣고 있자니 기분이 좀 묘해지더라고요.

드디어 밤 열 시, 저는 검정 원피스를 입고 거실로 나왔어요. 거실에는 커다란 제사상이 놓여 있었죠. 작은 체구의 시어머니가 어떻게 자기 몸집의 두 배는 됨직한 제사상을 옮겨놓았을까 궁금했지만 중요한 문제는 아니니까요. 제사상에는 모형 같은 음식들이 차려져 있었고, 양 모서리에는 두 개의 촛불이 일렁댔어요. 시어머니는 검은색 롱 원피스를 입고 있었죠. 시어머니가 먼저 절을 하고, 저에게도 절을 하라고 했어요. 어머니가 아들에게 절을 한다는 것도 이상했지만, 따지고 들면 이상한 게 한두 가지가 아니라 그러려니 하고 절을 했어요. 그런데 갑자기 시어머니가 달려들어 원피스의 지퍼를 확 내리지 않겠어요?

"어머니, 왜 이러세요?"

"속옷을 입지 말랬더니, 말을 안 들었구나."

"네?"

"우리 아들이 먹고 싶은 게, 이깟 제사 음식이겠니?"

시어머니가 일그러진 얼굴로 웃었어요. 광대뼈가 살을 찢고 밖으로 튀어나올 듯한 웃음이었죠. 젠장, 이 여자는 미쳤어. 저는 옷을 벗기려 달려드는 시어머니를 뿌리치고 밖으로 뛰어나갔어요.

미쳤어, 미친 게 분명해.

머릿속이 윙윙거렸어요. 눈물은 나오지 않았죠. 아들이 죽은 뒤 우울해하는 거야 당연한 일이겠지만 사람이 이렇게 한순간에 미쳐버릴 수 있는지 혼란스러웠어요. 분명 괴팍한 면도 있었고, 최근에 이상한 물건을 사들이긴 했지만 티타임을 고집한다는 걸 빼고 저한테 직접 해를 끼친 적은 없었으니까요. 너무 제가 좋을 대로만 생각하고 있었나 봐요. 어쨌든 혼란스러운 와중에도 열심히 계산기를 두드리게 되더라고요. 벌어놓은 것도 없는데 이대로 집에서 나오면 노숙자 신세가 될 테니까요.

핸드폰도 지갑도 없이 새벽까지 거리를 떠돌았어요. 지나가던 취객들이 저를 흘끔거리며 "상갓집 다녀오나" "보기 좋은데"라고 떠들어대는 바람에 무서워져서 집으로 돌아올 수밖에 없었죠. 비록 집에는 미친 여자가 기다리고 있다고 하더라도요. 최악의 경우 몸싸움이 벌어져도 취객 패거리를 이길 자신은 없지만 일흔에 가까운 시어머니에게 제압당하진 않을 테니까요.

현관 비밀번호—죽은 남편의 생일이었죠—를 누르고 들어오니 벽시계가 새벽 한 시를 가리키고 있었어요. 제사상은 말끔히 치워져 있었고 집 안에서는 얼그레이 향이 났어요. 향수 원액을 쏟은 것처럼 지독한 향기였죠. 시어머니는 티테이블 앞에 다소곳이 앉아 차를 마시고 있더라고요. 상대하고 싶지 않아 서둘러 침실로 들어가는데, 시어머니가 입을 열었어요.

"아가, 옷 갈아입고 나오너라."

무시하고 침실에 들어가 방문을 닫았어요. 문을 잠그려는데 어라, 잠금 핀이 빠지고 없는 거예요. 이게 언제 빠져나갔지? 원래부터 없었나? 아닌데, 남편이 자기 전에 항상 문을 잠그던 소리를 들었던 것 같은데.

어쩔 수 없이 문손잡이에 스타킹을 묶고 반대편은 화장

대 다리에 동여맸어요. 시어머니가 멋대로 문을 열고 들어오지 못하도록요.

"아가야, 아가야."

시어머니 목소리가 아주 가깝게 들렸어요. 방문 앞에 서 있다는 걸 보지 않고도 알 수 있었죠. 저는 대꾸하지 않았어요. 금방이라도 광기가 도져서 방문을 잡아당기며 날뛸까 봐 심장이 두근거리더라고요.

"아가야, 좀 나와보라니까."

시어머니가 침실 손잡이를 잡고 덜컥거렸어요. 어찌나 세게 돌려대는지 화장대가 움직였고, 벌어진 문틈 사이로 시어머니의 눈동자가 보였어요.

"아가, 놀랐니? 정말 미안하다. 사과하마. 내가 다니던 절에서 그런 소리를 들었어. 그렇게라도 하면 영혼이 좀 위안이 된다고. 네 입장은 미처 생각 못 했구나."

다니던 절? 시어머니가 절에 다녔었나?

"어머니, 저 그냥 쉬게 해주세요."

"아가, 다신 그런 일 없을 거야. 오늘, 아니 어제 티타임도 못 했잖니. 그러니 어서 나와 차 마시렴. 차 마시고 실컷 쉬게 해줄 테니."

"전 차 마시고 싶지 않다고요."

저는 문틈으로 보이는 벌건 눈동자를 힘껏 쏘아보며 말했어요.

"글쎄, 기분 풀래도."

광기가 꺾이고 제정신이 좀 났는지 시어머니는 차분한 목소리로 저를 설득하려 노력했죠. 기분이 풀릴 리가 없었지만 그 정도 선에서 양보하는 척하기로 했어요. 이 집에서 독립하려면 돈이 필요했으니까요. 창문도 없는 고시원으로 돌아가느니 차라리 제사상 앞에서 옷을 벗는 게 나았어요.

"어서 마시려무나."

마지못해 티테이블 앞에 앉자 시어머니가 차를 권했어요. 시어머니의 머리카락처럼 검붉은 빛으로 우러난 차를 보면서 이 여자를 죽여버리고 싶다는 강한 욕망이 끓어올랐죠. 어떻게 하면 시어머니를 없앨 수 있을까, 수없이 상상했던 경우의 수 중 하나를 실행해버리고 싶었어요.

"어서 마시렴. 왜, 독이라도 탔을까 봐 그러니?"

시어머니가 제 속을 읽은 듯이 말했어요. 저도 능청을 떨어야 할 순간이 온 거죠.

"무슨 말씀이세요, 어머니. 자기 전이라 망설이는 것뿐이에요. 진작부터 말씀드리고 싶었는데 차에도 카페인이 있어요. 루이보스나 페퍼민트 같은 차 말고, 얼그레이나 잉글리시 블랙 퍼스트 같은 차에는 카페인이 특히 많다고요. 그래서 어머님이 밤잠을 설치시는지도 몰라요."

허, 제 말에 시어머니는 기가 막힌다는 듯 코웃음을 쳤어요.

"역시 근본 없는 애는 어쩔 수 없구나. 누가 너더러 그런 거 가르쳐달라고 하든? 아님, 잘난 척이라도 하고 싶은 거니? 내가 그 정도 상식도 없을 것 같아?"

당장이라도 시어머니의 목을 조르고 싶은 충동을 누르며 차를 입에 가져갔어요. 죽여, 죽여버려. 저 뒷산에 내다 버리면 누구에게도 들키지 않을 거야. 손가락에 저절로 힘이 들어갔고, 목이 타들어갔죠. 저는 미지근하게 식은 차를 벌컥벌컥 들이켰어요. 시어머니가 우려낸 차는 쓰고 비렸어요. 저와 눈이 마주친 시어머니의 입꼬리가 위로 말려 올라갔죠. 어리석게도, 저는 마셔서는 안 되는 걸 마신 거예요.

제가 그녀의 죽음을 바랐다면, 당연히 그녀도 제 죽음을 바랐겠죠. 시어머니의 눈이 왕방울만 해지고, 코가 늘어지고, 세상이 빙빙 돌았어요. 독 기운이 퍼지나 봐요. 정신을 잃으면 모든 게 끝난다고 생각했죠. 그걸로 끝이었다면 차라리 나았을 거예요.

6.

정신을 차렸을 때, 저는 벌거벗겨진 채 침대에 큰 대자 모양으로 묶여 있었어요. 징그럽게 생긴 목각 인형들이 제 주위를 둘러싸고 있었죠. 헛구역질을 하자 거품 섞인 침이 목구멍으로 넘어왔어요. 손목을 움직여보려 했지만, 테이프로 어찌나 칭칭 감아놨는지 제 힘으로는 꿈쩍도 하지 않았어요. 잠시 후 시어머니가 티포트를 들고 방으로 들어왔죠.

"아가, 정신이 드니?"

시어머니는 차분한 목소리로 물었어요. 이 해괴망측한 짓들을 해놓은 사람이라고는 믿을 수 없을 정도였죠.

"어머니, 이게 다 뭐예요? 저 풀어주세요!"

"어제 의식을 치렀어야 했거든. 그래야 내 아들이 너를 먹고 네 몸속에 들어온다고 했어. 그런데 네가 그렇게 나가버리는 바람에 일을 그르치고 말았구나."

시어머니의 말투는 여전히 담담했지만, 티포트를 쳐드는 순간 끔찍한 일이 벌어질 거라 직감했어요. 아니나 다를까. 시어머니가 펄펄 끓는 찻물을 제 배꼽에 쏟아붓기 시작했죠. 안 돼, 안 돼, 안 돼, 안 돼……. 머리로는 안 된다고 소리치는데 입에서는 히끅, 비슷한 소리만 새어 나왔어요. 너무 고통스러우니까 비명도 제대로 지를 수가 없더라고요.

"나쁜 짓을 했으니 벌을 받아야지? 내 아들을 죽게 했으니 너도 죽어줘야겠어."

새의 눈처럼 검게 번들거리는 눈동자, 시어머니는 완전한 광기에 휩싸여 있었어요. 필사적으로 팔과 다리를 움직여봤지만 날카로운 금속 테이프가 살 속으로 파고 들어갈 뿐, 소용없는 일이었죠.

"어머니, 살려주세요. 저를 딸로 생각하신다면서요."

그 말을 믿은 적도 없고, 저도 시어머니를 단 한순간도 제 어머니라고 생각한 적이 없지만, 당장은 이 미친 노파를 구슬릴 다른 말이 떠오르지 않았어요. 그동안에도 얼그레이

향을 풍기는 뜨거운 차는 쉼 없이 제 배꼽 위로 떨어져 내렸죠. 부풀어 오른 피부가 벗겨지고 시뻘건 속살이 드러나는데도 시어머니는 우아한 미소를 짓고 있었어요. 본인이 아끼던 찻잔에 차를 따르던 그 표정 그대로였죠.

"제발, 제발 살려주세요."

이렇게 당하다간 내장까지 화상을 입어 죽을 것 같았어요. 아니, 이렇게 순순히 죽을 수는 없잖아요. 까딱하면 정신을 잃기 직전이었고 최후의 수단을 찾아야 할 시점이었죠. 기왕 죽을 거라면 죽기 전에 마지막으로 미친 사람에게 장단을 맞춰주면 어떨까. 먹힐지 안 먹힐지는 알 수 없었지만 손해날 것도 없었죠.

"엄마, 나야. 내가 돌아왔어."

최대한 남편의 말투를 흉내 내면서 말했어요. 시어머니는 눈썹 한 올 흔들리지 않고 뜨거운 물을 조르륵 붓고 있었고요.

"엄마, 그만해. 나야, 나라니까!"

"이건 또 무슨 수작이니?"

"엄마, 나 돌아왔다고. 뜨거워, 뜨거우니까 그만해!"

흥, 시어머니가 코웃음을 쳤어요. 역시 먹히지 않는 걸까요? 그때 밖에서 삐이이, 주전자 소리가 울렸어요. 젠장, 정말 내장을 녹여 죽일 셈인가 봐요. 시어머니가 새 주전자를 가져오기 전에 제가 아들이라고 믿을 만한 증거를 대야 해요. 죽을힘을 다해 시어머니의 레퍼토리를 떠올렸어요. 아, 이럴 줄 알았으면 하나라도 귀 기울여 들었어야 하는 건데…….

"이런, 찻물이 다 떨어졌구나. 새 물을 가져와야겠어."

시어머니가 티포트를 거두며 말했어요. 화끈거린다는
말로는 턱도 없는 배꼽 주변의 통증 때문에 정신이 오락가락
했지만, 생존 본능만큼은 그 어느 때보다 강렬하게 끓어올랐
죠. 순간 시어머니 앞에서 언제나 주눅 들어 있던 남편, 시어
머니가 들어오라는 말을 안 하면 현관에 서서 신발도 못 벗던
남편이 떠올랐어요.

"씨발. 인공수정까지 해서 고생 고생 낳았다면서 제 아
들도 몰라봐? 내가 평생 아버지도 없이 산 엄마 불쌍해서 욕
한 번 안 하고 꼭두각시처럼, 범생이처럼 살았는데, 내 입에
서 욕이 나오게 해?"

"승한이?"

아, 마지막 한 방이 먹힌 것 같아요. 시어머니가 벌린 입
사이로 누린내를 풍기며 저를 빤히 들여다봤어요. 저는 남편
의 표정을 따라 하려 애쓰며 말했어요.

"엄마, 나야. 엄마 아들. 빨리 이거 좀 풀어줘."

목에서 남편이 짜증을 낼 때처럼 쇳소리까지 났어요. 사
람이 궁지에 몰리니까 놀라운 능력이 생기더라고요.

"아니…… 일주기 되는 날 밤이 아니면 안 된다고 했는
데……. 네가…… 네가 정말 승한이라고?"

"그래, 엄마. 나야. 내가 어디 안 가고 얘 집에 들어올 때
까지 기다리고 있었다니까."

"어이구, 내 새끼. 내 새끼가 살아왔구나."

광기가 사그라든 시어머니가 팔목의 테이프를 풀기 시작했어요. 내 새끼, 장하다, 장해. 시어머니는 미지근한 소나기 같은 눈물을 제 얼굴 위로 떨어뜨리며 연신 중얼거렸죠. 마침내 양손이 자유로워졌을 때에도 긴장을 놓지 않고 남편 흉내를 냈어요.

"이제 내가 할게. 엄마 시원한 물 좀 갖다 줘. 배가……다 떨어져 나갈 것 같아."

"어? 그래, 그래."

시어머니가 주방으로 뛰어나갔고, 저는 발목의 테이프를 풀었어요. 살갗이 벗겨져 너덜너덜해진 배꼽 주변은 일부러 외면하면서 말이에요. 마침내 손발이 자유로워진 저는 무기가 될 만한 걸 찾았어요. 제 주변에 놓여 있던 목각 인형 중에서 가장 굵고 단단한 걸 집어 들었죠.

"애, 승한아. 엄마가 얼음 가져왔다."

시어머니가 쟁반에 큼지막한 대접을 받쳐 내왔어요. 대접에는 반짝이는 각얼음이 쌓여 있었죠. 저는 손을 뒤로 감춘 채 공격할 타이밍을 노렸어요. 장식장 위에 쟁반을 올려놓느라 뒤로 돌아설 때를요. 시어머니는 예상대로 행동했고 저는 쥐고 있던 목각 인형으로 그 여자의 정수리를 힘껏 내리쳤어요. 빡, 소리가 나며 인형은 두 동강이 났고, 대접은 바닥으로 떨어졌고, 사방에 각얼음이 흩어졌고, 시어머니는 트림 비슷한 신음을 내며 쓰러졌어요. 그러고는 다시 일어나지 않았죠.

아, 정신을 잃은 것뿐 죽은 건 아니었어요.

살았구나.

저는 긴 한숨을 내쉬며 바닥에 주저앉았어요. 손에 잡히는 대로 얼음을 그러모아 배 위에 올려놓았죠. 죽음의 문턱에 다녀온 사람이 아니라면 아무리 잘 설명해준다고 한들 절대 이 기분을 모를 거예요. 당장에라도 시어머니의 목을 부러뜨리고 싶었는데, 마침 더 좋은 생각이 떠올랐어요. 시어머니와 나, 이 집에 단둘이 있을 뿐인데 굳이 서두를 필요는 없잖아요. 서서히 죽음으로 그녀를 인도하는 편이 훨씬 더 고통스러울 테니까요.

7.

오후 세 시. 어김없이 티타임이 돌아옵니다.

시어머니는 화장기 없는 얼굴에 머리 뿌리부터 한 뼘은 허옇게 세어버렸지만, 중세시대의 귀족처럼 롱 원피스를 입고 있어요. 그 정도 배려는 해드려야죠. 시어머니가 품위를 잃지 않도록 말이에요.

참, 옷을 갈아입히려니 어쩔 수 없이 시어머니의 방에 들어가게 됐는데요. 이 집에 살게 된 후 처음이었죠. 소박한 싱글 침대와 옷장이 있고, 구석에는 세로로 길쭉한 3단 유리장식장이 있었어요. 그 장식장 안에 사진 세 개가 있더라고요. 언젠가 제게 달라고 했던 커플 사진이었죠. 하지만 남편

옆에 있는 얼굴이…… 제가 아니라 시어머니였어요. 제 얼굴 부분을 오려내고 자기 얼굴을 붙여놓았더라고요. 젊었을 때 사진도 아니고 올림머리를 한 최근 사진이었어요. 사진관에서 찍었는지 잔뜩 굳은 표정이었죠. 얼굴 크기도 맞지 않아서 정말 어색해 보였어요. 소름 끼친다기보다 우스꽝스러운 사진이었죠.

저는 포트메리온 찻잔에 정성스레 차를 따릅니다. 물론 얼그레이죠. 사람의 취향은 변하게 마련인가 봐요. 그렇게 싫던 얼그레이 향이 사랑스럽기까지 하다니까요.

예전과 달라진 점이라면 시어머니가 돌림노래 같은 잡담도 잔소리도 하지 않는다는 것이에요. 의자에 오래 앉혀놨더니 욕창이 생겼는지 엉덩이에서 상한 고기 냄새가 나기도 하고요. 시어머니와 티타임을 즐길 날도 얼마 남지 않았다는 뜻이겠네요.

"어머니, 차는 뜨거울 때 마셔야죠?"

저는 시어머니가 묶여 있는 의자를 가볍게 밀어 넘어뜨렸어요. 시어머니는 뒤집힌 물방개처럼 천장을 보고 누워 입을 뻐끔거렸죠. 이제는 소리 지를 기력도 남지 않았나 봐요.

"어머니, 오늘은 얼그레이 티에 부동액을 한 방울 넣어봤어요. 입에 맞으실지 모르겠네요."

저는 힘없이 벌어진 시어머니의 입에 뜨거운 차를 부어주었어요. 벌겋게 짓무른 입언저리에 말간 물집이 방울방울

잡혀갔죠. 퀭한 눈에서는 눈물이 질질 흘러내렸고요. 며칠 전에는 차를 따르던 손이 미끄러져서 왼쪽 볼에 타이완 지도 같은 흉터가 생겼지 뭐예요. 흉터 얘기가 나왔으니 말인데, 저도 배꼽 주변에 오스트레일리아 섬 모양의 커다란 흉터가 남았어요. 집세를 치른 셈이죠. 일시불로요.

"어머니, 전 좀 천천히 마실게요. 어머니가 항상 그러셨죠? 차는 한 모금씩 입안에 머금고 향을 음미하듯 마셔야 한다고요."

저는 이제 시어머니와의 티타임이 매우 기다려진답니다.

무지도 발출기
제임환블 요구서

코코아드림

게시일: 2022-01-21

게시자: 녹색코코아(qwer***)

게시물: 안녕하세요, 게임 플레이 관련 문의드립니다.

안녕하세요. 이번에 '무진도 탈출기'를 구매해 플레이하고 있는 유저입니다. 제가 좋아하던 아이돌이랑 콜라보를 했다고 해서 게임을 구매했는데요. 게임이 원래 이렇게 진행되는 게 맞는지 모르겠어서 환불 문의를 드립니다. 지난번에 한번 문의했는데 구체적인 사유 없이는 환불이 안 된다고 하셔서 이번에는 구체적으로 그 이유를 적어봅니다.

이 게임을 산 이유는 제가 원하는 캐릭터를, 원하는 역할로 배치할 수 있다고 해서였습니다. 그래서 저는 좋아하는 아이돌을 주인공으로 배치해서 게임을 진행했고요. 그런데 이후 진행을 하면 할수록, 원래 이런 게임이라는 소리는 들은 적이 없어서, 이렇게 진행되는 것이 맞는지 아니면 버그가 있는 것인지 알 수가 없더군요. 만약 버그라면 환불을 받고자 합니다. 우선 제가 진행한 부분까지의 게임 줄거리(공식 홈페이지에 공개된 부분이니 올려도 되는 거겠죠? 스크립트 자체를 가져오려 했는데 내용이 너무 장황해서 지난 1주년 맞이 기념으로 공개된 소설판 파일을 업로드합니다. 문제 시 삭제하겠습니다)입니다.

✧

"마키나 님! 제 죄를 용서해주소서. 저의 부족한 믿음이 당신을 실망시켰습니다!"

식사를 준비하던 하연이 바깥에서 들려오는 소리에 베란다로 향해 커튼을 걷었다. 주위를 둘러보니 자신뿐 아니라 다른 사람들도 소리를 들은 모양이었다. 어디서 들려오는 괴성인지 맞추기란 어렵지 않았다. 얼마 떨어지지 않은 광장의 종탑 위에 사람이 올라가 있었다. 누군지는 알 수 없었지만 분명 사람의 모습이었다. 기름통 비슷한 것을 손에 쥔 사람은 그것을 머리 위로 높게 들었다. 투명한 액체가 그의 머리 위로 쏟아지는 것이 보였다.

"당신의 존재에 대해 의심하고 불신한 저를 구원하소서!"

누군가가 말릴 새도 없이 그 사람의 몸이 불로 뒤덮였

다. 그 순간만큼은 하연도 흡, 하고 숨을 들이마셨다. 찢어질 것 같은 비명이 허공을 갈랐다. 생살이 타들어가며 내는 소리는 지옥에서나 들어볼 법한 끔찍한 절규였다. 그가 몸을 이리저리 비틀어댔다. 그리고 한순간, 움직임을 멈추고 그대로 바닥을 향해 떨어졌다. 꽤 높은 탑이었지만 허공을 가르고 바닥으로 곤두박질치는 데에는 몇 초도 걸리지 않았다. 하연이 커튼을 닫았다.

"……무슨 소리야?"

하연이 고개를 돌렸다. 그곳에는 잠이 덜 깬 티가 역력한 자신의 친동생 하진이 서 있었다.

"아냐, 아무것도. 별일 없었어."

"밖에서 누가 소리 지르는 거 같던데?"

"별거 아냐. 신경 쓰지 않아도 돼."

하진은 더 이상 묻지 않았다. 냄비 속 찌개가 보글보글 끓기 시작했다. 하연이 급히 부엌으로 가 밸브를 잠갔다.

"김치찌개야? 요새 김치 배급 잘 안 들어오지 않았어?"

"너 김치찌개 좋아하잖아. 언니가 우리 동생 위해서 특별히 끓인 거야."

"진짜? 내가 언니 사랑하는 거 알지? 배고프다. 우리 빨리 먹자."

"잠깐, 아직 기도도 안 했는데 먹으면 안 되지. 곧 기도 시간이니까 기도하고 먹자."

하연은 무진도 주민들 대부분이 그러하듯 마키나를 신봉하는 '신도'였다. 그는 마키나가 어떤 말을 하든지 광적인 지지와 신뢰를 보냈다. 마키나가 있어서 그가 살아 있었고 그가 살아 있기에 마키나는 절대적이라 믿는 사람이었다. 아침과 저녁, 두 차례에 걸쳐 드리는 기도 역시 그 신뢰의 일환이었다. 마키나의 얼굴을 조각한 조각상 앞에 무릎을 꿇고 두 손을 모으고 마키나의 방송에 맞춰 10분가량 진심을 다해 충성을 맹세하고 오늘 하루도 무탈하기를 빌었다.

"뭐 해, 어서 안 앉고? 곧 마키나 님이 말씀하실 시간이야."

그리고 하진은 그런 친언니를 이해하지 못하는, 섬에서 극소수에 불과한 마키나를 따르지 않는 부류였다.

"너 또 기도 안 하고 그럴 거야? 언니가 그거 진짜 나쁜 거라고 말했잖아. 그러다가 마키나 님이 화라도 내시면 어쩌려고 그래?"

"언니, 그게 화를 내봐야 얼마나 낸다고 그래. 그건 그냥……."

"이하진. 언니가 마키나 님한테 '그거'라고 하지 말랬지! 마키나 님 아니었으면 우린 진작에 다 죽었어!"

"진작 죽어? 말도 안 되는 소리 하지 마. 언니, 마키나는 허상일 뿐이야."

그리고 그 순간, 하연은 맹렬한 손길로 하진을 끌어 앉혔다. 얼떨결에 무릎을 바닥에 세게 박은 하진은 얼얼함에

악, 하는 짧은 신음을 토해냈다. 그런 것은 어찌 되든 상관없다는 듯, 둘밖에 없는 집에 다른 누가 있기라도 한 것처럼 주변을 둘러본 하연은 동생의 손을 잡고 조곤조곤 속삭였다. 조금 전의 사납고 억센 손과는 어울리지 않는 소리였다.

"아가, 하진아. 언니 말 듣자, 응? 마키나 님 아니었으면 우리는 여태껏 이런 호사 못 누렸어. 집? 음식? 그런 거 다 마키나 님의 은혜와 혜안이 일궈낸 결과물이야. 우리는 마키나 님의 은혜에 감사해야 한다고 몇 번이고 말해도 모자라."

"집도 여기 사람들이 지은 거고 음식도 마키나가 만든 건 아닌데."

"토 달지 마. 공장 돌리는 일도 마키나 님이 하시는 거고, 매일 우리의 편의를 위해 안내 방송을 해주시는 것도 마키나 님이 하시는 거야."

"……."

"하진아, 우리 착한 아가. 언제 또 이렇게 커서 언니 말에 한마디씩 토를 달고 그럴까? 마키나 님이 그렇게 싫어? 언니가 많이는 안 바랄게. 기도만이라도 같이 하자. 마키나 님 너무 미워하지 말고. 다 우리를 위해 존재하는 분이니까. 알겠지?"

어린아이를 다루듯이 살살 어르는 말투에 결국 백기를 든 것은 하진이었다. 하진은 하연에게 약했다. 세상에 하나 남은 유일한 혈육이, 얼굴도 모르는 부모를 대신해 자신을 키워온 엄마와 같은 존재가 다정하게 자신을 다루려 할 때마다

마음이 약해지곤 했다. 자신이 끊임없이 의심하는 대상을 숭
배하는 사람이라도 그 점은 어쩔 수가 없었다.

마음이 약해지곤 했다. 자신이 끊임없이 의심하는 대상을 숭
배하는 사람이라도 그 점은 어쩔 수가 없었다.

딱히 하고 싶지는 않지만 언니의 간절한 부탁에 못 이기
는 척 하진이 손을 모았다. 그제서야 하연의 표정이 환하게
밝아졌다. 지직, 지직. 때마침 벽에 붙어 있던 스피커에서 잡
음이 흘러나왔다.

"마키나 님!"

하연이 급히 조각상 방향으로 몸을 돌린 뒤 손을 모으고
두 눈을 꼭 감았다. 하진은 그런 언니를 바라보았다. 몇 년을
봐온 모습에 익숙해질 법도 했지만 이렇게 광적인 숭배를 코
앞에서 직접 목도하는 것에는 좀처럼 적응이 되지 않았다.

"뭐 해, 빨리 기도 안 하고."

하진이 떨떠름한 표정으로 조각상을 향해 몸을 돌렸다.

「무진도에 살고 계신 수많은 여러분.」

마키나의 목소리였다. 20대 중반 여성의 음성이었다.

「우리는 오늘도 살아남았습니다. 오늘도 늘 그렇듯이
내일을 위해 살아야 합니다.」

"네, 그렇게 하겠습니다!"

하진이 두 눈을 뜨고 고개를 돌렸다. 자신의 옆에서 두
손을 모은 하연은 정말로 동아줄이라도 내려달라 비는 죽기
직전의 걸인처럼 고개를 조아려가며 기도하고 있었다.

「우리는 생존자입니다. 이 땅은 저 오염된 바깥세상에

서 살아남은 이들과 그들의 후손이 일궈낸 기적의 결과물입니다.」

"맞습니다!"

「이곳에도 역시 오염된 곳이 존재하지만 저의 사명은 여러분들이 그 오염된 땅을 밟지 않고 생존 구역에서 영원을 누리도록 만드는 것입니다. 그러기 위해서 여러분들은 저의 말을 믿고 따라야 합니다.」

"따르겠습니다!"

문득 하진은 궁금해졌다. 하연은, 각자의 집에서 똑같이 맹목적인 믿음으로 기도를 드리고 있을 다른 사람들처럼 마키나를 신으로 모시는 자신의 친언니는 기도하면서 무슨 생각을 하는 것인지. 형체도 없는 저 인공 의식 프로그램 따위에게 당장이라도 목숨을 바칠 것처럼 열렬한 믿음과 충성을 맹세하는 이유가 무엇인지. 물어봐야 결국 찬양으로 끝나리라는 것을 알고 있었지만 종종 의문이 샘솟았다.

「모든 근무시간은 무조건 준수해야 하는 신성한 노동의 장입니다. 밤은 위험한 마귀이며 집만이 우리를 지켜줄 수 있는 안식처입니다. 저를 믿고 따르는 것이 유일한 방법입니다. 저를 믿으십시오. 그것이 여러분의 구원이요, 진리일 것입니다.」

"마키나 님, 저희를 지켜주세요!"

◆

　무진도 사람들의 하루는 비슷한 나날의 반복이었다. 아침 여섯 시에 기상 후 기도를 하고 일곱 시 반이면 일제히 집 밖으로 나온다. 열다섯 살 미만의 아이들은 학교나 유치원에, 열다섯 살이 넘은 청소년이나 성인들은 일을 하러 갔다. 집 밖으로 나오지 못할 정도로 쇠약한 노인들은 예외로 일터에 가지 않았다. 대신 노동 시간으로 규정하는 여덟 시부터 밤 아홉 시까지 집 밖으로 나가지 못한다는 제약이 뒤따랐다. 열 시 반부터 모든 사람의 바깥 외출이 금지되니 사실상 나갈 수 있는 시간은 아침과 밤을 포함해 두 시간가량이 전부였다. 때문에 무진도 사람들은 밖에서 노인을 거의 보지 못하는 편이었다.

　대다수의 사람들은 '공장'으로 향했다. 공장에서 요구하는 노동에는 별다른 것이 없었다. 여자들은 포장지에 라벨을 붙이거나 기타 필요에 따라 요구되는 짐들을 날랐다. 남자들은 대체육을 자르고 다지며 판에 깔고 건조시키는 일을 했다. 그들이 만드는 것은 무진도에서 식사 대용으로 많이 먹는 대체육 육포 'EAT MEAT'였다. 그들이 열심히 다지고 건조시킨 뒤 포장해 만든 육포는 얼마 후 집 앞에 보급품 명목으로 배송되었다. 그렇게 열심히 땀 흘려 일한 뒤 퇴근 시간이 되면 모든 사람들은 집으로 돌아갔다. 그리고 피곤한 몸을 침대에 뉘었다. 그것이 일주일 내내 반복되는 일상의 전부였다.

신기할 정도로 반란이나 폭동은 일어나지 않았다. 그것은 이 모든 비정상적인 계획표를 짠 사람이 마키나이기에 가능한 것일지도 몰랐다. 그만큼 사람들은 마키나를 광적으로 숭배하고 따랐다. 그들은 태초부터 모든 인생을 형상만이 존재하는 인공 의식에게 바치기 위해 태어난 것처럼 마키나의 말에 즉각적으로 반응하고 움직였다. 무진도는 8할 이상이 그런 사람들로 구성된 섬이었다.

"아까 아침에 사람 떨어진 거 봤어?"

하진의 옆자리에 앉아 있던 다희의 질문이었다. 다희는 공장에서 하진과 같이 포장을 마친 'EAT MEAT'를 창고로 옮기는 일을 했다. 하진의 동갑 친구이기도 했지만 대부분의 사람들과 마찬가지로 마키나를 믿는 사람이기도 했다. 자신의 건너편에서 옆자리 사람과 마키나에 대한 찬양을 늘어놓는 하연을 멍하니 보고 있던 하진이 다희 쪽으로 고개를 돌렸다. 업무 전 의무적으로 들어야 하는 무진도 역사 교육 시간을 어떤 잡생각으로 때울까 고민하던 하진에게는 예상치 못한 소득이었다.

"누가 떨어져? 어디서?"

"아까 새벽에 마키나 님 기도 직전에 중앙 광장 탑 위에서 몸에 불붙이고 떨어지던데? 누군지는 나도 모르지. 정확히 얼굴을 못 봤는데. 근데 우리 엄마 말로는 이 사장이라고 하더라고. 왜, 그 있잖아. 마키나 님의 권능이 닿지 않는 멸망한 세계에서 쓸 만한 것들 가져오는 일 하시는 분."

하진은 '이 사상'에 대해 잘 알지 못했다. 얼굴도 가끔 업무 전 마키나의 연설 때 사진으로 스쳐 지나가는 것을 본 게 전부였다. '무진도의 발전과 주민들을 위해 노력하는 사람' 정도의 타이틀을 달았던 것으로 기억했다. 그 외에 아는 점이라곤 아들이 하나 있으며 무진도 바깥의 세계에 자주 오간다는 것 정도였다. 적어도 하진이 아는 정보로는 오히려 마키나를 찬양하면 했지 '속죄'를 명목으로 극단적 행위를 할 사람 같지는 않았다.

"아니, 왜 갑자기 속죄를…… 속죄 같은 걸 할 이유가 있나? 속죄를 한다고 쳐도 왜 그렇게 극단적인 방법으로 해?"

"나야 모르지. 할 만하니 했을 건데 굳이 거기까지 알아야 해? 아, 시작한다."

물어보고 싶은 것이 많았지만 상황상 다희가 더 말해줄 것 같진 않았다. 하진 역시 지금은 입을 다물어야 했다. 스크린에는 많아야 20대 중후반으로 보이는 검은 생머리의 여자가 나와 있었다. 마키나가 대중들 앞에 모습을 드러낼 때 주로 등장시키는 형상이었다. 마키나의 형상이 붉은 립스틱 발린 입을 열자 사람들은 기대에 부푼 표정을 숨기지 못했다.

「안타까운 소식을 전하려 합니다. 당분간 일부 식품의 배급이 중단될 예정입니다. 배급을 위해 비축해둔 식품 보관 창고의 식품들이 서서히 동이 나고 있기에 피치 못한 결정을 내렸습니다. '농장'에서 새로운 재료가 들어오기 전까지 쌀을 비롯한 각종 식료품 대신 여러분이 생산한 대체육 육포 'EAT

MEAT'의 보급률을 늘리겠습니다.」

"어?"

하진이 당황스러움을 숨기지 못했다. 예고 없던 중단 소식이었다. 당장은 부족함이 없을지라도 며칠 지나지 않아 큰 재앙으로 닥쳐올 것이 뻔했다. 당혹스러움을 느낀 건 다른 사람들 역시 마찬가지였다. 곳곳에서 수군거리는 소리가 들렸다.

"아, 우리 집 쌀 없는데……."

"또 육포만 먹으면서 살아야 되는 거야?"

웅성거림이 더욱 심해지자 점차 사람들 사이에서 동요가 일기 시작했다. 그 물결은 잠자코 있던 사람들까지 서서히 흔들어놓고 있었다. 그리고 그 순간 모든 것을 잠재운 것은 바로 마키나였다.

「무진도는 50년 전 세계를 뒤흔든 지진에서 살아남은 사람들이 모여 만든 섬입니다. 무분별한 시추와 채굴로 인해 이 세상은 무너지고 흔들렸으며 다수의 사망자를 내고 소수의 사람만이 살아남았습니다. 그 생존자 중에서도 선택받은 자들만이 이 무진도에 들어와 살고 있는 것입니다.」

"……."

「저는 이곳에서 처음 눈을 떴을 때 한 가지 계시를 받았습니다. 바로 무진도에 있는 사람들을 살리고 선택받지 못해 오지 못한 사람들을 구원하라는, 그 당연하지만 제가 아니면 할 수 없는 전언을 말입니다. 그 이후로 저는 식량 창고를 가

동시키 님아 있던 모든 식품들을 냉동, 가공하여 반영구적으로 먹을 수 있도록 조치를 취했으며 저의 데이터베이스에 남아 있는 모든 자료를 조합해 바깥의 선택받지 못한 사람들과 무진도의 주민들이 모두 먹을 수 있는 식품 'EAT MEAT'의 조리법을 개발했습니다.」

뜬금없는 말이었다. 하지만 그곳에 모인 사람들의 표정 변화는 극적이었다. 자신이 잠시 잊고 있던 사실을 깨달았다는 모습이었다. 개중에는 두 손을 꼭 모아 쥔 채 마키나의 모습이 나오는 스크린을 구세주 보듯 바라보는 사람도 있었다.

「여러분들이 해야 할 일은 여러분의 위치를 자각하는 것입니다. 여러분은 살아남았습니다. 동시에 선택받고 구원받은 사람들입니다. 이제 여러분이 해야 할 일은 끊임없는 노동으로 구원받지 못한 자들의 몫만큼 살아가며 그들을 새로이 구원하는 일입니다. 우리들의 노동으로 만들어낸 것을 그들에게 보내주면서 우리들이 구세주가 되는 것입니다.」

"아, 마키나 님!"

곳곳에서 탄성이 쏟아져 나왔다.

「우리의 고난은 선조들의 업보이며 그 고난을 만든 자들의 후손인 우리가 짊어져야 할 짐입니다. 하지만 우리의 고통은, 끝내 보상받을 것입니다. 우리의 죄는 결국 언젠가 이겨내야 하는 시련입니다. 그리고 그 시련은, 우리의 하루를 바쳐 일궈낸 노동의 산물로 조금씩 덜어낼 수 있습니다.」

"아니, 이게 무슨……."

「저를 믿으십니까?」

"네, 믿습니다!"

「그 믿음은 영원해야 합니다.」

위이이잉. 바깥에서 요란한 소리가 들렸다. 분명 컨베이어 벨트가 돌아가는 소리였다. 마키나가 가동시킨 것이 확실했다.

「여러분은 지금부터 우리의 업보를 털어내는 작업을 하러 가는 것입니다. 조상의 죄를 뉘우치고 구원받지 못하는 자들에게 자비를 베풉시다.」

그 말을 마지막으로 영상은 끝이 났다. 하진이 어이가 없다는 표정을 지었다. 하지만 다른 사람들은 이미 진리를 깨우쳤다는 듯 개운한 표정으로 하나둘 자리에서 일어나고 있었다.

"일하러 안 가? 빨리 일어나서 일해야지?"

다희가 의아한 표정으로 하진을 힐끗 바라보다 자신의 자리로 향했다. 이 공간 안에서 납득되지 않는 궤변에 할 말을 잃은 사람은 하진 혼자였다.

"언니, 지금 이 상황이 말이 된다고 생각해?"

하진은 아직도 자신이 들은 말이 이해되지 않는다는 표정이었다.

"하진아, 아가. 마키나 님이 다 뜻이 있으니까 그런 말을 하신 게 아닐까? 이 섬에 살면서 마키나 님을 믿어야 하는 것은 결국 다 정해진 일이야. 어릴 때는 안 그랬는데 요새 들어서 우리 애가 왜 이렇게 삐딱선을 탈까?"

하연이 능숙한 손놀림으로 라벨을 붙이며 무덤덤하게 말했다. 라벨을 붙인 'EAT MEAT'를 종이 상자 안에 넣는 움직임은 한두 해 해본 솜씨가 아니었다.

"말이 안 되잖아. 갑자기 배급을 왜 줄여? 몇 년 전에도 멀쩡하게 만들던 다른 식품들 만들지 말고 이렇게 육포나 만들게 시킨 건 마키나야. 이제 곧 있으면 밥도 먹지 말고 굶으라 하는 거 아냐?"

"아가."

"왜 아무도 부정하지 않아? 언니, 솔직히 이건 좀 아니라고 생각해. 그리고 오늘 아침에 사람 죽었다면서? 죽은 이유가 무슨 속죄 때문이라는데 이것도 좀 이상하지 않아? 사람이 죽었는데 어떻게 그게 사소한 일이고 죽음이 왜 죄를 씻는 방법이 되어야 하는 건데. 마키나 편만 들지 말고 객관적으로 생각을……."

"이하진!"

공장에는 컨베이어 벨트가 돌아가는 소리를 제외하고 어떤 소리도 들리지 않았다. 하진이 그제야 주변을 둘러보았다. 모두가 자신을 보고 있었다. 바쁘게 라벨을 붙이던 이들과 창고로 상자를 옮기던 사람들까지 하진에게 시선을 고정하고 있었다. 급히 주변을 살핀 하연이 손에 들고 있던 포장지를 내려놓고 하진의 팔을 낚아챘다.

"언니."

"잔말 말고 따라와."

공장 안 모든 사람들의 시선은 두 사람이 자취를 감출 때까지 끈질기게 따라붙었다.

"아가, 하진아. 너 어쩌려고 그래?"

공장과 창고를 잇는 통로로 향한 하연이 하진을 타박하듯 말을 꺼냈다. 그 와중에도 누가 보고 들을 것을 걱정하는지 주변을 살피는 걸 잊지 않았다.

"너 방금 그렇게 하는 말들이 얼마나 위험한 건지는 알고 그래? 너랑 나, 마키나 님 아니었으면 정말로 죽었어. 무슨 말인지 알아? 우리는 마키나 님의 가호로 살아가는 사람들이야."

"말도 안 되는 소리 하지 마. 우리는 마키나의 가호가 아니라 그냥 사람이니까 살아 있는 거야. 내가 왜 마키나 안 믿는지 알아? 여기 사람들 다 마키나에 미쳐 돌아가거든! 배를 곯아도, 이마가 찢어져도, 하다못해 갑자기 사람이 이유도 모른 채 죽어버렸는데도 전부 다 '마키나 님의 뜻에 따라 일어난 일'이라는 말로 정리하려고 해. 언니, 늙은 사람들은 사실상 집 밖으로 나오지 못하고 우리는 공장에서 하루 종일 일만 해야 되는 현실을 마키나의 가호 그런 걸로 이해하는 것도 한계가 있지. 나는 지금 이 섬에서 일어나는 모든 사건, 사고들이 마키나가 일으킨 거라는 생각밖에 안 들어. 이 섬, 진짜 미쳐 돌아가고 있는 거야!"

"그러면 하진이 너는, 이 섬 나가서 살 수 있어?"

"……"

"그렇게 마키나 님에 대해 의심할 거면 이 섬에서 나가서 살아. 이곳에 사는 이상 마키나 님은 필연적인 존재니까. 그 필연을 네가 거스를 수 있다고 생각해?"

하진의 말문이 턱, 하고 막혔다. 놀랍게도 여태껏 생각해보지 않은 결론이었다. 마키나에 대한 끝없는 의심 속에서도 섬을 벗어난다는 선택지는 고려조차 해본 적이 없었다. 그 사실을 하진은 이제야 깨달았다.

자신의 동생이 말을 잇지 못하자 하연의 표정이 조금은 유순해졌다.

"하진아, 그냥 마키나 님 믿자. 아니, 언니가 믿자는 소리까지도 안 할게. 조금만 더 마음을 열어주면 안 될까? 우리는 선택받은 사람들이야. 마키나 님의 가호가 없었다면 우리는 지금 만들고 있는 육포를 받아서 먹는, 선택받지 못한 사람들처럼 빈곤하게 살고 있었을 수도 있어. 하연이 너는 그렇게 살 자신 있어? 모든 것이 몰락하고 인륜과 도리를 저버린 그 무너진 세상에서?"

"……"

"아가, 그냥 언니 말 듣자. 무슨 일이 있었는지 모르겠지만 지금 너는 잠깐 혼란스러운 것뿐이야. 언니는 하진이 네가 믿음을 가졌으면 좋겠어. 끊임없이 의심하면 결국 찾아오는 건 예상치 못한 혼돈뿐이야, 알지?"

또다시 백기를 든 것은 하진이었다. 정말로 하진은, 바보 같은 소리지만 마키나에 대한 의구심을 가지면서도 그것이 없는 세상으로 나갈 용기는 없었다. 딱 의문까지가 하진이 가질 수 있는 생각의 한계였다. 하진이 별다른 말을 덧붙이지 못하자 더 이상 언성을 높일 필요가 없다고 여긴 하연이 작게 미소를 지었다. 평소와 다를 바 없는 웃음이었다.

"들어갈까? 이렇게 일을 빼고 있으면 마키나 님이 아니어도 다른 사람들이 싫어할 거야. 들어가서 사람들한테 죄송하다고 하는 거 잊지 말고, 알지? 네가 마키나 님 험담하는 소리를 들은 사람들도 있을 테니 실언을 했다고 용서를 구해야 해."

"언니, 나 뭐 하나만 더 물어볼게."

"응?"

"오늘 아침에 사람 죽은 거 말이야……. 왜 사소한 일이라고 했어?"

하연이 당연한 걸 묻는다는 표정으로 하진을 바라봤다.

"죄를 짓고 그걸 참회하는 게 이상할 일인가?"

하연이 자연스레 하진의 손을 잡고 공장으로 되돌아가려 했다. 하진은 그 손길을 뿌리쳤다. 동시에 하연의 눈짓이 돌아왔다. 마치 '아직도 할 말이 남았느냐'라는 눈초리에 하진은 잘못한 것도 아니면서 헛기침을 해야 했다.

"다른 건 아니고…… 잠깐만 바람 좀 쐬려고. 머리가 조금 아파서."

"머리 아파? 어디 아프고 그래? 아픈 거면 진작 말하지 그랬어. 봐봐, 열나는지 한번 보게."

열을 재보려 손을 뻗는 하연을 하진이 급히 막아내고서 어색하게 웃었다.

"아니, 진짜로 괜찮아. 조금 아픈 거야. 바람만 쐬면 금방 나으니까 이따가 들어갈게. 저기 저쪽 구석에 창문 있잖아. 거기서 조금만 있다가 갈게."

하연이 여전히 걱정스러운 눈빛으로 하진을 바라보았다.

"바람만 쐬고 들어와야 된다? 그렇게 아픈 게 마키나 님이 벌을 주시는 걸지도 몰라."

"금방 들어갈게, 진짜로. 먼저 들어가 봐."

하진이 할 수 있는 것이라곤 어색하게 웃으며 하연의 걱정 어린 시선을 뒤로한 채 통로 외곽의 창문 방향으로 발걸음을 옮기는 게 전부였다.

오전의 바람은 선선했다. 딱히 춥지도, 덥지도 않은 바람은 피부를 간질이며 잠시나마 숨통을 트이게 해주었다. 도망갈 사람도 없는데 단단히 고정되어 있는 철창이 창문 너머를 가로막고 있었지만 그 틈새로 불어오는 신선한 공기는 복잡한 머릿속을 정리하기에 충분했다. 폐부가 아플 정도로 숨을 깊게 들이마신 뒤 내뱉은 하진이 창틀에 기댔다. 일할 시간에 이렇게 멍하니 바깥을 보고 있는 것은 처음이었다. 아마 공장으로 돌아가면 '왜 일 안 하고 딴짓을 하냐'는 따가운 시선을 받겠지만 그것은 상관없었다. 이왕 큰 소리를 낸 거 자신이 할 수 있는 일탈을 끝까지 해볼 작정이었다.

창문 밖으로 숲의 일부와 해변가가 보였다. 무진도의 주민들에게는 진입이 금지된 구역이었다. 마키나는 이곳을 포함해 거주 구역과 공장의 맞은편 전체를 '출입금지구역'이라 명명했다. 하진의 나이보다 더 오랜 세월 막혀 있던 곳이었으며 마키나의 말에 따르면 생존자들이 다수 모인 만큼 어쩔 수 없는 오염이 발생해 허가된 인부 외에는 진입을 금지해둔 곳이었다. 그 허가된 인부라는 것이 바깥세상에 나가는 사람들임은 설명하지 않아도 모두가 알고 있었다. 사람들은 마키나의 말에 크게 의문을 가지지 않았다. 애당초 마키나의 말을 어길 사람도 없었으며 일주일 내내 노동만 반복하는 상황에서 굳이 바닷가에 가려 애쓰는 이도 없었다. 사실 대다수는 마키나가 들어가지 말라고 하기에 그대로 따를 뿐이었다.

하진이 창문 너머를 멍하니 바라보았다. 저 멀리 배가 보였다. 아마도 무너진 바깥세상에서 쓸 만한 것을 찾아 돌아온 선박일 터였다. 바깥 사람들을 구원해야 한다면서 그들의 물건을 가져오는 꼴이 모순적이라고, 하진은 문득 생각했다. 배가 해변에 닻을 내렸다. 문이 열리고 하나둘씩 배 안의 짐들이 모습을 드러냈다. 인부들이 바삐 움직였다. 커다란 짐 몇 개, 조그만 짐 여럿, 그리고 모습을 드러낸 것은,

"어……?"

사람이었다. 짐을 나르는 일꾼이 아닌 살아 움직이는 사람이었다. 하진은 자신이 잘못 본 것은 아닐까 눈을 세게 비

비고 다시 창문 밖을 바라보있다. 하지만 배에서 내린 것은 분명히 사람이었다. 자신들처럼 통일된 색의 옷을 입고 공장에서 일하는 것이 아닌, 외부에서 온 것이 틀림없는 사람. 사람들은 무리를 지어 서더니 이내 어디론가 이동했다. 공장의 맞은편이었다. 출입금지구역 방향이었다.

"아가, 너무 오래 쉬는 거 같은데?"

뒤에서 하연의 목소리가 들려왔다. '잠깐'치고 너무 오랜 시간을 허비한 동생을 데리러 온 것이었다.

"어, 언니. 잠시만 이리 와봐. 방금 내가 뭘 봤는지 알아?"

"응?"

"사람, 사람이었어. 그것도 한 사람이 아니라 여러 명이었다니까? 사람들이 배에서 내려서 금지구역으로 가는 걸 내가 봤어."

하진의 말에 하연이 창가로 향해 바깥을 내다보았다. 하진 역시 따라서 밖을 보았다. 그러나 그곳에는 아무것도 없었다. 그나마 보이는 것은 배에 남은 짐을 마저 내리고 있는 인부들이 전부였다.

"저 사람들 얘기하는 거야?"

"아니, 아까 전에 진짜로 사람들이 있었다니까?"

"아가, 많이 아파? 요새 들어서 계속 이상한 소리만 하더니 진짜로 머리가 많이 아팠던 거야?"

"아니, 그게 아니라!"

자신이 본 것을 믿어주지 않는 답답함에 하진은 연신 손가락으로 바깥만 가리켰다. 하지만 증거가 없는 주장은 결국 억지에 불과할 뿐이었다. 하진도 그것을 알았기에 발만 동동 구를 수밖에 없었다.

「노동은 업보를 씻기 위한 신성한 행위이며 이탈 행위는 스스로를 구원받지 못한 자로 몰아넣는 배덕한 행동입니다. 이탈자들은 자리로 돌아와 주세요.」

때마침 마키나의 음성이 들렸다. 바깥에서 소소하게 즐긴 일탈의 시간이 끝났다는 소리였다. 하연이 안절부절못하는 얼굴로 하진의 팔을 잡아끌었다. 이번에는 하진도 순순히 끌려갔다. 빠져나갈 다른 핑곗거리가 없었다. 컨베이어 벨트가 바삐 움직이는 좁은 공간으로 걸어가면서도 하진은 끝까지 자신이 봤던 광경에 미련을 버리지 못한 듯 몇 번이고 뒤를 돌아보았다.

간단한 점심 식사 후 계속되는 작업, 그리고 약간의 저녁 식사와 다시 이어지는 작업의 연속은 사람을 미친 듯이 피곤한 상태로 만들기에 충분했다. 배급을 줄인다는 것이 완전히 거짓은 아니었는지 식사 역시 물과 'EAT MEAT' 두 개뿐인 상태로 이어진 노동이었다. 대체육 육포는 아침 식사나 간식으로는 적당했지만 고된 일로 소모된 대량의 칼로리를 채우기엔 역부족인 음식이었다. 때문에 사람들은 평소보다 더 지친 몸을 이끌고 집으로 돌아가야 했다.

「노동을 열심히 한 자에게는 휴식을 취할 권리가 있습니다. 내일을 위해 여러분은 각자의 집에서 필요한 만큼의 휴식을 취하고 다시 일터로 돌아와 주십시오. 우리의 노동은 업보를 씻어내기 위한 행위입니다.」

퇴근 시간이면 지겹도록 듣는 마키나의 음성과 함께 하진은 공장 밖으로 나섰다. 옆에는 하연이 함께였다. 유독 오늘은 평소보다 더 피곤한 느낌이 들었다. 짧은 휴식이나마 남들보다 더 쉬었음에도 그러했다. 하연 역시 피곤한 것은 마찬가지인지 공장 밖을 나서면서 길게 하품을 했다. 해는 진작 떨어진 채 가로등만이 켜져 있었다. 이제 한 시간 반 후면 바깥으로 나가는 것이 금지될 시간이라 어서 걸음을 옮겨야 했다. 하지만 하진은 쉽사리 걸음을 옮기지 못했다. 아까 오전에 본 것이 머릿속에 계속 맴돌았다. 일을 하면서 자신이 인부들을 보고 잘못 판단했을지도 모른다는 생각 역시 안 해본 것은 아니었다. 하지만 자신이 본 것은 분명히 바깥에서 온 사람들이었다. 적잖게 먼 거리였지만 무진도 사람들이 입는 옷의 색깔이 아니라는 것은 확실하게 보였다. 그렇다면 그 사람들이 어째서 이곳에 들어온 것인지, 하진은 그것이 궁금했다.

"피곤하다, 그치."

"어? 어어. 맞아. 오늘은 평소보다 더 피곤한 거 같아."

"이것도 다 마키나 님의 뜻이겠지. 힘든 건 다 이유가 있는 거야."

말도 안 되는 소리라며 반박하려던 하진은 입을 다물었다. 이미 둘 다 지칠 대로 지친 상황에서 감정이 상해봐야 그 누구도 이득을 보지 못할 것을 잘 알기 때문이었다. 더군다나 하연은 무조건 마키나를 옹호할 것이 뻔했으니 싸우는 의미가 없기도 했다. 무엇보다 하진은, 하연의 말에 신경 쓸 상황이 아니었다. 머릿속에는 이미 자신이 목격한 장면에 대한 궁금증이 꼬리에 꼬리를 물고 커지는 중이었다.

「오늘의 휴식은 어제의 내가 짊어진 업보에 대한 작은 보상입니다. 내일의 나는 오늘의 업을 위한 노동을 할 것이며 그 노동은 결국 모두를 구원하는 길이 될 것입니다.」

"피곤하다, 안 그래? 빨리 집 가서 쉬고 싶어. 그렇지?"

"⋯⋯."

"아가?"

"언니 나 공장에 뭘 좀 놓고 온 거 같아."

갑작스러운 발언에 하연은 당황한 기색을 숨기지 못했다.

"뭘 놓고 왔는데? 특별히 챙겨 온 짐 없지 않았어?"

"아니 그⋯⋯ 중요한 걸 놓고 왔어. 혹시 모르니까 지금 가서 바로 챙겨올게. 기다리지 말고 먼저 집 가 있어."

"그래도 같이 가는 게⋯⋯ 하진아 언니가 같이 가줄까?"

"아냐, 진짜 괜찮아. 나 금방 갔다 올게. 진짜로 금방 올 테니까 먼저 집에 가."

하진은 간신히 하연을 진정시킨 뒤 공장 방향으로 돌아

갔다. 기주 구역 쪽으로 쏟아져 나오는 수백 명의 인파를 뚫고 공장으로 향한 하진은 정문으로 들어가는 척 샛길로 빠졌다. 공장 바로 옆에 있는 숲으로 향하는 길이었다. 이 길로 쭉 가게 된다면 아까 전 배가 정박했던 해변가가 나올 터였다. 금지된 구역을 들어가는 것은 겁이 나는 일이었다. 정말로 마키나의 말처럼 오염된 무언가가 있을지도 모르는 일이었으며 어떤 돌발사태가 벌어질지 몰랐다. 하지만 그런 걱정과 불안을 이겨낼 정도로, 하진의 호기심은 억누를 수 있는 수준을 벗어나 있었다. 하진은 머릿속으로 계획을 세웠다. 통행금지 시간이 되기 전 조금만 확인을 해보고 오자는, 간단하지만 어쩌면 가장 복잡할 계획을 짰다. 사람들이 간 방향에 정말로 아무것도 없는 것이 확인되면 그대로 돌아올 예정이었고 확인이 되지 않으면 조금 더 들어가 볼 의향도 있었다. 하연에게는 미안했지만 하진의 발걸음은 이미 감당할 수 있는 선을 넘은 상황이었다.

하진이 조심스레 발을 내디뎠다. 공장과 경계를 이루듯 풀이 무성하게 자란 곳에 발을 댔지만 어떠한 제지도 없었다. 하다못해 지겹도록 들리던 마키나의 경고도 없었다. 천천히, 하진이 걸음을 옮겼다. 숲의 짙은 어둠 속으로 몸을 밀어 넣었다.

그리고 그것이 하진의 기억 속에 남아 있는 그날의 마지막 순간이었다.

아무것도 보이지 않았다. 눈앞에 비친 세상이 한없는 어둠뿐이었다. 하진은 가라앉고 있었다. 끝없는 암흑 속으로, 차가운 바닷물에 몸을 맡기고 있었다. 한기와 소금기를 잔뜩 머금은 바닷물이 귀와 코로 밀려 들어왔다. 힘이 쭉 빠져 늘어진 몸이 심해와 가까워질수록 보이는 것은 일렁이는 수면이 전부였다. 그나마도 점차 모습을 감췄다. 두 눈에 초점이 맞지 않았다. 아무것도 보이지 않았다. 잠이 밀려왔다. 무거워진 몸이 쉬고 싶다며 아우성을 쳤다. 이대로 모든 것을 멈추는 것도 나쁜 선택지는 아니라는 생각이 들었다.

아니, 이대로 눈을 감으면 안 된다는 생각이 문득 하진의 머릿속을 스쳐 지나갔다. 다 죽어가던 그 찰나에 그 어느 때보다 확실하게 떠오른 것은 본능이었다. 마지막 신호일지도 모르는 생존에 대한 최후의 구조 요청이었다.

그리고 그때, 하진의 몸이 누군가의 손에 끌어 올려졌다.

"그래서, 우리 아가…… 아니, 동생이 마키나 님의 말씀을 어기고 가면 안 되는 구역에 갔다고요? 그래서 이렇게 보안관리청 직원분이신 당신이 데려온 거고요?"

"일단은 그렇습니다. 제가 순찰을 돌던 중 발견해서 자택으로 데려온 것입니다. 누군가 임의로 물리적 제지를 가한 이후여서 숲 바깥을 벗어나는 움직임은 일어나지 않은 상태였지만 조금만 더 이동했다면 어떤 대형사고로 이어질지 몰랐을 일입니다."

하연이 그대로 주저앉았다. 온 세상이 무너진 것처럼 두 눈을 크게 뜨고서 손으로 입을 틀어막은 모습은 어느 오래된 영화 속에 나오는, 비극적인 상황을 맞이한 주인공을 연상시켰다. 하연의 두 손이 벌벌 떨렸다. 혼란을 그대로 담은 두 눈동자가 갈 곳을 잃고 방황했다.

"그, 그럴 리가 없어요. 저희 동생이 마키나 님에 대한 믿음이 부족한 건 사실이지만 그 정도로 불순한 짓을 저지를 리가 없는데요……. 말을 조금 안 들어서 그렇지 성격은 순한 아이예요. 마키나 님의 말을 거역하는 그런 끔찍하고 불경한 짓을 할 리 없다고요……. 믿음이 없는 사람들이 우리 아, 아니 동생을 꼬드긴 건 아닐까요?"

"하지만 제가 이미 모든 상황을 보았습니다. 따로 접선 같은 것은 있지 않았어요."

"그, 그럴 리가…… 그러면 이제 제 동생은, 우리 아가는 어떻게 되는 건가요? 속죄로써 죄를 벗어야 할까요? 그거라면 제가 얼마든지 대신할 테니 제발……."

"그런 정황은 보이지 않습니다만, 중요한 건 마키나 님께서 더 이상 제지하지 않는 것으로 보아 큰 처벌은 면했다는 게 아닐까요. 만약 직접 제지에 들어가셨다면 살아남는 것 자체가 불가능⋯⋯."

"아아, 마키나 님! 감사합니다, 정말 감사합니다! 이 은혜와 자비를 더 큰 믿음으로 보답하겠습니다!"

순식간에 말이 가로막힌 직원은 머쓱한 듯 헛기침을 했다. 이내 들고 있던 서류 가방을 내려놓고 안에서 종이 한 장을 꺼내 하연에게 건넸다.

"마키나 님의 은총이라면 은총입니다. 사고를 당한 동생분에게 특별한 처벌 대신 3일간의 근신 겸 휴식을 내리기로 하셨습니다. 대신 바깥으로 나오지 않는다는 전제 조건을 거셨지만⋯⋯."

"제가 잘 감시하겠습니다! 동생을 혼내서라도 마키나 님의 은혜에 반하는 짓은 하지 않도록 만들게요!"

종이 한 장에 하연은 마치 온 세상을 모조리 얻은 것 같은 황홀한 표정을 지었다. 머쓱함은 오롯이 직원의 몫이었다.

"더 깊은 이야기는 이따 가면서 하기로 하고⋯⋯ 동생분은 방 안에 있습니까?"

"아, 네. 방에 있어요. 무슨 볼일이라도?"

직원은 잠시 아무 말 없이 옅은 미소를 지었다. 그 웃음을 어떻게 해석한 것인지 알 수는 없었지만 하연은 마치 큰 은혜를 입은 것처럼 황급히 몸을 비켜주었다.

"식사와 기도를 준비하고 있겠습니다. 편히 이야기 나누고 나오세요."

하연은 부엌으로 도망치듯 달려갔다. 그 뒷모습을 바라

보던 직원은 한숨을 작게 내쉬고서 방문을 짧게 두 번 두드렸다.

하진은 지끈거리는 머리를 쥐어 잡았다. 분명 자신이 지난밤, 모든 업무를 끝내고 금지된 구역인 숲으로 간 것까지는 확실하게 기억이 났다. 하지만 그 이후로는 어떤 것도 떠오르지 않았다. 뒤통수가 얼얼한 것으로 보아 무언가에 부딪히거나 맞은 게 확실한데, 그 정체불명의 무언가가 무엇일지 짐작조차 가지 않았다. 답답하지만 기억을 되짚어보려 해도 미세한 편린조차 존재하지 않는 느낌이었다.

"잠시 들어가겠습니다."

방문이 열리더니 낯선 남자가 안으로 들어왔다. 보안관리청 소속 직원들이 입고 다니는 남색 옷을 입은 남자였다. 구릿빛 피부에 상당히 잘생긴 외모라 자신도 모르게 와, 하고 탄성을 지른 하진이 이내 정신을 차리고 헛기침을 했다. 감탄할 만한 외모를 가진 이 남자는 자신에게 해를 끼칠지도 모르는 자이기에 오히려 정신을 바짝 차려야 했다. 그러나 남자는 손에 들고 있던 종이를 건네주는 것 외에 어떠한 행동도 하지 않았다.

"무진도 보안관리청 제1경비팀 소속 임민우입니다."

"아, 네……."

"지난밤 이하진 씨가 금지된 구역으로 침입하려 한 건에 대하여 마키나 님이 내리신 처벌과 그에 따른 통보를 하기 위해 이곳에 방문했습니다."

"어? 벌이요? 아니, 저는 어제 일이 안 떠오르는데요!"

"농담할 상황 아닙니다. 당신은 지금 마키나 님이 금지하신 것을 어긴 죄인의 신분이며 최악의 경우에는,"

"아니, 저 진짜로 아무것도 기억이 안 난다니까요? 오히려 제가 머리를 얻어맞았는지 뒤통수가 아파요! 아, 누군가 제 뒤통수를 때린 거 보면 분명 저 말고 다른 사람이 또 있었다는 얘기 아닐까요? 제게만 죄를 물을 게 아니라 그 사람을 찾아내서 똑같이 죄를 물으시는 건요? 마키나…… 님……한테 CCTV 같은 기술이 없을 리가 없으니 찾아내는 건 일도 아닐 텐데요."

"언니나 동생이나 남한테 책임 전가하는 건 똑같네."

"네?"

"거기에 적힌 것들 쭉 읽어보시고, 자세한 내용은 당신 언니 되는 분에게 설명해놓을 테니 알아서 잘 들으십시오. 내용을 이행하지 않아 생기는 불상사에 대해 저를 포함한 보안관리청 직원 측은 일절 책임지지 않습니다."

민우는 몸을 돌려 밖으로 나가려 했다. 그러다 잠시, 멈춰 서서 하진을 빤히 바라보았다. 무언가 할 말이 많지만 하지 못하는 사람처럼 아무 말 없이 하진을 응시했다.

"할 말 있으신가요?"

"정말로, 기억 안 나는 것 맞습니까?"

"네? 네. 기억 안 나는데요."

"거짓이 아니라고 믿겠습니다. 당신의 말이 거짓이라 쳐도 끝까지 그렇게 연기하는 것이 더 나을 테고요."

의중을 알 수 없는 민우의 말은 바깥에서 들려오는 마키나의 음성에 그대로 파묻혔다.

짧은 기도가 끝나고 민우가 식사는 필요 없다며 영상 하나를 틀어준 뒤 하연과 같이 나가자 남은 것은 하진 혼자였다. 할 일이 없었다. 어린 시절에는 하루 종일 학교에서 시간을 보내고 나이가 찬 이후에는 공장에서 노동을 하며 눈코 뜰새 없이 지냈으니 의도치 않게 찾아온 여유가 낯설었다. 영상은 별것이 없었다. 마키나가 화면에 나와 지겹도록 주장했던 그 이야기였다.

「우리는 선택받은 이들입니다. 우리는 섬 안으로 들어오지 못한 '선택받지 못한 자들'의 몫만큼 선조들의 업보를 청산해야 하며…….」

하진은 망설임 없이 텔레비전의 전원을 껐다.

텔레비전을 보지 않으니 할 수 있는 일은 침대에 누워 천장만 멍하니 바라보는 것뿐이었다. 배가 고프지 않아 부엌은 관심 밖의 공간이 되었다. 아무 무늬도 없는 살구색 벽지를 보며 어젯밤 무슨 일이 있었는지 떠올려보려 했다. 자신은 분명 숲에 갔었고 거기까지는 기억이 존재했다. 그러나 그 이후는 아무리 생각해도 떠오르지 않았다. 인위적인 무언가가 개입해 기억이 몽땅 날아간 것 같았지만 그 '무언가'에 대해서도 짐작 가는 바가 없었다. 되짚어보려 해도 돌아오는 것은 지끈거리는 두통뿐이었다.

한참을 누워 있던 하진이 자리에서 일어났다. 계속해서 누워 있는 것으로 시간을 때우기에는 너무나도 지루했다. 그렇다고 무언가 할 만한 것이 있는 건 또 아니었다. 이쯤 되니 바깥으로 나올 기회가 거의 없는 노인들은 어떻게 생활을 하는 것인지, 그것이 궁금해질 지경이었다. 어슬렁거리며 밖으로 나온 하진이 거실을 둘러보았다. 곳곳에 마키나와 관련된 물품들이 놓여 있어 소파가 졸지에 부가 제품으로 전락한, 평소와 다름 없는 공간이었다.

「저는 언제나 여러분의 구원을 위해 노력하고 있습니다.」

"어?"

갑자기 들려오는 또 다른 마키나의 목소리에 하진이 번쩍 고개를 들었다. 설치된 스피커에서 흘러나오는 음성이었다. 자신에게 하는 말은 아니고 아마도 공장에 있을 사람들에게 하는 말일 터였다. 방송이 공장 내에서만 나오지 않고 전체적으로 흘러나온다는 것은 오늘 처음 안 사실이었다. '최첨단 인공 의식'치고는 어딘가 허술하다는 생각이 들었다.

「노동. 그것은 우리들이 짊어진 원죄를 덜어내는 신성한 행위입니다. 노동으로 만들어진 산물을 먹음으로써 우리는 우리의 윗세대가 만들어낸 죄를 조금씩 씻어낼 수 있습니다. 이미 이곳에 들어왔다는 것으로도 축복받은 것임은 분명하지만 더 많은 노력을 통해 더 큰 깨달음을 얻어야 하며 그러기 위해서는 저를 끝까지 믿어야⋯⋯.」

　마키나의 연설은 들어봐야 늘 듣던 말을 조금씩 변형시킬 뿐이었다. 하지만 하연을 포함한 대부분의 사람들은 지금도 이 뻔하고 틀에 박힌 말에 열광하고 충성을 맹세하고 있을 것이 선했다. 추호의 의심도 없는 사람들에게 하진은 홀로 답답함을 느끼고 있었다. 더 이상 들을 가치도 없다고 생각한 하진은 주위를 두리번거리다 문득 현관문으로 시선을 돌렸다.

　"⋯⋯."

　원칙대로라면 하진은 사흘간 바깥으로의 외출이 금지된 상태였다. 하연이 아무리 동생을 극진히 아낀다지만 그것은 어디까지나 마키나가 허락한 한도 내에서만 이루어지는 행동이기에 당연하게도 동생이 몰래 바깥 공기를 쐴 수 있게 도와준다는 이야기는 사실상 이뤄지지 않을 소리였다. 때문에 하진이 나갈 수 있는 공간의 최대 한계는 바깥 베란다 정도가 끝이었다. 하지만 만약 하진 스스로 현관문을 열고 나간다면? 사람들이 모두 공장에 있으니 어쩌면 다시 금지된 구역으로 몰래 들어가 자신에게 무슨 일이 있었는지 그 진상을 파헤쳐 볼 수 있을지도 몰랐다. 어떤 결과가 나올지는 알 수 없었지만 그래도 큰일이 있을 것 같지는 않다고, 만약 바깥에 자신도 모르게 경비를 서고 있는 보안관리청 직원이 있다면 실수로 연 거라 둘러대면 될 것이라고, 하진은 생각했다.

하진은 천천히 손을 뻗었다. 문손잡이를 꼭 쥐자 차가운 금속의 느낌이 손바닥에 전해졌다. 일단 손잡이를 잡는 것으로는 별다른 현상은 나타나지 않았다. 하진이 손잡이를 돌렸다. 그리고 그대로 문을 바깥쪽으로 밀었다. 그 순간.

웨에에에에에에에엥.

귀를 찢을 듯이 요란한 사이렌이 울렸다. 문을 반의반 뼘만큼 연 순간 들린 소리였다. 하진이 문을 닫고서 귀를 틀어막았다. 하지만 귀를 막은 것이 무색하게도 사이렌은 문을 닫자마자 멈췄다. 하진이 천천히 귀에서 손을 떼어냈다. 가뜩이나 놀란 심장이 점점 더 빠르게 뛰었다. 자신이 방금 무슨 일을 겪은 것인지 제대로 인지할 수 없었다. 하진이 고개를 획 돌려 문을 바라봤다. 이 요란한 소리를 들은 근처의, 혹은 무진도의 보안을 책임지고 있을 보안관리청 직원들이 찾아올지도 모르는 일이었다. 어쩌면 문을 벌컥 열고 하진을 추궁하다 어딘가로 끌고 가 심문을 할 수도 있었다. 충분히 가능한 일이었다. 하지만 아무리 기다려도 보안관리청은커녕 사람 자체가 찾아오지 않았다. 보안관리청 쪽 사람을 제외한다면 근처의 이웃들이야 모두 다 일터나 학교에 나갔을 것이고 나이 든 사람들은 바깥에 나가지 못하니 사실상 올 사람은 없다고 봐도 무방했다. 그대로 굳은 채 문만 바라보던 하진은 아홉 시를 알리는 종소리기 저 멀리 희미하게 울리는 것을 듣고 나서야 숨을 돌릴 수 있었다.

긴장이 풀리자 찌를 듯한 두통이 찾아왔다. 머리가 아팠다. 잠시라도 신선한 공기를 마시고 싶었다. 하지만 방금 전의 상황을 감수하면서까지 바깥에 나가는 것은 무리였다. 그렇게 요란한 사이렌이 울렸음에도 찾아온 사람이 없다는 것은 기적이었지만 사이렌이 두 번째 울리는 순간에도 같은 기적이 일어난다는 보장은 없었다. 결국 하진의 선택은 베란다로 나가는 것이었다. 귀를 찢을 것 같은 소리를 듣지 않아도 바깥 공기를 마실 수 있는 유일한 창구였다.

베란다 창문을 열자 시원한 공기가 뺨을 스쳤다. 문득 이렇게 맑은 공기를 마셔본 게 얼마 만인가 하는 생각이 들었다. 애초에 해가 뜬 하늘을 시간제한 없이 마음껏 본 것이 너무 오랜만이었다. 새벽 즈음에 나가 밤에 돌아오니 이런 밝은 시간대에 집에 있는 것 자체가 꿈만 같았다. 근신 처분이 오히려 포상처럼 느껴질 지경이었다. 물론 하연이 하진의 속마음을 듣는다면 불경하다며 한 소리 할지도 모르는 일이었다. 하진이 난간에 턱을 괸 채 자신의 시야에 들어오는 것들을 구경했다. 저 멀리 보이는 숲, 그것보다 조금 더 가까이 보이는 광장, 사람들이 사는 빌라 건물들까지. 개미 한 마리 보이지 않는 무진도는 인공 의식을 숭배하는 광적인 주민들이 머물고 있다는 것이 믿기지 않을 정도로 적요했다.

그 공백을 깬 것은 한 낯선 목소리였다.

"저기요, 저기!"

건물 아래에서 들려오는 여자 목소리에 하진이 밑을 내려다보았다. 시선을 돌리자 초면의 여성이 보였다. 많아야 20대 초중반 정도로 보이는 여자는 가방 하나를 멘 채 하진을 향해 손을 흔들고 있었다. 무엇보다 하진의 시선을 끈 것은 여자의 옷차림이었다. 공통으로 배급되는 옷이 아닌 처음 보는 디자인의 옷을 입은 여자는 이질적이라는 느낌을 주기에 충분했다.

"저기요! 저 기억나요? 우리 어제 만났는데!"

"네?"

기억이 날 리 없었다. 하루가 머릿속에서 통째로 날아간 판에 초면의 여성을 기억할 정신이 남아 있을 확률은 굉장히 낮았다.

"우리 어제 바닷가에서 만났잖아요. 서로 대화도 나누고 통성명도 했는데! 기억 안 나요?"

"제가요?"

"뭐야, 하루 지났다고 벌써 까먹었어요? 아니면 내가 어제 급하게 가야 된다고 가버려서 삐졌나?"

여자의 말에 하진의 머릿속은 더욱 복잡해졌다. 대체 어제의 자신이 무엇을 하고 다녔던 것인지 짐작조차 가지 않았다. 아니, 일단 바닷가에 있었다면 저 여자 역시 자신처럼 마키나에 대해 의심을 품거나 그에 준하는 계기가 있었다는 소리 아닌가? 여자가 주변을 둘러보다 이내 다시 고개를 들어

8

하진을 바라보았다.

"아아, 어제 그렇게 갑자기 대화하다 가버려서 기분 상했구나! 이해해요. 나도 말하다 자기 할 얘기만 하고 가는 놈은 좀 짜증 나거든. 내가 당신이었어도 충분히 짜증 났을 거예요. 아, 그게 중요한 게 아닌데. 저 뭐 하나만 물어봐도 될까요?"

"아…… 네, 뭐…… 물어보세요."

"여기 식물원 쪽으로 가는 거 맞아요? 지도 보면서 찾아오긴 했는데 제가 좀 길치라 일행들을 못 찾고 있거든요!"

"네? 식물원?"

"네, 식물원!"

처음 듣는 소리였다. 무진도 내에 그런 게 있다는 말은 들어본 적이 없었다. 아니, 애초에 '식물원'이라는 단어 자체가 낯설었다. 마키나가 과거 '멸망하기 전의 바깥세상'에 존재하던 것이라 설명했던 게 어렴풋이 기억났지만 그 이상은 생각해본 적도, 굳이 의의를 둔 적도 없는 단어였다.

"어…… 몰라요?"

하진의 반응이 미적지근하자 여자는 난감하다는 듯 눈가를 찡그렸다.

"그러면 '무진 역사 박물관'은 어딘지 아세요? 지도상으로는 식물원 근처이긴 한데."

"글쎄요……."

"그럼 '무진랜드'는요? '카페 미스트'는 알아요? 거기 커피가 나름 맛있다던데!”

　　하나도 알지 못했다. 여자가 말하는 모든 장소는 하진에게 너무나 생소했으며 그런 곳이 있다는 소리조차 들어본 적 없었다. 아주 잠시지만 하진은 여자가 자신을 놀리는 것이라고 생각했다. 하지만 여자의 얼굴에 장난기 같은 건 없었다. 오히려 진지했다. 계속되는 질문에 하진이 모르쇠로 일관하자 여자는 지친 듯 한숨을 내쉬었다.

　　“그러면 물 한 잔만 얻어 마시고 가도 될까요? 제가 여기 주변을 계속 헤매서 목이 좀 많이 마르거든요.”

　　하진은 문득 뒤를 돌아보았다. 몇 분 전 요란하게 울린 사이렌이 지금은 울리지 않을 거라는 보장이 없었다. 오히려 지금 다시 문을 연다면 새벽에 보았던, 이름도 잘 기억나지 않는 보안관리청 직원이 와서 자신을 잡아갈지도 모르는 일이었다. 만약 그런 일이 일어나면 하연이 ‘마키나의 은혜를 저버렸다’라며 울부짖을지도 몰랐다. 어찌 되었든 상황이 그리 좋지 않은 방향으로 흘러가리라는 것은 확실했다.

　　“안 되나요?”

　　하진이 대답을 망설이자 여자가 되물었다.

　　“아…… 안 되는 것은 아닌데, 지금 문이 좀…….”

　　“아, 문이 고장 나서 그러셨구나! 그래서 지금 못 나가고 계신 건가요? 수리공 기다리는 중?”

　　“비슷하죠…….”

　　“그런 거라면 걱정하지 마세요. 가방 한 번만 받아주시겠어요?"

여자가 메고 있던 가방을 벗은 뒤 그대로 위를 향해 던졌다. 하진이 급히 몸을 굽혀 가방을 받았다. 하진의 몸이 순간 휘청일 정도로 가방은 묵직했다. 뭐가 들어 있는 것인지 궁금해질 정도였다.

"잠깐 비켜주실래요?"

하진이 가방과 함께 몇 걸음 물러서자 여자가 제자리에서 준비 운동을 하듯 두 번 정도 뜀을 뛰었다. 그러더니 그대로 건물을 향해 달렸다. 탁. 1층의 발코니 난간을 잡은 여자는 그것을 발판 삼아 발을 걸치고서 반동을 줘 몸을 위로 올렸다. 그 후 2층 난간을 잡은 뒤 팔에 힘을 줘 버티는 상태에서 몸을 발코니 안으로 밀어 넣었다. 그 모습을 지켜보던 하진은 놀라 두 눈을 크게 떴다. 한눈에 봐도 범상치 않은, 비범한 행동이었다. 정작 당사자는 아무렇지 않다는 듯 자리에서 일어나 태연하게 웃으며 옷의 먼지를 털고 있었다. 익숙한 움직임이었다.

"그럼 이제 물 한 잔만…… 많이 놀라셨어요?"

하진은 딱히 부정하지 않고 고개를 끄덕였다.

"제가 또 예전에 몸 쓰는 일을 했어서 이런 건 나름 자신 있거든요. 지금은 사정이 있어서 다른 일이긴 한데 어쨌든 잘하는 편이라 자부해요."

"아……."

"아이고, 내 정신 좀 봐. 통성명도 제대로 안 했는데 제

자랑부터 하고 있었네요."

여자가 손을 내밀었다.

"우담화라고 합니다. 어제 만났을 때 인사를 했어야 하
는데 못 했어요. 사실 자랑은 아니지만 그때도 길 잃고 헤매
는 중이었거든요, 하하."

하진은 살짝 벙찐 상태로 멋쩍게 웃는 담화의 악수에 응
했다.

"그나저나, 마키나 좋아하시나 봐요?"

물 한 잔을 마신 뒤 두리번거리며 거실을 둘러보던 담화
가 문득 꺼낸 말이었다. 하연의 취향이 전적으로 반영된 터라
거실에서는 어렵지 않게 마키나에 대한 숭배의 흔적을 볼 수
있었다. 그러니 담화가 그런 생각을 하는 것도 무리는 아니었
다. 다만 하진은 순간 담화가 보안관리청에서 온 스파이일지
도 모른다고 생각했다. 자신을 어제 바닷가에서 만났다고 하
는 것도 그렇고, 사이렌이 요란하게 울리자 마키나가 직원을
보내는 대신 사상 검증을 목적으로 낯선 사람을 보낸 것일지
도 모른다는 가설이 뇌리를 스쳐 지나갔다. 하진은 자리에 멈
춰 서서 담화를 빤히 바라보았다. 하진은 자신을 눈치가 좋은
편은 아니지만 최소한의 직감은 있다고 여기는 사람이었다.
그리고 그 '최소한의 직감'이 지금 발휘되고 있는 것이라고 생
각했다.

"모두가 다 그렇지 않나요? 마키나 님……의 가호 아래

다 평화롭게 사는 건네.”

하연의 흉내를 최대한 그럴싸하게 냈다고, 하진은 생각했다. 담화는 고개를 갸웃거렸지만 별다른 말은 없었다. 한고비 넘겼다는 안도감에 하진이 작게 숨을 내쉬었다.

“담화 씨도 그렇지 않아요? 여기 무진도 사람들은 다 모름지기 마키나 님을 믿는 것이 맞잖아요.”

“그런가요? 저는 여기 사람이 아니라 잘 모르겠네요, 하하.”

그 작은 한숨이 잘못된 추측에 대한 섣부른 안심이었다는 것을 깨닫는 데엔 그리 오래 걸리지 않았다.

“……무진도 사람이 아니라고요?”

“네, 저는 여기 관광 온 건데요? 동기들이랑 놀러 온 거예요. 근데 이건 어제도 얘기하지 않았나요?”

“여기 사람이 아니면 ‘선택받지 못한 자들’ 같은 건가요? 아니 일단, 바깥에 사람 살 곳이 있나요?”

“아, 여기는 밖에서 온 사람들을 그렇게 불러요? 신기하네.”

담화는 웃었지만 하진은 웃을 수 없었다.

“그러면 마키나를 어떻게 아는 건데요?”

“여기 관광 오면 안내원으로 나오는 인공 의식이 마키나잖아요? 1세대 인공 의식을 체험하고 볼 수 있는 유일한 곳이 여기, 무진도거든요. 얼마 전에 4세대가 나와서 이런 구식, 아니 프로토타입 인공 의식 체험이 흔한 경험은 아니에요. 바깥세상, 제가 사는 곳은 요새 어지간한 가게도 최소 2세대부터 사용하는 중이라."

"어디서 왔는데요?"

"서울이요."

담화는 의아하다는 표정으로 하진을 바라보았다. 처음 듣는 정보와 이야기들이 순식간에 여과 없이 하진을 덮쳤다. 그것은 곧 할 말을 잃게 만들고 그동안 자신이 가지고 있던 모든 지식을 부정하기에 충분했다.

"그…… 서울이라는 곳은, 살 만한가요?"

"네, 뭐. 공기 좀 안 좋은 것만 빼면 살기 좋죠. 아, 집값 문제도 제외. 요새 원룸 가격이 천정부지로 뛰어서 엄청 난리 났거든요. 그래서 그런지 몰라도 여기가 여행지로 각광 받고 있어요. 공기도 맑은 편이고 숙박비도 서울 원룸 가격의 10분의 1이거든요. 회전율을 위해 과도한 장기 숙박은 불가능하지만 그래도 인기 있는 곳인 건 사실이죠. 특히 어르신들이 추억 여행이라고 좋아하시던데."

담화가 가방을 가져와 뒤적이더니 지도 하나를 꺼냈다.

"제 거 3세대 인공 의식 탑재 워치 보여드리면 좋을 텐데 하필 그게 또 고장이라 숙소에 놓고 왔거든요. 대신 이 지도라도 가져와서 다행이에요. 구식이지만 대부분의 정보가 담겨 있으니까요."

그 순간 딩딩거리는 짧은 알림음이 스피커를 타고 흘러나왔다.

「모든 무진도의 주민들에게 알리는 소식입니다. 오늘의 업무 분량을 두 배로 늘리려 합니다. 자리 이탈 없이 업무에 집중하여 다시 안내 방송이 나올 때까지 좋은 결과를 도출하기 바랍니다.」

"무슨 소리예요? 뭐 일할 거 있어요?"

하진이 고개를 저었다. 공장이나 일터면 몰라도 자신에겐 일이 없었다. 그때 담화가 무언가 떠올랐다는 듯 아차 싶은 표정을 지었다.

"내 정신 좀 봐! 지금 여기 있을 때가 아닌데. 친구들이 저를 찾고 있을 거예요. 제가 길치인 걸 알면서도 몰래 돌아다녔거든요. 게다가 주의 사항에 함부로 돌아다니지 말라고…… 아니, 이게 중요한 건 아니고. 어쨌든 저 가볼게요. 물 잘 마셨어요!"

"저기, 지도는……!"

"가져요. 저는 하나 더 있거든요. 나중에 기회가 된다면 또 만나요!"

담화가 급히 가방을 메고 베란다 밖으로 뛰쳐나갔다. 순식간에 몸을 난간 아래로 내던진 담화를 보고 놀란 하진이 베란다로 달려갔다. 아래를 내려다보았을 때 담화는 태연하게 손을 흔든 뒤 자신이 왔던 방향의 반대쪽으로 달려가고 있었다. 길이 어딘지도 모르면서 발걸음은 당당했다.

"……."

하진은 한동안 담화가 달려간 방향에서 눈을 떼지 못했

다. 그리고 어느 순간, 무언가를 깨달았다.

"그러고 보니, 나는 왜……."

업무는 열 시에 끝이 났다. 평소보다 촉박한 귀가 제한 시간 때문에 퇴근길은 나름 장관이었다. 늦지 않기 위해, 더 정확히는 마키나가 정한 규율에서 벗어나지 않기 위해 발버둥 치는 사람들의 발걸음이 빚어낸 풍경이었다. 한 번에 우르르 몰려나와선 집에 가기 위해 뛰고, 밀치고, 넘어지는 모습은 혼란스러운, 하지만 어디서도 볼 수 없는 광경이었다.

하진은 베란다에서 모든 상황을 지켜보고 있었다. 믿음의 크기와 관계없이 당장 어제까지도 하진 역시 저 사람들 무리에 끼어 있었다. 하지만 오늘은 기분이 달랐다. 단순히 무리에 포함되고 말고의 문제가 아니었다. 생각이 많아지는 밤이었다.

"집에 잘 있었어? 푹 쉬었고? 내가 우리 아가 혼자 집에 있는 거 불안해서 빨리 오려고 했는데 사람이 하도 많아서 쉽지가 않았네. 그래도 오늘 하루 늦잠도 자고 그랬지? 그게 다 마키나 님의 가호니까 근신 끝나면 꼭 '감사합니다, 마키나 님' 하고 기도드려."

집에 돌아온 하연이 크게 하품을 했다. 많이 피곤한 것인지 두 눈을 비비며 부엌으로 향한 하연은 냄비를 열어보더니 하진에게로 시선을 돌렸다.

"밥 안 먹었어? 왜 찌개가 그대로야?"

"어? 어어, 배가 안 고파서. 밥 생각이 별로 없어."

"그래도 좀 먹지. 아예 안 먹으면 나중에 배고파서 잠도 안 올 텐데."

"아냐, 진짜 괜찮아. 나 피곤해, 언니. 먼저 자러 가도 될까?"

"많이 졸려? 어서 자러 가. 내일 봐, 아가."

하진이 고개를 끄덕이고서 발걸음을 옮기려 했다. 그러다 문득 멈춰 서서 뒤를 돌아봤다.

"왜?"

"언니, 만약에…… 혹시 마키나가 거짓이라면…….."

"너 언니 없는 동안 그런 불순한 생각만 했니?"

순식간에 표정이 굳어버리는 하연에 하진이 급히 고개를 저었다.

"만약이야, 만약. 내가 진짜로 그렇게 믿는다는 건 아니고."

"얘기해 봐."

"만약에 마키나가 거짓이고 우리가 알던 게 다 거짓말이었다면 언니는 기분이 어떨 것 같아?"

"그럴 일 없어서 상상이 안 되는데. 마키나 님이 왜 거짓이야? 또 마키나 님이 굳이 거짓을 말해야 할 이유가 있나?"

"……그건 그렇지."

"결국 그런 생각을 한 것도 다 네 믿음이 부족한 거야. 지금은 언니가 우리 아가 몫까지 기도하고 있지만 나중에는 꼭 너도 열심히 기도해야 해. 그래야 마키나 님이 우리를 어여삐 여겨주시지. 알겠지?"

딱히 큰 수확은 얻지 못한 채 하진은 혹시나 하연이 또다시 연설을 시작할까 봐 도망치듯 방으로 돌아와야 했다.

방으로 돌아온 하진은 그대로 이불을 뒤집어썼다. 누가 들어올 일도, 엿들을 낌새도 없었지만 주위를 몇 번이나 둘러본 하진은 그대로 침대에 누워 베개 아래에 숨겨뒀던 지도를 꺼내 들었다. 조용히 손전등을 켜자 가장 먼저 눈에 들어온 것은 매끈한 재질의 종이에 화려한 글씨체로 적힌 '무진도 관광 가이드(ver. 03)'라는 제목이었다. 한 페이지를 넘기자 섬의 전경이 찍힌 사진이 대문짝만하게 박혀 있었다. 처음 보는 풍경이었지만 그것이 무진도의 전체적인 모습임은 어렵지 않게 짐작할 수 있었다. 사진 아래에는 긴 소개 글이 적혀 있었다. 하진은 소리 없이 그 글을 읽어나갔다.

무진도는 50년 전 전 세계적으로 일어난 대지진 이후 각종 자연재해에 대비하기 위한 메뉴얼을 갖춘 프로토타입 인공 의식 '마키나'가 전체를 총괄하는 섬입니다. 섬의 주민들은 50년 전 마키나의 최종 검토 단계에서 자원하거나 선발되어

섬에 정착한 이들이며 현재는 2세대까지 자녀를 낳는 등 그들 스스로의 생활을 이어나가고 있습니다. 무진도는 과거 사용되던 마키나가 유일하게 사용되는 섬으로 어른들에게는 과거의 추억 여행, 아이들에게는 역사 여행을 할 수 있는 유용한 시간이…….

믿기지 않았다. 하루아침 새에 자신이 알던 모든 세상이 부정당하니 당황스러운 것이 사실이었다. 하진이 몇 페이지를 더 넘겼다. 이번에는 전체 지도가 그려져 있었다. 섬의 전체적인 그림이 반으로 나누어져 있었는데, 반을 가르는 선에는 나무 그림이 여럿 그려져 있었다. 나무를 기준으로 왼쪽은 공장 그림이, 공장 아래에는 집이 여러 채 그려져 있었다. 그 위에는 주석이 달려 있었다.

무진도 주민들의 거주지이자 근무지가 위치한 곳입니다. 주민들의 업무를 방해하지 않기 위해 관광 시간은 오전 여덟 시에서 오후 아홉 시로 제한합니다. 주민들의 생산품인 대체육 육포 *EAT MEAT*를 기념품으로 구매해보세요!

섬의 오른쪽에는 설명이 빼곡하게 적혀 있었다. 몇 안 되는 그림 외에는 텅 빈 것과 마찬가지인 왼쪽과 굉장히 대조적이었다. 하진은 오른쪽이 무슨 구역인지 알았다. 마키나가 주민들에게 절대 가지 말라고 경고하는 공간, 동시에 자신이 호기심에 갔다가 하루치의 기억을 죄다 잃어버린 곳이었다. 빼곡히 달린 주석은 촘촘하게 한 페이지를 채우고 있었다. 그리고 그곳에 적혀 있는 이름들은, 지금까지 무진도에 있을 거라곤 생각하지 못한 시설들이었다.

"동물원, 식물원, 테마파크, 박물관……."

몇 페이지를 더 넘기자 사진이 나왔다. 무진도의 사람들처럼 같은 색에 크기만 다른 복장이 아닌 형형색색의 다양한 옷을 입은 사람들이 신나게 웃으며 찍은 사진이었다. 그들은 꽃 앞에서, 동물 앞에서, 놀이기구 앞에서 포즈를 취한 채 즐겁다는 미소를 짓고 있었다.

하진은 더 이상 지도를 보지 않았다. 더 정확히는 보지 못했다. 급히 지도를 눈앞에서 숨긴 뒤 손전등을 끄고 이불 밖으로 나왔다. 심장이 미친 듯이 뛰었다. 절대로 해선 안 될 짓을 한 것 같았다. 차마 치워버리지 못한 지도를 베개 아래에 숨긴 채 두 눈을 꽉 감았다. 눈앞이 캄캄해졌다. 하지만 잠은 오지 않았다. 그렇게 기나긴 밤을 잠들지 못하고, 하진은 뜬눈으로 밤을 지새웠다.

여기까지가 제가 문제없이 게임을 진행했던 부분입니다. 그런데 그다음부터 하진이라는 캐릭터가 조금 이상합니다. 제가 좋아하는 아이돌을 대입한 캐릭터라서 계속 키워보려 했는데요. 이 이후에 게임을 진행할 때마다 캐릭터가 자꾸 저를 바라보는 기분이 듭니다. 아니, 저를 정말로 바라봅니다. 제가 선택지를 고르려 하면 마치 무슨 선택을 할 거냐는 듯이 바라보고 있어요. 그리고 선택지 조작 실수로 게임이 오버 되면 짓는 그 표정이…… 저를 원망하는 그런 느낌이 듭니다. 처음에는 게임 자체가 그런 줄 알았는데 다른 게임 이용자들 후기를 보니 그런 말도 없고요. 원래 이런 게임인가요? 제가 잘못 느낀 것이 아니라, 게임을 할 때마다 자꾸 마음이 불편해집니다.

만약 이 게임에서 제가 느낀 이상한 점이 버그가 맞다면 환불을 부탁드리는 바입니다. 하진의 캐릭터로 쓰던 아이돌이 해체해서 기분도 안 좋은데 이런 버그까지 접하니 더더욱 기분이 좋지 않습니다. 이렇게 구체적인 이유까지 들었으니 이번에는 좋은 판단해 주시길 바랍니다.

그럼 좋은 하루 되세요.

장미문

숲은 멀고 외딸았다. 또 고요했다. 별들도 졸음에 겨워 깜빡이는 듯한 새벽에는 풀잎 끝에 맺힌 이슬이 굴러떨어지는 소리를 들을 수 있을 만큼.

흉한 것들은 출입할 엄두를 내지 못하는 곳이었다. 그 숲 가까이에 이르러 구름은 흩어졌고 비는 잦아들었다. 비탈 아래 숨은 동굴들은 깊었으나 한숨 같은 바람이 새어 나올 뿐이가 날카로운 맹수들은 살지 않았다. 그 숲에서는 씨앗이 익어 꼬투리가 벌어지는 소리조차 작고 나직했다. 노루들은 마른 풀 위에 웅크린 채로 단잠을 이루었고 새들은 정적 속에서 깃털을 흩날리며 낙과를 쪼아 먹었다.

그런가 하면 나무꾼들은 함부로 도끼를 휘두르지 않았다. 그곳의 나무들은 피를 흘린다는 속설 때문이었다. 들리는 바에 따르면 그 같은 언사를 믿지 않고 멋대로 도끼질을 한

삭자들은 머지않아 피눈물을 흘리며 실성하고 만다고 했다.

사냥꾼들은 아예 발을 들이지 못했다. 살해하려는 마음을 품은 이들은 그 숲에 우연히 들어왔다가 끝나지 않는 길을 영원히 맴돌아야 했다. 죽은 후에도 숲에 사로잡혀 빠져나가지 못했다.

메아리가 멀리 퍼져나가던 어느 날에는 머리가 하얗게 센 노파가 숲을 찾았다. 남은 목숨을 모두 내놓는 한이 있어도 이루고 싶은 소망을 위해 기도를 올렸다. 그 밤, 우듬지 위로 떠오른 달은 유독 밝았다.

오로지 일말의 적의도 없는 사람들만이 빽빽이 들어찬 가시나무 군락을 가로질러 그 숲 깊숙이 나아갈 수 있었다. 그러면 낭떠러지 앞에 돌아앉은 집 한 채를 발견할 수 있었다. 그 집 역시 숲의 경계 안에 위치해 있었다. 숲과 숲을 이룬 나무들에 보호받고 있었다.

단칸의 아담한 기와집이었다. 누가 언제 지었는지는 아무도 몰랐다. 하나 분명한 건 그 집이 오래전부터 그 자리에 있었다는 점이었다. 하지만 긴 세월이 흘러 지금은 그곳으로 이어지는 오솔길마저 지워져 있었다.

"언니, 모란 언니!" 부르는 말소리가 개암나무 이파리를 들썩였다. 다람쥐 한 마리가 쪼르르 나무 밑동을 타고 올라갔다.

숲 그림자 속에서 모습을 드러낸 건 일고여덟 살쯤 먹었을까 싶은 소녀였다. 흰 치마저고리를 입은 그 소녀는 징검다리라도 밟는 것처럼 이 바위에서 저 바위로 깡충깡충 뛰어다녔다. 헝클어진 머리에는 시든 꽃잎 한 장이 붙어 있었다. 아침 일찍 항아리의 물을 떠서 씻은 낯이 벌써 지저분했다. 콧물을 훌쩍인 작약이 흙 묻은 손등으로 뺨을 문질렀다. 손톱에는 풀물이 배어 있었다. 입을 다물고 주위를 휘휘 둘러볼 때 샐쭉한 눈매에서 심술이 느껴졌다. 작약은 흙탕물을 철벅거렸고 맨발로 아무 데나 쏘다녔다. 병아리들을 괴롭히는가 하면 창호지에 구멍을 냈으며 단지를 박살 냈다. 언제나 돌보는 손길을 필요로 했다.

그에 반해 수련은 말수가 적고 얌전했다. 일일이 따라다니며 조심하라 타이르거나 혼을 낼 필요가 없었다.

작약과 수련은 한날한시에 태어났다. 꼭 닮은 외모에도 둘은 표정부터 딴판이었다. 작약이 금방이라도 대들며 쫑알거릴 것처럼 눈썹 머리를 찡그리고 있었다면, 수련은 두 손을 치마폭에 파묻은 채로 늘 딴생각에 잠겨 있었다.

지금도 그랬다. 작약이 수풀을 들쑤시고 다니며 청설모들을 기겁하게 하는 동안 수련은 돌담 앞에 쪼그리고 앉아 콧노래를 흥얼거리고 있었다. 작약처럼 그 애 역시 흰빛이 도는 누비저고리에 누비치마를 받쳐 입었다. 그러나 땋아 늘어뜨린 머리카락은 가지런했고 짚신 역시 깨끗했다.

수련의 옆을 작약이 주먹손을 흔들며 스쳐 지났다. 부루퉁한 입술에 불만이 그득했다. "언니, 큰언니!" 부르는 고함

소리에 물기가 비쳐 있있다.

"작약아, 왜 그러니? 무슨 일이야?"

모란이 앉은 자세를 고치며 목을 뺐다. 걱정스러운 눈길로 동생을 뜯어보는 중에도 자수를 놓는 손을 멈추지 않았다. 한 땀, 또 한 땀, 벼랑 끝에서 내딛는 발걸음처럼 위태로우면서 과단성 있는 수(繡).

모란은 동생들과 나이 터울이 크게 지는 언니였다. 모란은 동생들이 태어나는 순간 문 너머에서 터져 나오던 울음소리를 기억했다. 갓 낳은 동생들을 양팔에 안은 엄마는 기진맥진했으나 한편으로 몹시 흐뭇해 보였다. 불을 때 뜨듯하던 그 방에서는 땀과 피의 냄새가 감돌았다.

엄마가 누운 비단요 옆에 엉거주춤하게 서서 모란은 생각했다. 태어난다는 건 죽는 것만큼 고통스러운 일이구나.

"돌부리에 걸려 넘어졌어. 아파, 아프다고."

작약이 울음을 터뜨렸다. 작약은 작은 소동에도 호들갑을 피웠다. 사소한 다툼에도 악을 쓰며 고집을 피웠다. 그러면서 정작 자신이 일으킨 사고에는 무심하게 굴었다.

모란이 수틀을 내려놓았다. 작약을 당겨 바지 자락을 올린 다음 무릎을 확인했다. 바위에 찧은 살갗이 벗겨져 있었다. 상처가 난 곳에 후후 입김을 불어넣어준 모란이 눈물을 글썽이는 동생을 달래주었다.

"뚝 그치렴. 착하지, 내 동생."

작약이 모란의 품속에서 숨을 가라앉혔다. 그러다 변덕

이라도 부리는 것처럼 난폭하게 그를 밀어냈다.

"그래서, 엄마는 언제 오는 거야?"

모란은 속상해하는 기색 없이 상냥하게 대답했다.

"사흘이 지나면, 그때 돌아오실 거야."

"사흘만 지나면 엄마를 볼 수 있다고? 정말로?"

작약이 의심스럽다는 듯 떨떠름한 말투로 반문했다. 모란이 그런 동생의 머리를 쓰다듬어주었다.

"그럼, 정말이고말고."

수련이 발소리를 죽이고 조용히 볕이 내리쬐는 마당을 건너왔다. 수련의 등장을 작약은 단박에 알아챘다. 그럴 때 둘 사이에는 말로는 설명하기 힘든 교감이 오가는 듯 보였다.

"멀리 가지는 말고. 곧 점심을 먹어야 하니까."

언니의 당부는 듣는 둥 마는 둥 둘은 곧장 밖으로 나가버렸다. 모란이 바늘귀에 새 실을 꿰며 마음을 다잡았다. 낮 동안은 괜찮았다. 숲이 그들을 지켜줄 테니까.

그럼에도 모란은 무명천에 인 보풀 같은 걱정을 떨칠 수 없었다. "오늘부터는 네가 동생들을 돌봐야 해. 나 대신. 할 수 있겠지, 모란아?" 다그치는 엄마의 음성이 귓가에 울리는 것 같았다.

네, 엄마. 떠나지 않을게요. 동생들 곁에 꼭 붙어 있을게요. 모란이 다시 한번 다짐했다.

그러나 점심상을 차린 뒤에도 동생들은 나타나지 않았다. 모란이 나가 "작약아, 수련아!" 불러보았지만 그 자신이 터뜨린 외침의 메아리 외에는 아무런 답도 돌아오지 않았다. 대문 앞을 서성이던 모란이 발길을 돌렸다. 마루에 걸터앉아 반짇고리를 끌어왔다. 부지런하게 손을 놀리며 혼잣말을 했다. 배가 고프면 어련히 알아서 돌아오겠지.

수틀에 고정한 홍색 비단에는 자수를 위한 밑그림이 그려져 있었다. 모란은 먹을 묻혀 세필로 묘사한 그 그림이 무엇을 뜻하는지 알고 있었다. 자신에게 맡겨진 임무가 얼마나 크고 무거운지도.

틀 뒤에서 수실을 매듭지은 모란이 가위를 집어 남은 실을 잘랐다. 반짇고리를 뒤져 황색 반푼사*를 골랐다. 이제 바탕천의 좌측 아래에 자릿수를 놓을 차례였다.

모란이 수놓기를 멈추고 뻐근한 허리를 두드릴 때 댓돌 옆에서 꼼지락거리는 잿빛 형체가 눈에 잡혔다. 쥐였다. 녀석은 앞발로 뭔지 모를 것을 움켜잡은 채 연신 입을 오물거리고 있었다. 작약이 아침을 먹으며 흘린 밥풀일까.

모란은 쥐가 무섭지 않았다. 부엌어멈이 부지깽이를 들고 살이 통통하게 오른 쥐들을 부엌에서 쫓아내는 모습을 어려서부터 익히 보고 자라서일지 몰랐다. 치마폭을 여민 모란이 버선발로 댓돌을 디디고 날래게 팔을 뻗었다. 그의 손에 미처 달아나지 못한 쥐의 꼬리가 붙들렸다.

---

* 가늘게 꼰 명주실. 무게가 아주 적게 나가는 데서 붙은 이름이다.

모란이 쥐를 얼굴 높이까지 들어 올렸다. 그 쥐는 어렸다. 게다가 먹이를 제대로 먹지 못해서인지 몸집이 아주 작았다. 회색 털 뭉치가 몸을 뒤틀며 찍찍거렸다.

모란이 겁에 질린 어린 쥐를 댓돌 끄트머리에 살포시 내려놓았다. 녀석은 도망칠 엄두도 내지 못하고 벌벌 떨기만 했다. 모란이 자기 밥그릇에서 잡곡밥 한 움큼을 덜어 녀석의 앞에 놓아주었다.

"먹어, 괜찮아. 해치지 않을게."

대문 밖에서 인기척이 들렸다. 생쥐는 동그랗게 뭉쳐진 밥 한 덩이를 단숨에 집어삼키곤 후다닥 마루 밑으로 숨어 들어갔다. 작약이 쥐가 달아난 곳을 가리키며 야단법석을 떨었다.

"쥐, 쥐잖아!"

모란이 웃으며 말했다.

"그래. 너희들처럼 지저분하고 배고픈 작은 쥐지. 손 씻고 오렴. 점심을 먹어야지."

식사를 마치고 모란은 부랴부랴 빈 상을 치웠다. 한숨 돌릴 새도 없이 자수에 열중했다. 동생들은 앞마당을 뛰어다니며 술래잡기를 했다.

이 숲에 해는 빨리 저물었다. 모란은 동생들에게 미음 몇 숟갈을 떠먹이고는 소반을 끌고 나갔다. 그릇을 부시고 들어와 이부자리를 펴 동생들을 눕혔다. 작약은 눈을 반쯤 감은 채로 칭얼거렸다. 모란이 잠투정하는 작약을 다독여주었다.

작약이 끓아떨어진 뒤에노 수련은 손가락을 **빨**먼서 한참 뒤 척였다.

　모란이 수련 옆에 엉덩이를 뭉개고 앉았다. 동생들의 숨소리가 고르고 평화로웠다. 수실이 바늘구멍을 스치는 소리마저 귀에 거슬릴 만큼 고즈넉한 밤이었다. 다음 땀을 뜨려다 말고 모란이 불현듯 창백해진 얼굴을 들었다.

　쉬지 못해 둔해진 감각으로도 모란은 알아차릴 수 있었다. 누군가 고갯길을 지나 숲 가장자리를 넘고 있었다.

　풀잎들이 속삭였고 억새들이 경고성의 휘파람을 불었다. 족제비들은 냄새를 지웠으며 개구리들은 죽은 시늉을 했다. 그런가 하면 뱀들은 다시없을 그 기회를 틈타 새 둥지에서 부화하기 직전이던 알을 훔쳐 먹었다.

　엄마는 모란에게 신신당부했다. "어두운 밤, 별들이 잠들어버리면 숲도 너희를 구해줄 수 없을 거야. 모란아, 명심하렴. 손님의 말에 귀 기울이지 마. 그가 어떤 감언이설로 너희를 구슬린다 해도 절대 넘어가면 안 돼. 내 말이 무슨 뜻인지 알겠니?"

　모란이 훅 입바람을 불어 등잔불을 껐다. 손님이 그 집을 발견하지 못하도록. 자신과 동생들을 해치지 못하도록. 눈먼 짐승처럼 숲을 떠돌다 사라지도록.

　골무를 벗은 모란이 손가락 끝의 감촉에 집중했다. 비단의 결과 실의 방향을 헤아리면서 달빛 한 점 섞이지 않은 어둠 속에서 신중하게 바느질했다. 멈출 수 없었다. 오늘이 지나면 이틀밖에 남지 않으니까. 그때까지 이 자수를 반드시 마무리 지어야 하니까.

그러다 아얏, 소리를 내면서 다친 손가락을 입에 물었다. 바늘에 찔린 살갗이 뜨거웠다. 뾰족한 통증이 찌르르 등줄기를 울렸다.

가시나무 숲을 배회하던 손님이 발걸음을 멈추었다. 손등을 뒤덮은 녹색 원삼이 불길한 빛을 번뜩였다. 오래전 혼례 때 입었던 옷이었다. 손님의 귀는 햇솜으로 만든 충이(充耳)*로 막혀 있고 얼굴은 멱목(幎目)**으로 감추어져 있었다. 그 천들의 겉감은 흑색, 안감은 홍색이었다. 습신***이 날 듯이 재빠르게 나아갔다. 그의 걸음나비가 달라진 것이 느껴졌다.

이제 와 벼린 톱날 같은 가시를 매단 나무들조차 손님을 저지할 수 없었다. 도깨비바늘이며 도꼬마리, 쇠무릎도 그의 치맛자락에 달라붙지 못했다. 물웅덩이는 함정은커녕 그에게 작은 즐거움일 뿐이었다.

모란은 숨도 못 쉬고 신경을 곤두세웠다. 들켰을까. 우리가 있는 장소를 간파당했을까. 그가 머지않아 이곳으로 들이닥치는 건 아닐까.

- 염습할 때 시체의 귀를 솜으로 메운 것.
-- 염습할 때 시체의 얼굴을 싸매는 헝겊.
--- 염습할 때 시체에 신기는 종이로 만든 신.

그때 숲 저편에서 실금처럼 기느다란 소리가 메아리쳤다. 새가 지저귀고 있었다. 그 즉시 틈이라곤 없이 매끄럽던 밤의 표면에 균열이 일었다. 노랗게 시든 나뭇잎에 윤기가 도는가 싶더니 물렀던 대지가 단단해졌다. 동이 트고 있었다.

멱목 아래에서 거친 숨소리가 흘러나왔다. 그러나 아침이 손을 내밀면 닿을 만큼 가까운 거리에서 그를 위협하고 있었다.

손님은 진창을 골라 밟으며 발소리도 없이 달아났다.

모란이 식은땀이 밴 이마를 훔쳤다. 탈진하다 못해 이불을 끌어 올릴 기력도 없었다. 문간에 쓰러져 모란은 깊은 잠에 빠져들었다.

이튿날 작약과 수련은 끓인 누룽지 한 그릇을 나눠 먹고 곧장 마당으로 내려갔다. 모란은 동생들이 흙장난을 하도록 내버려두었다. 어차피 그에게는 할 일이 많았다. 잠자리를 정돈하고 설거지를 하고 부엌 안팎을 청소한 모란이 반짇고리를 들고 마루에 나앉았다. 그 자리가 동생들을 지켜보면서 수를 놓기에 가장 좋았다.

담장 옆에 쪼그리고 앉아 흙을 만지면서 놀던 작약과 수련은 싫증이 났는지 도토리를 주워 오겠다며 대문을 나섰다. 모란이 동생들의 등에 대고 목소리를 높였다.

"다치지 않게 조심하고. 아무거나 함부로 만지면 안 돼. 독이 있을 수도 있으니까."

동생들은 사이좋게 재잘거리며 문턱을 넘었다. 세상이 고요해졌다. 모란은 침묵이 겁나지 않았다. 정적의 한가운데 머물러 있는 한 모란은 안심할 수 있었다. 위험은 팔에 소름을 돋게 만드는 낯선 소음과 함께 찾아올 것이었으므로.

바늘귀에 실을 끼우며 모란이 침침한 눈을 부릅떴다. 어제 늦게까지 일감을 놓지 않아서인지 목이 결리고 허리가 찌뿌듯했다. 그런데도 자수는 채 절반도 완성되지 않은 상태였다. 느린 손을 원망하면서 모란이 부지런하게 바늘땀을 이어갔다. 오늘 밤이 지나기 전에 복숭아꽃을 전부 수놓아야 했다.

"언니, 모란 언니!" 외치는 말소리가 대문을 박차고 들어왔다. 모란은 놀라 허둥거리다 수를 잘못 놓는 실수를 저지를 뻔했다.

"언니, 큰언니!"

작약이 숨이 넘어가도록 비명을 질렀다. 모란이 허겁지겁 짚신을 찾아 신었다. 불안한 마음을 달래며 스스로를 다독였다. 동생들 앞에서 수선을 떨면 안 돼. 수련이 조용한 걸 보면 별일 아닐 거야.

모란이 문밖으로 달려 나갔다. 정신없이 뛰다 보니 저 멀리 숲 그늘 속에 동생들이 모여 있는 것이 보였다. 둘은 다친 데 없이 멀쩡해 보였다. 헐떡이는 모란과 시선이 마주친 수련이 뒷짐을 지면서 고개를 숙였다. 자신은 이 일과 하등 관계가 없다고 변명이라도 하는 듯이.

"여기야, 빨리 좀 와봐."

작약이 손사래를 치며 닦달했다. 작약이 가리킨 곳을 응시하면서 모란은 무의식중에 입매를 샐그러뜨렸다.

거기에 느릅나무 한 그루가 서 있었다. 둥치가 튼실한 데다 무성하게 드리운 잎이 싱그러운 거목이었다. 그 나무의 절반이 시들어 있었다. 벌레에게 파 먹힌 것처럼 까맣게 우그러져 썩어 있었다.

모란의 입술 가장자리에서 지우지 못한 충격의 흔적을 읽은 뒤에야 작약은 비로소 침착해졌다. 큰언니를 올려다보며 가라앉은 목소리로 속닥거렸다.

"보자마자 겁나서 엉덩방아 찧을 뻔했어. 이 나무, 어제는 이렇지 않았거든."

모란은 아무 말도 할 수 없었다. 금수들은 이 숲의 나무들에게 해를 입혀서는 안 된다는 걸 알고 있었다. 설마하니 번개를 맞은 걸까. 그럴 리 없었다. 돌개바람마저 이곳의 경계를 넘은 후에는 까치발을 하고 걷는 소녀처럼 점잖아졌으니까.

답은 분명했다. 어젯밤 손님이 저지른 짓이었다. 순간적으로 어지러워진 모란이 미간을 찌푸리며 동생들을 떠밀었다.

"돌아가자. 이제부터는 집 근처에서만 노는 게 좋겠다."

작약이 반항하듯 디딘 발에 힘을 주고 버텼다.

"누가 그런 거야? 짐승이야, 사람이야? 말해줘! 궁금하다고."

"나도 몰라. 알고 싶지도 않고. 가자, 어서."

모란이 동생들을 타이르는 와중에 수련이 대뜸 한마디를 보탰다.

"나는 알 것 같은데."

"뭔데? 누군데?"

수련이 솔깃해하는 작약의 귓가에 입술을 갖다 댔다. 둘은 깔깔거리며 큰언니를 따돌리고 달아났다. 뒤처진 모란이 무릎에 손을 얹고 가쁜 숨을 내쉬었다.

"얘들아, 숲에는 들어가지 않는 거야. 나랑 약속한 거다, 알겠지?"

어디서 무슨 장난을 치려는 속셈인지 몰라도 그 애들은 즐거워 보였다. 모란은 혼자 터덜터덜 집으로 돌아왔다. 그 순간에도 그는 한 가지 생각에 사로잡혀 있었다. 앞으로 이틀 안에 자수를 완성해야 했다.

모란이 수틀을 잡았다. 꽃받침과 잎사귀는 농담이 다른 녹색 꼰사*를 써 속수**로 놓을 작정이었다. 그래야 실의 두께 때문에 무늬가 도드라져 잎 고유의 질감을 살릴 수 있었다. 병치레를 하는 동안에도 엄마는 딸들에게 변함없이 다정하게 굴었으나 자수에 대해서만큼은 한 치의 양보도 하지 않

* 명주실을 꼬아 만든 실.
** 무늬의 입체감을 나타내기 위해 수가 놓여 나타난 모양과 반대 방향으로 놓는 수.

았다. 그 역시 자신의 엄마에게서 같은 방식으로 배웠기 때문일까.

"기억해야 할 건 단순히 수를 마치는 데서 끝나는 게 아니라는 거야" 엄마가 바늘땀을 뜬 곳에서는 붉고 검고 노란 열매들이 맺혔고 뭉게구름이 피어올랐다. 벌들이 윙윙거렸고 박쥐들이 길고 날렵한 날개를 뽐냈다. 손의 기예가 절정에 다다른 그 무렵 엄마는 이미 해쓱해져 있었다.

"중요한 건, 모란아. 의미를 구하는 거란다. 그렇지 않으면 소망은 이뤄지지 않을 테니까."

모란이 반짇고리 속 바늘겨레에 손바닥을 얹었다. 그 반짇고리는 엄마의 소지품이었다. 바늘겨레 역시 그러했다. 조각 천을 잇고 베어낸 머리 꾸리를 넣어 엄마는 직접 그 바늘겨레를 만들었다.

모란이 엄지손가락을 달구는 통증을 의식하며 골무를 벗었다. 빨갛게 부은 피부에 물집이 잡혀 있었다.

모란이 쓰라린 손끝으로 바늘을 밀었다. 한 땀, 또 한 땀, 새벽달을 우러르며 드리는 치성처럼 지극하고 심원한 수.

굳은 목을 주무르면서 모란이 가늘게 뜬 눈을 들었다. 잘못 들었을까 싶었는데 아니었다. 마당 한구석에서 뭔가 부스럭 소리를 내고 있었다. 그러고 보니 돌담 옆에 소쿠리가 엎어져 있고 거기에 굵은 실이 매여 있는 것이 보였다. 아침부터 무슨 일을 꾸미는 것 같다 했는데 작약이 갖다 놓은 물건일까.

모란이 다가가 싸리 살 틈새로 안을 들여다보았다. 아니나 다를까, 소쿠리 안에 박새 한 마리가 갇혀 있었다. 조 한 줌을 가져가 미끼로 놓고 덫처럼 만들어놓은 게 아닐까 싶었다. 가엾은 새는 허술한 그 장치에 속절없이 걸려들었다.

녀석이 까만 눈을 반짝이며 그를 빤히 쳐다보았다. 자신에게 어떤 처분을 내리려는 것이냐 따져 묻는 듯한 모습이었다.

"어디 보자, 다치지는 않았니?"

박새가 소리 높여 지저귀었다. 모란이 고개를 끄덕이며 소쿠리를 들어 올렸다.

"그래, 거기에 있기는 싫겠지. 나라도 그럴 것 같아."

그럼에도 박새는 소쿠리 밖으로 날아오르지 않고 불안하게 제자리걸음 했다. 모란이 웃음기 어린 어조로 덧붙였다.

"걱정하지 마. 나는 널 잡아두고 싶은 마음이 전혀 없으니까."

모란의 말을 알아들은 것처럼 그 즉시 박새는 날개를 펼치고 지붕 너머로 솟구쳐 올랐다. 모란은 마루로 가 앉는 대신 부엌으로 발길을 돌렸다. 장작을 넣고 아궁이에 불을 지폈다. 갓 지은 밥과 반찬을 조금씩 덜어내 마당 한편에 던져놓았다. 집으로 돌아온 작약은 소쿠리가 사라진 것을 눈치채고 대번에 안색이 변해 날뛰었다.

"내가 놓은 덫을 치우다니…… 나한테 묻지도 않고."

이번에는 모란도 물러서지 않았다. 엄한 표정으로 동생

을 나무랐다.

"살아 있는 것들을 귀히 여기라는 말씀을 잊은 거니? 엄마가 아셨어도 똑같이 꾸짖으셨을 거야. 얼른 오렴. 밥때가 지났잖니."

전에 없이 강경하게 구는 언니 앞에서 작약도 더는 역정을 내지 못했다. 모란은 동생들을 씻기고 또 한 번 밥상을 차렸다. 하품하는 작약을 구슬려 요를 펼쳐 눕게 했다. 수련이 눈을 비비며 보챘다. 동생들을 재우고 모란은 찬바람이 새어 들어오는 문간에 자리를 잡았다.

오늘 밤에는 등잔불을 켜지 않을 작정이었다. 모란의 손놀림이 낮에 비해 눈에 띄게 굼떠 있었다. 그렇다고 자수를 포기할 수는 없었다. 모란은 큰언니였으니까. 울지 않기로 결심했으니까. 그것만이 그가 할 수 있는 최선이었으니까.

모란이 바늘을 쥔 손을 움직였다. 한 땀, 또 한 땀, 어릿광대의 줄타기처럼 팽팽하고도 아슬아슬한 수.

그러기도 잠시, 수실에 꿰어진 바늘이 방석 위로 굴러떨어졌다. 아무리 애를 쓴다 한들 모란은 열다섯 소녀에 불과했으므로. 당장의 졸음 앞에서 내일의 불운 따위는 아무것도 아니었다.

문틀에 이마를 대고 쌕쌕거리던 모란이 앙다문 잇새로 열에 들뜬 신음을 흘리는가 싶더니 별안간 벌떡 몸을 일으켰다. 두려움이 횃불처럼 타올라 몽롱한 뇌리를 밝혔다. 그의 예감은 틀리지 않았다.

고개를 넘고 숲을 가로질러 온 손님은 어느새 집 근처에 다다라 있었다.

모란이 떨리는 손으로 문고리를 그러쥐었다. 작약과 수련은 세상모르게 잠들어 있었다. 차라리 다행이었다. 동생들은 모르는 게 나았다.

어제의 실패 때문인지 손님은 흥분해 있는 듯했다. 그럼에도 문턱을 넘어 집 안으로 곧바로 쳐들어오지는 못했다. 둔한 혀를 놀려 인간의 언어를 흉내 내보려 했지만 이 역시 여의치 않은 모양이었다.

노기가 치민 손님이 습신을 신은 발을 치켜들었다. 악수* 가 뜯겨 나가며 새하얀 손이 드러났다. 멱목이 금방이라도 벗겨질 듯 펄럭거렸다.

마룻바닥이 울리고 서까래가 들썩였다. 집을 떠받든 힘이 토대부터 흔들리고 있었다. 안 돼. 이러다 무너져 내리겠어. 모란이 새파랗게 질려 문고리에 매달렸다. 벽을 보고 돌아누운 수련이 악몽이라도 꾸는 것처럼 끙끙거렸다.

그때 숲 저편에서 새 울음소리가 울려 퍼졌다. 손님이 울분에 찬 몸놀림을 멈추었다. 반신반의한 얼굴로 모란 역시 귀를 곤두세웠다. 또 한 번의 지저귐. 한 마리가 아니었다. 새들이 일제히 우짖고 있었다. 모란의 눈가에 눈물이 맺혔다.

• 염습할 때 시체의 손을 감싸는 헝겊.

이렇세나 일찍, 이렇게나 부지런히 내일은 오고 있었다. 날짐
승들을 앞세워 아침이 곧 그곳에 가닿으리라고 온 세상에 알
리고 있었다.

뜻을 이루지 못한 데 격분한 손님이 소리 없는 비명을
터뜨렸다. 그런 다음 수풀 위로 드리운 어둠을 헤치며 순식간
에 사라졌다.

정작 하늘이 밝아온 건 그로부터 한참이 지난 뒤였다.
그 무렵 모란은 정신을 놓고 있었다. 새벽빛이 드는 희끄무레
한 방 귀퉁이에서 잿빛 형체가 움찔거렸다. 모란이 혼절하듯
엎드려 잠 속을 헤매는 사이 조심스럽게 수틀 앞으로 다가가
바늘땀을 떴다. 한 땀, 또 한 땀, 눈빛으로 통하는 마음처럼
믿음직스럽고 다정한 수.

모란이 깨어났을 때 반짇고리는 정리돼 있고 수틀은 그
옆에 반듯하게 놓여 있었다.

작약은 아침부터 들떠 있었다. 모란이 세숫물을 들고 나
타날 때까지 이불을 뒤집어쓴 채로 게으름을 피우던 작약은
그날 일어나자마자 이부자리를 정리했다. 제 손으로 죽 몇 술
을 떠먹었고 서투르게나마 풀고 있던 머리카락을 땋아 늘어
뜨렸다.

오늘은 엄마가 돌아오는 날이었으니까. 사랑하는 엄마
와 다시 만나는 날이었으니까.

그에 반해 수련은 평소와 다르지 않아 보였다. 오늘 밤

에는 엄마와 같이 잘 거라며 노래를 부르다시피 하는 작약을 따라다니면서도 혼자만의 생각에 빠져 있었다.

아름드리나무를 베어 만든 대문에 금이 가 있었다. 어젯밤의 소동이 그 정도에서 끝난 건 이 집의 기운이 굳건하기 때문이리라. 그럼에도 이는 모란을 공포에 질리게 하기에 충분했다. 그나마 안도할 수 있는 건 동생들이 손님에 대해 까맣게 모른다는 사실이었다.

모란이 충혈된 눈을 흡뜨며 미간에 주름을 잡았다. 어젯밤 반쯤 놓다 말았던 것 같은데 무슨 영문인지 꽃수가 끝나 있었다. 홍색 비단에 흐드러진 복숭아꽃들이 탐스러워 보였다. 도톰한 꽃잎의 바깥쪽은 백색과 담홍색 수실을 함께 써 밝았으나 씨방 쪽으로 내려갈수록 선홍과 심홍, 반홍색 수실의 비율이 높아지면서 조금씩 짙어졌다. 땀과 땀 사이는 가지런했고 색의 배합 역시 계획했던 그대로였다.

혹시 내가 잘못 기억하고 있는 걸까. 모란이 미심쩍어하며 머리를 갸웃거렸다. 하지만 오래 고민할 시간이 없었다. 한시라도 빨리 미완성으로 남은 부분을 마무리 지어야 했다. 바늘귀에 황색 실을 끼운 모란이 아랫입술을 질겅였다. 지금부터는 가장 중요한 문양을 수놓아야 했다.

동생들은 뒤뜰에서 비사치기를 할 것이라고 했다. 모란이 피로감 때문인지 쉰 목소리를 돋우며 주의를 주었다.

"너희들, 행여나 밖으로 나갈 생각은 하지도 마. 내 얘기 듣고 있는 거지?"

모란의 말을 들은 긴지 만 건지 동생들의 말소리가 명랑했다. 후유, 한숨을 쉬면서 모란이 바늘을 움직였다. 한 땀, 또 한 땀, 목적지를 숨긴 나그네의 미소처럼 나긋하면서도 의뭉스러운 수.

모란이 엄지손가락에서 골무를 벗겨냈다. 손끝에 잡힌 물집이 터져 피가 흐르고 있었다. 아픈 기색도 없이 상한 손가락을 앞치마에 문지른 모란이 저린 무릎을 펴면서 마루에서 내려왔다. 물동이에서 물을 떠 한 모금을 들이켜고 막 몸을 돌리려는 찰나, 나뭇단 아래에서 어떤 형상을 발견했다. 다가가 보니 두꺼비 한 마리가 땔나무 사이에 끼여 오도 가도 못하고 있었다.

"저런, 언제부터 여기에 있었던 거니?"

끌끌 혀를 차면서 모란이 팔을 뻗어 가지 끝을 부러뜨렸다. 달아날 길이 생긴 두꺼비가 감사를 표하듯 커다란 눈을 끔뻑였다. 모란이 물 한 바가지를 퍼 내밀었다. 두꺼비는 시원한 물을 마음껏 마신 다음 풀쩍 뛰어 물동이 뒤로 사라졌다.

모란이 문간에 앉아 수틀을 손에 쥐었다. 노곤해 자꾸 까라지는 와중에도 이를 악물고 자수를 놓았다. 눈까풀에서 경련이 일었다. 잠결에 헛손질을 하다 모란은 하마터면 손등을 꿰맬 뻔했다. 가까스로 정신을 차린 모란이 힘겹게 자수에 집중했다. 오늘만 견디고 나면, 이 수만 끝낼 수 있다면.

모란이 바늘을 바탕천에 찔러 넣었다. 한 땀, 또 한 땀, 다 늙은 여자의 걸음걸이처럼 고단하고 굼뜬 수.

수련과 함께 방으로 들어온 작약이 더러워진 버선을 벗어 던지곤 철퍼덕 퍼질러 앉았다.

"엄마는? 곧 해가 넘어갈 텐데 아직도 안 온 거야?"

"금방 돌아오실 거야. 어둠이 지면, 그때는 꼭."

우리를 알아보지 못하신다고 해도. 우리가 알아보지 못한다고 할지언정. 모란이 괴로움으로 터져버릴 듯한 가슴을 진정시키며 힘겹게 손길을 놀렸다.

"거짓말! 언니는 뭔가를 숨기고 있잖아. 우리에게 알려주지 않고 혼자만 알고 있잖아. 말해봐, 엄마가 지금 어디에 있는지."

작약이 울상을 지었다. 눈물을 억누르며 모란이 억지 미소를 지었다.

"작약아, 수련. 나는 너희들에게 한 번도 거짓말한 적 없어."

"나는 여기에 있고 싶지 않아. 집으로 돌아가고 싶어. 돌려보내줘. 엄마, 엄마!"

작약이 목에 핏대를 세우며 고함을 질렀다. 눈 밑을 씰룩거린다 싶더니 수련 역시 큰 소리로 따라 울었다. 그러는 동안에도 모란은 자수 놓기를 포기하지 않았다. 한 땀, 또 한 땀, 지붕마루를 떠받친 기둥처럼 꿋꿋하고 결심에 찬 수.

모란이 꾹 세게 바늘을 누르자 갈색 수실이 당겨지면서 밑그림 위 빈틈이 채워졌다. 홍색 바탕천의 정중앙에 자리 잡은 건 한 쌍의 문이었다. 아자살•로 장식된 그 맞미닫이가 모란이 끝마쳐야 할 부늬였다.

해가 서산 너머로 기울었다. 세상이 낮에서 밤으로 뒤바뀌는 찰나.

"언니, 모란 언니." 부르는 말소리가 가냘프고 조심스러웠다. 수련이 눈물이 고인 눈을 휘둥그렇게 뜬 채로 방문을 가리키고 있었다. 결의를 다지고 있었음에도 모란은 피가 식고 속이 뒤집히는 기분이었다.

창호지 위에 시커먼 형상이 비쳐 있었다. 쪽 찐 머리를 반듯이 세운 여자의 그림자였다. 작약이 놀라 더듬거렸다.

"어, 엄마?"

모란이 집게손가락을 입술 앞에 붙이고 속삭이다시피 경고했다.

"응, 맞아. 하지만 가까이 다가가서는 안 돼. 엄마도 말씀하셨잖아. 기억나지? 우리를 앉혀놓고 여러 번 당부하셨잖아. 낯선 손님에게 절대 방문을 열어주지 말라고."

엄마의 병은 깊고 치명적이었다. 한 해를 꼬박 앓는 사이 엄마는 수척해졌고 말수는 줄어들었다. 그렇지만 외할머니에게서 물려받은 수틀은 한시도 손에서 떨어뜨리지 않았다. 그 자수는 엄마가 살아생전 완성한 마지막 작품이었다.

수틀에 끼워진 청색 비단 위 자수를 짚어 보이며 엄마는

• '亞' 자 모양으로 짠 문짝의 살.

모란에게 말했다.

"동생들을 데리고 이 안에 숨어 있는 거야. 사흘간. 어떠니, 할 수 있겠니?"

거기에 수놓아져 있던 무늬는 문이었다. 꽃살로 꾸민 화려한 맞미닫이.

"여기 이 자수 안에요?"

모란이 의아하다는 듯 물었다. 엄마가 고갯짓했다.

"그래, 거기에는 숲이 펼쳐져 있고 단칸의 기와집이 지어져 있을 거란다. 그래도 피할 수는 없을 거야. 손님은 그곳에 나타날 거거든. 너희가 그 집에 숨을 거라는 걸 알고 있으니까. 왜냐하면 모란아, 그 손님이 바로 나일 거니까."

엄마는 뒤이어 깊고 외딸고 고요하다는 그 숲에 관해 이야기해주었다. 이슬과 구름과 비, 나무꾼과 사냥꾼에 대해. 노루와 새, 청설모, 가시나무와 개암나무, 흉한 것들이 침입하면 옷자락에 새까맣게 달라붙는다는 도깨비바늘과 도꼬마리, 쇠무릎에 대해.

그곳은 엄마가 창조한 세상이었다. 딸들을 지키기 위해 엄마는 숲을 만들었고 거기에 사는 온갖 생명들에게 기원과 사연과 출처를 붙여주었다.

"장담하건대 내 넋의 일부는 너희를 포기하지 않으려 할 게다. 내가 죽고 이곳에 남겨질 너희를 가련해하고 있거든. 너희를 엄마 없는 아이로 만들기보다는 차라리 너희와 함께 저승으로 떠나는 게 낫다고 믿고 있거든. 이런 나를 나 역시

어쩔 수 없구나. 모란아, 이 못난 어미를 용서해주렴. 큰 사랑이란 게 언제나 선한 일만 하는 건 아니더구나. 때론 끔찍한 일들을 저지르기도 해⋯⋯."

모란이 서럽게 흐느꼈다. 엄마가 몸을 당겨 젖은 모란의 뺨을 만져주었다.

"모란아, 자수를 놓아. 장사가 끝나고 사흘이 지나면 그때는 괜찮을 거다. 손님도 더는 힘을 쓸 수 없을 거야. 숲에 계속 갇혀 있을 거다. 아무도 해치지 못하고 시들어갈 거야. 동생들과 함께 네가 만든 문을 열고 원래 세상으로 돌아가려무나. 나는 그 문을 넘지 못할 테니. 그럼 안전해질 수 있어."

"저는 엄마와 떨어지고 싶지 않아요. 계속 같이 있고 싶어요."

엄마가 쉿 소리를 내곤 부드러운 말투로 모란을 달래주었다.

"그런 말 하면 못써. 우리는 다시 만날 거다. 언젠가는 꼭. 그때까지 네가 동생들을 지켜줘야 해. 알겠지? 잊지 말려무나. 지금은, 때가 아니야."

엄마는 극심한 통증에 시달리며 괴로워했으나 최후의 순간만은 잠드는 것처럼 평안했다. 그러나 모란은 이미 깨우치고 있었다. 죽는다는 건 태어나는 것만큼 고통스러운 일이구나.

엄마를 묻고 돌아온 날, 모란은 동생들을 데리고 자수 안 세상으로 넘어왔다. 그로부터 사흘 동안 엄마가 밑그림을 그려준 비단을 수틀에 끼워 엄마의 골무를 끼고 엄마의 손에 길들여진 바늘을 쓰며 엄마에게서 건네받은 실을 소진해 그들을 원래 세상으로 돌려보내줄 문을 수놓았다.

그러는 내내 엄마의 안식을 빌었다. 엄마의 흉금을 헤아리려고 노력했다. 어린 자식들을 남겨두고 홀로 떠나야 한다는 걸 알았을 때 엄마가 얼마나 큰 절망에 빠졌을지를.

창호지 위에서 그림자가 깜빡였다. 비녀를 꽂은 머리를 매만지는 손놀림이 우아했다. 그런가 하면 걸음을 떼기 전 치맛자락을 살짝 들어 여미는 몸동작이 엄마의 그것과 꼭 닮아 있었다.

댓돌 앞으로 다가온 손님이 하루 만에 완전해진 혀를 놀려 속살거렸다. 그 언사가 어찌나 보드라운지 문풍지가 바르르 떨릴 지경이었다.

"얘들아, 엄마가 왔는데 나와보지도 않을 거니?"

그 말소리에 서린 귀기를 본능적으로 감지한 작약이 귀를 틀어막았다. 한 땀만, 딱 한 땀만 더. 모란이 무딘 손을 놀려 젖 먹던 힘을 다해 바늘땀을 떴다.

"모란아, 엄마가 왔대도? 작약아, 수련아, 너희가 얼마나 보고 싶었는지 몰라. 세상에. 아무도 나를 반겨주지 않을 거니, 정말로?"

그 순간 수련이 자리를 박차고 일어나 문고리를 당겼다.

"엄마!"

"수련아, 안 돼!"

모란이 수틀을 내팽개치며 몸을 일으켰다. 궤짝 뒤에 숨어 있던 생쥐가 부리나케 딜려 나왔다. 나둥그라진 수틀을 세워 비단에 꽂혀 있던 바늘을 잡아 **뺀** 다음 발톱 끝으로 매듭을 짓고 앞니로 수실을 끊어냈다.

곧이어 비단에 수놓인 문양들이 생명을 얻었다. 복숭아 꽃잎이 나부끼더니 굳게 닫힌 맞미닫이가 스르르 틈을 벌렸다. 그 사이로 꽃향기를 머금은 훈김이 흘러나왔다.

손님은 어느새 앞마당에 들어와 있었다. 달빛 아래 상대를 똑바로 바라본 모란은 알고는 있었으나 차마 인정하고 싶지 않았던 사실을 비로소 마주해야 했다.

그는 천금(天衾)*을 찢고 달려왔을 것이다. 칠성판**이며 지요***는 갈기갈기 뜯겨 나갔을 것이다. 저런 것이 인간일리 없었다. 인정이란 걸 품고 있을 리도 만무했다. 멱목 밑에서 안광을 번뜩이는 모습이 머리털이 **쭈뼛** 곤두설 정도로 무시무시했다. 죽은 자의 시선이었다. 잇새로 뭉그러진 채 새어나온 숨결이 하얗게 너울거렸다. 거기에는 이미 부패의 냄새가 섞여 있었다.

겁먹은 수련이 기어들어가는 음성으로 중얼거렸다.

"엄마가 아냐⋯⋯. 저 사람은 우리 엄마가 아냐⋯⋯."

---

* 시체를 관에 넣고서 덮는 이불.
** 관 속 바닥에 까는 얇은 널조각. 북두칠성을 본떠
   일곱 개의 구멍을 뚫어 놓는다.
*** 관 안에 까는 요.

모란이 수련을 품에 안고 속삭여주었다.

"괜찮아. 우리는 엄마가 어떤 사람인지 아니까. 엄마는 세상 누구보다 우리를 사랑하셨어."

모란이 수련의 손을 잡아 자수를 건드리도록 했다. 수련은 집게손가락 끝부터 당겨져 눈 깜짝할 사이에 원래 세상으로 넘어갔다.

수련을 놓쳤다는 걸 알아챈 손님이 광분해 괴성을 지르며 마루로 뛰어올랐다. 박새가 날아와 멱목 아래, 눈이 있는 자리를 쪼았다. 두꺼비가 독을 뿜어 그를 막으려고 했다. 그러나 그들의 도움은 손님을 멈칫하게 만드는 데 그쳤을 뿐이었다. 손님의 원은 완강했고 이제는 이 집에 깃든 주술조차 그를 저지할 수 없었다.

모란이 넋을 잃고 주저앉아 있던 작약을 재촉했다.

"이리로, 서둘러야 해."

작약이 모란을 붙들고 울부짖었다.

"언니는! 언니는 언제 오는데!"

"곧. 기다려줘, 반드시 돌아갈 테니까."

해쓱한 낯에 미소를 머금은 모란이 작약의 손을 다정하게 이끌었다. 작약은 마지막까지 발버둥 치며 사라졌다. 작약마저 가버리고 남은 건 모란 하나뿐이었다. 두려움에 사로잡힌 모란이 등을 돌렸을 때 손님은 이미 방 안으로 들이닥친 뒤였다.

바닥에 떨어진 수틀을 곁눈질한 모란이 마른침을 삼키며 물었다.

"엄마, 엄마가 맞아요?"

손님은 말없이 다가올 뿐이었다. 이 순간 그를 움직이는 것은 살의, 그 한 가지뿐이었다.

손님은 모란을 원했다. 맏딸의 목숨을 제 손으로 직접 거둘 수 있기를 소망했다. 그를 저승으로 가는 길에 동무로 삼고자 했다. 더는 슬프지 않도록, 자신과 영원히 함께 있을 수 있도록.

"지금은 때가 아니라고 하셨잖아요. 언젠가 다시 만나는 날까지 동생들을 보살펴달라고, 우리를 사랑한다고 하셨잖아요."

생쥐가 궤짝에서 뛰어올라 손님의 등에 달라붙었다. 녀석을 잡아채 확 던져버린 손님이 점점 더 거대해졌다. 원삼이 눈부신 광채를 흘리며 나부꼈고 멱목이 흐느적거렸다. 오낭*이 흔들리면서 쉴 새 없이 달그락거렸다. 악수를 벗어던진 차디찬 손가락이 모란의 목을 금방이라도 비틀어버릴 듯했다.

"엄마, 제발."

모란이 눈물을 삼키며 방 모퉁이에 주저앉았다. 어쩌면 이편이 나을지도 몰라. 절망 속에서 모란은 사투를 벌이기를 포기했다. 엄마와 함께 갈 수 있다면. 더는 혼자 싸우지 않아도 된다면.

• 염습할 때 시체의 머리털과 좌우의 손발톱을 잘라 담는 다섯 개의 작고 붉은 주머니.

"모란아, 내 딸."

모란이 흐린 눈을 크게 떴다. 멱목을 적시며 새빨간 눈물방울이 떨어지고 있었다. 바람이라도 머금은 것처럼 커다랗게 부푼 원삼이 여윈 몸을 감싸며 나풀거렸다. 엄마는 작았고 쇠약했으며 다시 한번 죽어가고 있었다.

손님은 엄마다. 죽음에게 집어 삼켜진 이후에도 실금처럼 가느다란 선의를 품고 있었다. 딸들을, 삶을, 투쟁하는 것들에 대한 연민을 잃지 않았다. 아직은.

"떠나거라. 이곳에서 도망쳐. 내가 너를 죽이기 전에, 돌이킬 수 없는 죄를 범하기 전에. 어서."

생쥐가 찍찍거리며 수틀을 물어왔다. 목청이 터져라 통곡하면서 모란이 골무를 낀 손가락을 자수에 갖다 댔다.

숲과 집이, 손님과 엄마가, 모든 것이 까마득하게 멀어졌다.

이후의 나날들은 안온했다. 동생들은 무럭무럭 자랐다. 작약이 나이를 먹으며 온순해진 반면 수련은 알게 모르게 고집이 세어졌다. 그로부터 여러 해가 지나 그들은 자신들처럼 한날한시에 태어난 이웃 마을의 형제들과 부부의 연을 맺었고 큰언니의 곁을 떠났다. 둘은 죽는 날까지 서로를 벗하며 한 몸처럼 지냈다.

모란은 혼자 살았다. 그는 엄마의 손재주를 물려받은 유일한 딸이었다. 엄마의 방에 머무르면서 종일 길쌈을 하거나 바느질을 하곤 했다.

그 방의 보료 뒤에는 병풍이 펼쳐져 있었다. 열두 폭 병풍의 첫 번째 폭과 마지막 폭은 몹시 닮았으되 미묘하게 다른 문을 새긴 자수로 장식돼 있었다. 꽃살문과 아자문. 하나는 들어가는 문, 또 하나는 나오는 문이었다.

살림살이는 풍족했다. 모란은 너그러운 주인이었으며 일꾼들을 넉넉하게 먹이고 잘 쉬게 해주는 것으로 이름나 있었다. 겉보기에는 풍파가 전혀 없는 삶이었다. 마을에 사는 누구나 모란을 존경하고 부러워했다.

그러나 모란은 기억하고 있었다. 그 숲에 버려진 누군가를. 명주실을 뽑고 비단을 염색하고 바늘귀에 수실을 꿰어 갖은 기교를 부리며 아름답다 못해 호사스럽기까지 한 자수를 놓으면서도 줄곧 그곳을 떠올렸다. 가시나무 숲을 맴돌며 그가 어떤 모습으로 죽어갔을지. 그리하여 진실로 평온해졌을지.

먼 훗날 머리가 하얗게 센 모란은 한 번 더 문을 열 것이었다. 그날 이후 그 숲을 빠져나온 사람은 없을 것이다. 아무도.

창귀

진혜진

창귀란 범에게 잡아먹힌 사람의 귀신이다. 범에게 잡아
먹힌 사람의 혼령은 하늘로 돌아가지 못하고 그대로 범에게
붙잡혀 지내니, 늘 서러워하며 슬픈 노래를 부르고 다른 산
사람들을 같은 운명으로 끌어들인다.

창귀의 이야기로 가장 유명한 것은, 박지원의 《열하일
기》 중 〈관내정사(關內程史)〉에 실려 있는 이야기인 〈호질〉일
것이다. 〈호질〉에서는 범이 개를 먹으면 마치 술을 마신 듯
취하고, 사람을 먹으면 조화를 부리게 된다고 말한다.

범이 사람을 처음 잡아먹으면 그 혼령은 굴각(屈閣)이란
창귀가 되어 범의 겨드랑이에 붙는다. 이 창귀가 범을 부엌으
로 이끌어 솥을 핥게 하면 그 집의 주인은 문득 배가 고파지
고 게걸스레 야참을 찾는다.

범이 두 번째로 사람을 잡아먹으면, 이 혼령은 이올(彝兀)

이라는 창귀가 되어 범의 광대뼈에 붙는다. 이 창귀는 호랑이를 높은 곳에 데려가 주위를 살피고, 만약 계곡에 함정이나 쇠뇌가 보이면 망가뜨려 호랑이를 보호한다.

범이 세 번째로 사람을 잡아먹으면, 이 혼령은 육혼(鬻渾)이라는 창귀가 된다. 이 창귀는 범의 턱에 붙어, 자기가 아는 이들의 이름을 죄 다 알려준다. 마치 물귀신처럼. 그가 아는 이들이 전부 범에게 잡아먹혀, 아무도 남지 않을 때까지.

또 자꾸, 그것들이 보인다.

땅에서 솟은 듯한 시커먼 것들, 사람의 몸에서 버섯처럼 자라난 것들. 불길하고 더러운 악의가 덕지덕지 묻어날 것 같은 그것들이.

윤서는 지하철 안에서 눈을 질끈 감았다. 차를 수리 보내놓고 지하철을 타자마자, 수많은 환각이 윤서를 덮쳐왔다. 다른 사람들과 닿을 때마다 그 사람들의 어깨나 뒤통수, 턱과 이마와 광대뼈에 붙어 있는 끈적이는 것들이 눈에 들어온다. 다른 사람들의 눈에는 보이지 않는 것들, 귀신이나 괴물 같은 '환상'들이.

"아가씨, 괜찮아?"

눈을 감은 채 비틀거렸는지 웬 아주머니가 윤서의 팔을 잡았다. 윤서는 천천히 실눈을 뜨며 자신을 도우려 한 친절한 아주머니를 바라보았다.

"……괜찮아요. 감사합니다."

일부러 눈의 초점을 흩트렸다. 하지만 눈을 뜨는 그 찰나의 순간에 윤서는 보았다. 더없이 선량해 보이는 초로의 아주머니의 겨드랑이에서 돋아나와 그녀의 목을 둘둘 감고 있는, 창백한 막에 둘러싸인 채 시퍼런 혈관을 비쳐 보이는 내장 같은 것을.

"정말 괜찮아요."

"괜찮긴, 이마에 진땀 나는 것 좀 봐."

하지 마, 제발. 그만두라고.

누군가의 몸이 닿을 때마다 윤서는 그 사람의 몸에 덕지덕지 달라붙어 있는 온갖 것들의 환상을 보곤 했다. 사람의 살갗 위에 싹을 틔워, 골수 깊숙이 뿌리를 내리고 참담하고 끈덕지게 그 사람의 생의 에너지를 빨아먹으며 거대하게 자라나는 것들을. 누군가의 인생을 짓누르고 있는 것 같은, 죽음의 조각 같은 것들을.

지하철 문이 열렸다. 윤서는 도망치듯 열차에서 내렸다. 전화를 걸자, 윤서의 직장 동료이자 남자친구인 준상이 서둘러 달려왔다.

"그것 봐. 내가 데리러 간다고 했잖아."

"괜찮은데……."

"괜찮긴 뭐가 괜찮아. 어휴, 이 식은땀 좀 봐. 넌 몸이 약해서 지하철은 정말 안 되겠다. 차 수리되는 동안 나랑 같이 출퇴근하자. 정말 너, 나 없으면 어쩌려고 그래."

준상은 걱정하듯 조금은 책망하듯, 윤서에게 속삭였다. 그는 윤서의 이마를 닦아주고, 윤서를 지하철역 밖의 카페로 데려갔다. 커피와 달콤한 조각 케이크를 사 오고, 윤서가 진정할 때까지 기다려주었다.

네 살 연상인 준상은 좋은 사람이었다. 직장에서는 능력 좋은, 일 잘하는 선배였고, 회사 밖에서는 다정하고 신사적인, 멜로드라마에서 튀어나온 것 같은 남자친구였다. 귀하고 구김살 없이 자란 티가 나는 남자였지만, 고향이 지방인 데다가 대학 때부터 자취를 해서 손에 물 한 방울 안 묻히고 살아온 사람은 또 아니었다. 보수적인 면이 없진 않았지만, 여자를 무시하거나 대놓고 차별하는 사람도 아니었다. 그것은 남자는 모름지기 능력을 갈고닦아 자기 가족을 온전히 보살필 수 있어야 한다는 그만의 책임감에 가까웠다. 그는 온건하고 책임감이 강한 남자였다.

"빨리 윤서랑 결혼하고 싶다. 그러면 내가 정말 모시고 다닐 텐데."

하지만 윤서는 준상의 손끝이 자신에게 닿을 때마다, 준상의 얼굴만 바라보기 위해 애써야 했다.

"괜찮아, 차도 다음 주면 수리 끝나고 나올 거고……."

"그래도 주차장에서 난 사고라 다행이다. 네가 다치지 않아서. 수리는 그쪽 보험으로 된다고 했지?"

"응. 난 그냥 펴기만 하면 된다고 했는데 보험사에서 문

짝까지 갈아야 한다고 해서 그렇게 하려고."

"잘 됐다. 그치?"

"응, 그러게."

누군가의 몸에 닿으면 보이는 그것들은, 준상의 얼굴이나 어깨 쪽에는 보이지 않았다. 하지만 테이블 아래, 준상의 허리 아래 하반신에서는 그것들이 질질 끌려다니고 있었다. 시퍼런 혈관이 비쳐 보이는 내장 같은 끈이며, 허연 막에 갇혀 꿈틀거리는 외계인 같은 것들은 한두 개가 아니었다. 꼭 한 번은 용기를 내어, 눈을 똑바로 뜨고 그것들을 세어본 적이 있었다. 하나, 둘, 셋, 넷, 다섯, 여섯, 일곱. 일곱이나 되는 괴물들이 준상의 하반신에서 흘러내리거나 더러는 다리를 휘감아 무릎이나 발목에 주렁주렁 매달려 있었다.

"지금은 괜찮아?"

준상이 조심스럽게 윤서의 어깨를 끌어안았다. 괜찮아. 저것들 지금 테이블 밑에 있잖아. 내 눈에 안 보이니까 괜찮아. 얼굴에서 안 보이는 것만 해도 어디야. 윤서는 준상에게 조심스럽게 기대며 생각했다. 이런 상태로 누군가와 미래를 함께할 수 있을지는 모르겠지만, 누군가와 함께한다면 적어도 눈을 마주치거나 키스하는데 얼굴이나 뒤통수 쪽에서 그 괴물들이 불쑥불쑥 모습을 드러내는 사람은 아니어야 했다. 그리고 윤서에게는 준상이 바로 그런 사람이었다.

윤서에게 처음부터 그런 것이 보였던 건 아니다. 애초에 윤서는 무당이나 영 능력자가 아니었다. 학교 다닐 때 그 흔한 분신사바 한 번 성공한 적이 없었으니, 영감 쪽이라면 오히려 남들보다 둔한 편이었을지도 모른다. 그저 평범하게 대학을 다니다가 지금은 평범하게 회사에 다니는 윤서가 다른 사람들에게 매달린 귀신이나 괴물, 어쩌면 윤서의 환상에 불과한 것일지도 모르는 그 찐득하고 기괴한 것들을 보게 된 건, 몇 년 전, 한 남성이 일면식도 없는 젊은 여성을 흉기로 수차례 찔러 잔혹하게 살해한 사건이 벌어졌을 무렵부터였다.

사람들은 흔히 젊은 여성이 살해당했다고 하면, 어떻게든 죽을 만한 이유를 찾아내기 마련이다. 그가 불우해서, 가족과 사이가 좋지 않아서, 질이 나쁜 남자를 사귀어서, 꼭 가지 말라는데 혼자서 외진 곳을 걸어가서. 그런 것이 여성에게는 '죽을 이유'가 되었고, '죽을 죄'가 되었다. 하지만 그날 살해당한 여성에게 '그럴 만한 이유'는 한 가지도 없었다. 열심히 일하고 가족들과도 사이가 좋았던 그는, 번화한 강남 한복판에 놀러 나왔다가 잠시 화장실에 갔다. 그리고 살해당했다.

그를 살해한 남성은 죽은 여성이 화장실에 들어오기 전, 다른 여섯 명의 남자가 화장실에 들어오고 나가는 동안 아무도 해치지 않았다. 그는 처음부터 여자를 죽일 생각이었다. 그리고 일곱 번째로, 자신과 전혀 상관없는 무고한 젊은 여성이 들어오자 흉기로 수차례 찔러 잔혹하게 살해했다. 경찰에 붙잡힌 그는, "여성들로부터 무시를 당했기 때문"이라고 말했다.

그 기사를 처음 읽을 때, 윤서는 숨이 멎는 줄 알았다. 윤서와 같이 도서관에서 나오다가 그 소식을 들은 친구 중에는 그대로 울음을 터뜨리는 이들도 있었다. 태연히 학교 교정의 벤치에서, 혹은 동아리방에서 눈을 붙이는 남자 선배들이나 동기들에게 강남역의 그 사건은 그저 늘 있었던 사건 사고일 뿐이었지만, 윤서와 친구들에게는 그렇지 않았다. 취업을 앞둔 4학년이었고, 전공과목 중 한 과목의 네 번째 중간고사가 이틀 전이었지만, 그들은 눈이 벌게지도록 울고 슬퍼했다. 그리고 다음다음 날, 오전에 중간고사를 보자마자 윤서는 강남역으로 향했다. 역 주변에는 국화와 함께 추모의 글을 적은 포스트잇이 여기저기 붙어 있었다.

윤서는 그곳에서 잠시 눈물을 흘리고는, 누군가에게 포스트잇을 빌려 매직펜으로 "여자라서 죽었다"라고 적었다. 그 글을 강남역 10번 출구에 붙이고 돌아오던 길, 윤서는 지하철역에서 나오다가 낯선 남자에게 뒤통수를 맞고 쓰러졌다.

병원에서 눈을 뜬 윤서는 그 남자가 강남역에서부터 따라왔다고 확신했다. 그는 스스로를 폭행범이 아니라고 했다. 자신은 그저 윤서가 행복해 보여서 짜증이 난 거라고 주장했다.

행복이라고? 죽을 만큼 공부해서 학점을 따고 영어 성적을 올려도 막상 취업 원서를 넣으면 자신보다 성적이나 스펙이 한참 부족한 남자 선배들이 선순위로 서류 전형에 합격하는 세상이었다. 여자가 죽거나 폭행당하면 여자가 무어라도 잘못했거니 말하는 세상이었다. 딱 윤서 또래의 젊은 여자가 죄 없이 살해당해서, 조문하기 위해 그 더운 날씨에 검은 블라우스에 검은 바지를 입고 강남역에 다녀오던 길이었다. 여기 어디에 행복이 있단 말인가.

그리고 상식이라는 게 있는 세상이라면, 그저 행복해 보인다는 것만으로 길거리에서 맞아야 할 이유는 없다. 젊고 예쁘고 대학도 좋은 데 다니고, 취직도 잘 되고, 남자친구도 있을 것 같은 여자라서 때렸다는 것은 말이 되지 않는데, 그 남자는 그런 것이 정당한 변명이라도 되는 듯 굴었다.

친구들이 찾아와서 울었다. 그래도 살아 있어서 다행이라고, 운이 좋았다고도 했다. 다른 사람들이 빨리 신고해주지 않았다면 윤서는 그 자리에서 죽었을지도 모른다. 혹은 머리를 맞고 기절한 채 저 남자에게 끌려가 무슨 꼴을 당했을지 모른다. 운이 좋았던 걸까? 윤서는 어떤 면에서는 그렇다고 생각했다. 죽지는 않았으니까. 하지만 죽지 않은 것만으로 운이 좋다고 말해도 되는 걸까. 왜 누군가에게는, 그저 죽지 않고 살아남은 것만으로도 운이 좋은 것이 되어버리는 걸까.

그리고 그때부터였다.

"최윤서 환자분, 혈액검사 결과 나왔고요. 내일 회진 끝나고 퇴원하실 수 있을 것 같아요."

"저, 선생님……? 선생님 머리 위에 이상한 게 있어요."

누군가의 손이 몸에 닿았을 때, 그 사람의 머리나 어깨 위로 귀신이나 괴물 같은 것들이 보이기 시작했다.

◇

"범죄 피해자가 외상 후 스트레스 장애를 겪는 건 드문 일이 아니에요."

그날 이후, 윤서의 일상은 부서졌다. 윤서는 취업을 준 비하는 대신 병원에 다니기 시작했다. 2학기에는 휴학을 했 다. 여자는 제때 졸업하지 못하면 취업할 수 있는 폭이 확 줄 어든다고, 어떻게든 졸업은 제때 해야 하지 않겠느냐고 친구 들이 걱정했지만, 사람이 살아야 취업도 할 수 있는 법이었다.

"오랫동안 폭력에 시달렸던 어린이들은 다른 사람이 부 드럽게 머리를 쓰다듬어주려고 해도 몸을 움츠려요. 저 사람 이 나를 때릴 것이다, 그렇게 본능적으로 생각하는 거죠."

하지만 정신과에 다니고, 약을 먹고, 또 상담을 받으러 다녀도 해결되는 것은 없었다. 의사와 상담사는 태연히, 아무 렇지도 않게, 숨을 쉬듯이 윤서의 신경을 긁어댔다.

"아마도 최윤서 님은, 윤서 님에게 묻지마 폭력을 휘두 른 남자분을 괴물이라고 생각하는 것 같은데……."

묻지마 폭력이 아니었다. 그냥 폭력이었다.

남자친구이 아니었다. 그건 가해자라고 불러야 했다.

"괴물이라니, 그런 게 아니에요."

윤서는 상담사에게 화를 냈다. 의사에게도 화를 냈다. 상담사나 의사의 잘못이 아니라는 것은 알았지만 누구에게라도 쏟아내지 않으면 정말 미쳐 버릴 것만 같았다.

"사람이 어쩌지 못하는 괴물이 아니에요. 그냥 법으로 처벌할 수 있는 사람이에요. 그런데 심신미약이니 뭐니 하면서 풀어줬잖아요. 그런 새끼를."

강남역에서 죄 없는 사람이 죽었다. 그 사람을 조문하러 갔다가 돌아오던 길에, 윤서는 죽을 뻔했다. 다음 해 다시 윤서가 학교에 복학할 무렵, 강남역에서 사람을 죽인 남자는 징역 30년을 선고받았다. 100세 시대라는데, 30대 중반이던 범인이 풀려나는 것은 고작 60대 중반이었다. 윤서는 문득 자기 주변의 60대 남성들을 떠올려보았다. 학교 경비 아저씨들이나 동네 편의점 사장님 생각이 났다. 회사에서 은퇴할 나이는 지났고, 슬슬 여기저기 편찮다고는 하지만 여전히 요령 좋게 힘쓰는 일들을 해내는 분들을. 처음부터 여자를 죽일 생각으로 화장실에 숨어 있다가 앞날이 창창한 윤서 또래의 젊은 여성을 살해한 그 남자, 괴물이 아닌 인간이라서 인간의 법으로 처벌받아야 하는 그 남자는, 아직 할 수 있는 일이 많은 그런 나이에 세상으로 돌아올 것이다. 그 생각을 하면 숨이 턱 막혔다.

윤서를 해치려 했던 남자는 고작 6개월이었다. 단순 상해이고 술에 취해 있었다는 게 이유였다. 그나마 실형이 나온 건 운이 좋은 거라고 했다. 보통은 집행유예가 나오는데 저 강남역 사건 때문에 여론이 그래서 실형이 나온 거라고, 남자 입장에서는 재수가 없었던 거라는 말도 들었다. 가만히 있다가 두들겨 맞은 것은, 그래서 학교도 1년이나 휴학해야 했던 것은, 1년이 지나도록 정신과에 다니고 약을 먹어야 하는 것은 윤서였는데도.

"그런 새끼들을, 죄 없는 사람을 때리고 죽이고 강간하고 그러는 놈들을……."

윤서는 끝내 울음을 터뜨렸다. 하지만 운다고 해결되는 것은 한 가지도 없었다. 다니던 대학을 졸업해야 하고, 취직도 해야만 했다. 1년 동안 유학을 가거나 어학연수를 다녀온 것도 아닌 데다, 기말고사도 보지 못한 채 사고를 당했던 것이라 학점을 만회하는 것도 큰일이었다. 무엇보다도 두려웠다. 그놈이 다시 나타날 것 같아서. 그냥 길 가던 여자 한 명 때린 것뿐인데 징역까지 살았다며 찾아와서 보복하지는 않을까, 이번에야말로 목을 조르거나 칼로 찌르는 것은 아닐까, 윤서는 그런 두려움으로 하루하루를 살얼음판을 걷듯이 살아야 했다. 그럴수록 윤서의 몸에 누군가가 닿았을 때 보이는 환상들은 더 크고 끔찍해졌다.

"대체 언제까지 그럴 거니, 언제까지 그럴 거야."

괜찮지 않다고, 여전히 그런 것들이 보인다고 엄마에게 털어놓아 보았다. 하지만 차라리 아무 말도 하지 않는 것이 나을 뻔했다.

"어떡하겠어. 어쩔 수 없다잖아. 법대로 해도 어떻게 못한다잖아. 가서 그놈을 죽이기라도 할 거니? 죽여서 네 인생 망쳐야 속이 시원하겠어? 얘, 그냥 미친개에 물렸다고 치고 잊어버려. 그래야 네가 살지. 언제까지 이러고 살 거야. 헛것이 보인다고? 어디 가서 그런 말 마라. 난 네가 그 사고당했다고 정신과 다닌 것도 생각할수록 너무 속상하고 그래. 정신과 다니면 그 흔한 실손보험도 가입이 안 된다는데. 그러다가 취직할 때 무슨 흠이라도 잡히면?"

윤서는 사는 게 사는 것 같지 않은데, 정말 시시때때로 칵 죽어버리든가 죽여버리고 싶은 마음이 울컥거리며 솟구쳐 올라 그때마다 숨을 고르며 버티는 것만도 쉽지 않았는데, 돌아오는 것은 눈물과 한탄, 자기연민 섞인 꾸지람일 뿐이었다. 대체 언제까지 그럴 거냐고, 이제는 정신을 좀 차리라면서 정작 약은 좀 끊으라는 말이나 돌아왔다.

물론 약을 먹는다고 보일 괴물들이 안 보이는 것은 아니었다. 하지만 약을 먹으면 적어도 저 괴물들이 실체가 아닌 환상이라는 것은 인식할 수 있었다. 사방팔방에서 기어 나오는 그 괴물들에 짓눌려 숨조차 쉴 수 없게 되느냐, 아니면 그런 것들이 보이는 세상에서 어떻게든 꾸역꾸역 살아가느냐의 문제였다. 윤서에게는 선택의 여지가 없었다. 약을 먹으면서 앞으로의 일을 계속 생각해야만 했다.

상황은 썩 좋지 않았다. 남자가 한 학기 학점을 날려 먹은 것은 청춘의 방황이 될 수 있을지 몰라도, 여자가 한 학기 학점을 날려 먹은 것은 불성실의 증거였다. 사고가 있었다는 변명도, 서류 전형을 통과해야 꺼내볼 수 있는 이야기였다. 그 1년간의 공백에 대해 사고 후유증이라고 말하면 건강 상태를 의심받고, 외상 후 스트레스 장애라고 말하면 꾀병 취급받고, 정신과 치료 때문이라고 진단서를 보여주면 아예 그다음 단계로 넘어갈 수 없었다. 범죄 피해자라고 말하면 윤서가 뭔가를 잘못했을 거라고 지레짐작하거나, 압박 면접을 하다 못해 아주 맛이 가버린 면접관이 혹시 성폭력 피해자인 거냐며 끈적하고 비릿한 질문을 던지기도 했다. 그 한 학기의 학점과 1년간의 공백에 발목을 잡히지 않으려면, 대학원에 가든가 공무원이나 공사 시험을 봐야 했다.

부모님의 만류에도 불구하고 윤서는 계속 병원에 다녔다. 약을 먹어가며 정신을 다잡고 시험 준비에 매진했다. 그해에 원서를 넣을 수 있는 곳은 전부 넣었다. 수험 준비에 오래 매달려온 사람들이 들으면 얄미워할 테지만, 다행히도 졸업하고 1년이 지나지 않아 윤서는 합격했다. 원래 전공이 상경계열인 데다, 한국사나 국어 시험 급수도 1급이었고 영어는 병원에 있을 때도 놓지 않고 들여다본 덕분이었다. 합격하고 얼마 지나지 않아 윤서는 2년쯤 된 경차를 중고로 샀다. 지하철을 타기만 하면 수많은 괴물들에 둘러싸이는 상황에서, 제정신을 유지하려면 그 수밖에 없었다. 그런 뒤에야 윤서는 조금씩 약을 줄일 수 있게 되었다.

"결혼하자, 우리."

일주일 동안 준상은 아침저녁 바래다준다는 핑계로 윤서네 집에 드나들었다. 그리고 마침내 차 수리가 끝나는 날, 준상은 윤서와 함께 차를 찾으러 가는 김에 프로포즈를 했다. 언제 공업사에 찾아가서 실어놓았는지, 윤서의 작은 차 트렁크에는 꽃이 한 가득 놓여 있었다. 그 꽃들 가운데 민트색 반지 상자도 하나 놓여 있었다. 패션 잡지에서 종종 보던 유명 브랜드의 프로포즈 반지였다.

"대체 이런 건 어디서 보고…….."

"인터넷에서."

반지는 윤서의 손가락에 조금 컸다. 사이즈는 줄이면 된다고 했다. 윤서는 그 상황에서도 눈을 꼭 감고 있었다. 이 순간에도 준상에게 주렁주렁 매달려 있는 괴물들이 보일 것 같아서. 그리고 미소를 짓는 준상 앞에서, 윤서는 고백했다.

"나, 준상 씨한테 말할 게 있어. 준상 씨도 알아야 할 것 같아."

윤서는 전부 다 말했다. 강남역에서 젊은 여성이 살해당한 일부터, 거기 다녀왔다가 웬 남자에게 공격당해 죽을 뻔한 일, 그래서 학교를 휴학하고 치료를 받아야 했던 일과 지금도 꾸준히 먹고 있는 항불안제에 대해서까지. 그 일 때문에 가족들과도 틀어져 지금은 거의 연락하지 않고 혼자 살고 있는 거라는 이야기까지 전부 털어놓았다. 누군가와 닿았을 때 보이는 그 괴물들에 대해서도 전부 다. 준상은 윤서의 고백을 질 나쁜 농담처럼 여기지 않았다. 불쾌한 이야기를 들은 듯 얼굴을 찡그리지도 않았다. 대신 준상은 윤서를 가만히 감싸 안으려다 흠칫 놀라 뒤로 물러서며 물었다.

"그럼 나한테도 그런 게 보여?"

윤서는 고개를 끄덕였다. 준상은 조금 슬픈 표정이었다.

"어떤 게 보이는데? 많이 무서워? 많이 끔찍해?"

"아니, 그 정도는 아니고…… 일단 어깨 위로 보이진 않아서 괜찮긴 해."

"그럼?"

"무릎이랑 발밑에 있어."

준상은 자기 발밑을 내려다보았다. 그리고 한숨을 쉬며 다시 물었다.

"나하고 있는 게 끔찍해?"

"그건 아니야. 사실은…… 나는 준상 씨를 좋아하는데, 그런데 당신한테 자꾸 이상한 게 보인다고 하면 준상 씨가 나를 피할 것 같아서."

"나는 상관없어. 나한테서 보이는 게 너무 끔찍하거나 한 게 아니라면."

"그치만……."

"좀 상상도 못 해본 이야기이긴 하지만, 거절하는 건 아닌 거지?"

"준상 씨는 괜찮아?"

"괜찮다니까."

그 순간 윤서는 생각했다. 결혼을 기대하지는 않았지만 준상만 한 남자는 아마 없을 거라고.

사실 결혼을 꼭 해야 한다고 생각하지는 않았다. 대학에 들어가기 전부터 여자가 결혼을 해봤자 커리어에 걸림돌이나 될 거라는 이야기는 계속 들어왔다. 회사에 들어가도 연애를 하거나 결혼을 하거나, 혹은 아이를 임신하는 순간 여자는 그 자리에서 순조롭게 밀려난다고, 남자가 우리 앞날을 망칠 거라는 걱정 어린 충고들을 귀에 못 박히도록 들었다.

대학교에서는 누가 연애하다가 학점을 망치거나, 누구의 아는 사람의 친구라는 잘 모르는 누군가가 남자친구를 내조하다가 쓴 물 단 물 다 빨아먹히고 차였다는 어리석은 이야기들을 들었고, 그보다 더 가까운 곳에는 한 다리 건너 알 만한 이들이 데이트 폭력을 겪었다. 고백을 받았지만 거절했다가 남자 선배에게 맞거나, 학교 익명 게시판에서 말도 안 되는 음해를 당하는 이들도 있었다. 그리고 그보다 더 흔한 곳에, 스토커나 성추행, 바바리맨들이 있었다. 그런 이야기들을 들으며 자란 윤서에게 남자란, 종종 여성의 안위를 위협하면서 그런 것을 권리인 줄 아는 사람들이었다.

다행히도 윤서의 직장에는 혼자서도 잘 살아가는 여자 선배들이 많이 있었다. 결혼하지 않고도 열심히 일하며 잘 살기도 했고, 때로는 결혼했다가 이혼한 사람들도 있었다. 혼자 살아도 그 여자 선배들은 다들 멋지고 일을 잘했다. 윤서도 그럴 수 있을 거라고 생각했다. 하지만 준상을 만나며 윤서는 조금씩 흔들리기 시작했다. 무엇보다도 이런 약점을 전부 털어놓았는데도 여전히 자신을 사랑한다는 남자는, 이 세상에 아마 달리 없을 것이었다.

'세상 남자들이 모두 상종 못 할 놈들이라 해도 준상 씨는 어쩌면 다를지 몰라.'

윤서는 핸드폰을 들어 반지를, 꽃으로 장식된 자신의 작은 차를 찍었다. 그리고 고개를 끄덕였다. 승낙의 뜻이었다.

✧

그날 밤, 윤서는 밤새 악몽에 시달렸다.

준상에게 매달린 그 일곱 개의 그림자가, 마치 촉수처럼 길게 늘어나 자신을 휘감는 꿈이었다.

어디선가 아기 울음소리가 났다. 한 방향이 아니었다. 등 뒤를 제외한 일곱 방향에서 아기 울음소리가 울려 퍼졌다. 그리고 마치 일순간 입을 틀어막듯이, 그 울음소리가 멈췄다. 숨이 막혀 헐떡이는 듯한 소리가 났다. 사위가 고요해졌다.

이상한 느낌이 들어 윤서는 아래쪽을 내려다보았다. 자신의 다리 사이로 뜨거운 물이 쏟아지듯 피가 흐르고 있었다. 윤서는 비명을 질렀다. 그러자 쏟아지는 핏덩어리 사이로 아기 울음소리가 새어 나왔다. 응애, 응애, 응애.

그 소리를 신호로, 멈추었던 울음소리가 다시 울려 퍼지기 시작했다. 윤서는 귀를 막았다. 그러자 세모로 잘린 삼베 조각들이 마치 나비의 날개처럼 펄럭이며 하늘에서 쏟아졌다. 사방을 가득 채운 울음소리 속에서 윤서와 그 핏자국들을 뒤덮으며, 마치 작은 봉분을 쌓아 올린 듯한 형상이 될 때까지.

뒤숭숭하고 무시무시한 꿈은 곧 기억에서 지워졌다. 그리고 그다음 날부터, 윤서는 전보다 좀 더 살 만해졌다고 느꼈다. 직장에서나 일상에서 누군가의 손이나 몸이 스쳤을 때 보이는 괴물 같은 것들은 여전했지만, 이전만큼 또렷하게 보이지는 않았다. 말하자면 실제 사람이 100퍼센트만큼 선명하고 그동안 보이던 괴물들은 현실에 비해 7, 80퍼센트 정도로 보였다면, 이제는 그 괴물들이 실제의 2, 30퍼센트 정도로 투명하고 흐릿하게 보이게 된 것이었다.

마음이 편해졌기 때문일까. 그럴지도 모른다. 윤서는 정신과 진료 때 약을 더 줄이고 싶다고 했다. 의사는 윤서의 상태를 면밀히 확인하더니 차도가 있다고, 다행이라고 했다.

"사실 좀 걱정이 되긴 했어요. 항불안제를 계속 복용하면 나중에 임신했을 때 유산될 확률이 높아지기도 해서."

"아, 그런가요?"

"정신과 약 중에 임신을 생각하는 여성들이 조심해야 하는 것들이 몇 가지 있어요. 임신을 계획하기 전에 미리 의논해주면 우리도 신경을 더 쓸 테니까, 일단은 조금 줄이면서 상태를 봅시다. 이번에 결혼하신다는 분, 많이 사랑하시나 봐요?"

"아, 예……."

"다행이에요. 사실은 결혼을 준비하면서 갑자기 우울증이 심해지기도 하고, 불면증에 시달리는 사람도 많거든요. 이렇게 결혼하기로 결정한 것만으로도 많이 좋아지는 걸 보니, 그동안에 최윤서 씨의 주변 환경 자체가 불안했던 것도 있나 봅니다. 사실 결혼을 하면 많은 게 안정되지요. 축하드립니다."

그런 걸까. 윤서는 문득 자신이 낯선 남자에게 뒤통수를 맞고 쓰러졌을 때의 일을 생각했다. 윤서의 가족들은 윤서가 그런 범죄의 피해자가 된 것을 부끄럽게 여겼다. 헛것을 보는 것도, 정신과 치료를 받는 것도 부끄럽게 여겼다. 완벽하게 평화롭고 화목해야 하는 가정에 뭔가 큰 흠집이라도 난 것처럼 가족들은 윤서를 쉬쉬했다. 오빠도, 사촌오빠도, 아버지도 그랬다. 윤서가 이런 일로 법원에 왔다 갔다 하는 것을 마음에 들지 않아 했고 때로는 다그치기도 했다. 그 페미인지 뭔지를 하니까 그런 사고를 당한 게 아니냐고 소리쳤다.

이해가 가지 않았다. 나는 죽을 뻔했는데. 가족들 보는 앞에서 목이라도 매고 싶을 만큼 서럽고 고통스러웠다. 가족들 곁을 떠난 것도, 명절 때 이니면 연락조차 하지 않는 것도 그때의 일 때문이었다.

그래서일까. 준상의 청혼을 받고 나서 윤서는 상태가 많이 안정되었다. 그런 사고를 당했던 것도, 또 자꾸만 헛것을 보는 것도, 준상은 부끄러워하지 않았다. 윤서를 이해하고 위로하고, 그런 일을 저지른 놈이 잘못이라고 분명히 말해주었다. 가해자가 벌써 출소했다는 것을 알고는 그런데도 혼자서 살면서 얼마나 무서웠느냐고, 이제 계속 곁에 있어 주겠다고 약속했다.

'그렇게 이해받았으니까. 이제는 사람이 괴물로 보이지 않게 된 거야.'

윤서는 생각했다. 준상이 곁에 있다면 다소 곤란하고 어려운 일이라도 어떻게든 극복해낼 수 있을 것 같았다. 이를테면 그것이 가족들에게 결혼 소식을 알리는 일이라 해도.

"부모님께 인사드리자."

준상이 조심스럽게 말했다.

"당연한 이야기지만 내가 같이 갈게. 혹시라도 우리 결혼을 반대하시면 그때는 내가 장인어른이든 장모님이든 막아낼게."

"난 내 결혼식에 우리 부모님이 오시는 거 썩 내키지 않아."

"그래도 예의는 갖추는 게 좋지. 말씀도 안 드리는 거랑 말씀을 드렸는데 반대하셔서 안 모시는 거랑은 이야기가 좀 다르니까."

그러다가 준상은 멋쩍게 웃으며 말했다.

"실은 나도 윤서한테 고백할 게 있어."

"으, 응? 뭔데?"

그 순간, 윤서는 준상에게 고백받은 날 밤 꾸었던 꿈이 떠올랐다. 사방에서 울려 퍼지던 갓난아기들의 울음소리가.

설마 어딘가에 숨겨놓은 아이라도 있는 걸까? 그래서 그런 불길한 꿈을 꾼 걸까? 피가 식는 것 같았다. 그러면 그렇지. 나에게 이렇게 좋은 일이 생길 리 없었는데. 나 같은 사람에게, 준상 씨 같은 괜찮은 남자가 결혼하자고 할 리가 없는데. 윤서의 어깨가 부들부들 떨렸다. 그때 준상이 말했다.

"나, 장남이야."

"……응?"

"실은 외동아들이야. 아, 이런 이야기하면 윤서가 싫어할지도 모른다고 다들 그랬는데. 그래도 빨리 말을 해야 할 것 같았어. 너무 늦게까지 말을 안 하면 속인다고 생각할 것 같아서."

아아, 그랬구나.

윤서는 웃었다. 가슴이 무너질 뻔했던 것이 자신의 착각이었다는 것을 깨닫자, 다시 손발에 자르르 온기가 돌았다. 이렇게 불안한데, 이렇게 조심스러운데, 앞으로도 이렇게 모든 일에 돌다리를 두드려보듯이 마음을 졸여야 할지도 모르는데, 그보다는 자신과 준상의 관계에 아무 문제도 없다는 것이 마냥 다행스러웠다.

"그러면 고향에는……."

"아버지는 돌아가셨고 할머니와 어머니, 그리고 큰고모
가 계셔."

"그럼 고향에서 세 분을 모셔야 하는 거 아니야?"

"그렇긴 하지만, 어머니 말씀이 아직 할머니도 큰고모도
건강하시니까 굳이 그럴 필요 없다고 하시지. 그리고 젊은 사
람은 대도시에서 살아야 한다고도 하시고."

"아."

"우린 이대로 여기서 살 거야. 마침 아이 낳아 키우기도
좋은 동네고. 나중 일은 나중에 생각해도 돼."

준상은 말을 하다가 스스로도 우스웠는지 어깨를 으쓱
해보였다.

"이래 봬도 나, 나름 귀한 아들이라고. 그 정도는 제멋대
로 굴어도 돼."

윤서는 고개를 끄덕이며 준상의 어깨에 머리를 기댔다.
그러자 테이블 아래, 늘 보이는 그것들이 꿈틀거리며 날뛰는
것이 느껴졌다. 됐어. 이제 신경 안 쓸 거야. 그런 것까지 신
경 쓰지 않아도 한동안 정말 정신없이 바쁠 테니까. 정말로
새로운 인생을 준비해야 하는 시기에, 너희 같은 허깨비들이
무슨 짓을 하든 상관 안 해.

✧

기분 좋은 멜로디의 재즈가 끊임없이 흘렀다. 준상은 평소 성품처럼 차분하게 차를 몰았다. 명절도 아닌데 트렁크에는 한우며 과일이며 고향에 갈 때 가져갈 법한 선물들이 가득 실려 있었다. 윤서는 평소 같으면 잘 신지 않는 구두에, 남의 결혼식 갈 때나 입는 정장을 입은 채 준상의 옆자리에 앉아 있었다. 가서 갈아입을 편한 옷도 챙겨 넣었지만, 처음 가보는 준상의 본가에서 얼마나 편안하게 풀어져 있을 수 있을지는 모를 일이었다.

"걱정 마. 우리 어머니 좋은 분이셔. 할머니도, 큰고모도. 사실 여자들끼리 시골 마을에서 지내시다 보니까 젊은 사람이 가면 언제나 대환영이시거든."

"언제 또 누굴 데리고 갔었어?"

"왜, 친구들이라든가. 또 농활도 한 번 갔었지. 그때 농활 갈 만한 시골이 없다고 그러다가 내가 지방 출신이라고 우리 동네로 가기로 했었거든. 갔다가 이런저런 사고를 많이 쳐서 두 번 다시 못 데려갔지만 말이야."

차는 천천히, 낯설고 아늑한 시골길로 접어들었다. 세 방향이 산으로 둘러싸여 마치 새 둥지처럼 아늑해 보이는 분지였다. 그 분지에서도 가장 볕이 잘 드는 곳에, 오래되었지만 사람 손길이 닿아 정갈한 기와집이 여러 채 보였다. 딱 보기에도 여느 방송에서 종갓집이나 어느 뼈대 있는 양반 가문의 고택이라 소개될 것 같은 그런 집이었다.

"준상이 왔구나. 우리 준상이가 왔어."

그리고 준상이 그 집 앞에 차를 세우자 문이 열리고, 얼굴에 주름이 자글자글한 할머니 한 분이 버선발로 달려 나오셨다. 윤서는 트렁크에서 제 짐을 꺼내다 말고 얼른 할머니에게 허리를 숙여 인사했다.

"안녕하세요, 할머님. 최윤서라고 합니다."

"아이고, 어서 오세요. 그런데 준상아, 얼굴이 이렇게 상해서 어떡하누. 노마님께서 걱정하시게."

"그래요? 전 괜찮은 것 같은데. 요즘은 얼굴이 너무 좋아 보여도 사람들이 게으르다고 해요."

"서울 사람들은 각박하기도 하지."

"인사드려, 윤서야. 영주댁 할머니셔. 우리 집안일 봐주시는."

"안녕하세요."

윤서는 다시 한번 인사를 했다. 영주댁 할머니가 대문을 활짝 열고 준상의 차에서 짐을 내리는 동안 준상은 손가락 하나 까딱하지 않았다. 그러더니 윤서에게 어서 들어오라 손짓을 하며 앞장서 걸어갔다. 윤서는 할머니 혼자서 짐을 다 어떡하시나 싶어 몇 번이나 뒤를 돌아보았지만, 준상은 아예 윤서의 손목을 딱 붙잡더니 잡아끌 듯 안으로 들어갔다.

"저, 짐……."

"영주댁 할머니가 알아서 하실 거야. 들어가자."

언뜻 보기에도 연세가 많으신 분께 자기 짐을 다 맡기는 것 같아 윤서는 마음이 불편했다. 하지만 오늘은 준상의 본가에 처음으로 방문한 날이었다. 얼른 들어가서 할머님이며 준상의 가족들을 뵙고 인사를 드리는 것이 먼저다 싶어, 윤서는 순순히 준상을 따라갔다. 크고 작은 문을 몇 개 더 지나가자, 작은 호수와 마치 사극 드라마에서나 나올 것 같은 아름다운 전통 정원이 꾸며져 있었다. 준상의 본가 안채는 그런 곳에 자리 잡고 있었다.

"준상이 왔느냐."

안채의 왼쪽, 앞으로 툭 튀어나온 누마루 쪽의 장지문이 열렸다. 그리고 고운 한복을 입은 노부인과 60대 초반 정도의 우아한 여성이 밖을 내다보았다. 안채의 대청마루 오른쪽에서도 바지에 긴 조끼, 거기에 실크 블라우스를 입어 마치 뉴스에서 보던 영부인의 차림처럼 우아해 보이는 분이 걸어 나왔다. 그분은 대청마루에서 준상과 윤서를 잠시 바라보더니, 신발을 신고 마당으로 내려왔다.

"준상이 왔구나. 말하던 아가씨가 이 아가씨고?"

"예, 엄마. 윤서라고 해요."

윤서는 이번에야말로 머리를 깊이 숙여 인사했다. 준상 어머니는 걱정스러운 표정으로 윤서를 바라보다가, 환영한다는 듯 윤서의 팔을 손으로 한두 번 쓰다듬었다. 그 순간, 윤서는 나지막한 환청 같은 목소리를 들었다.

'안 되는데…… 참해 보이는 서울 아가씨가…….'

이게 무슨 소리지. 윤서는 고개를 들었다가 그만 기절할 뻔했다.

준상 어머니의 등 뒤쪽에는 마치 수십 개의 촉수가 돋아난 듯한 수많은 내장들이 매달려 있었다. 어떤 것들은 굵고 컸으며, 어떤 것들은 가늘고 짧았다. 크고 작은 사람의 팔다리가 매달려 있는 것도, 탁구공만 한 사람의 머리가 매달려 있는 것도 있었다. 그중 가장 끔찍한 것은, 아기들이었다. 준상 어머니의 등 뒤에 매달린 것 중에는 창백한 얼굴을 한 벌거벗은 아기들도 있었다. 윤서는 입이 바싹 말라오는 것을 느꼈다.

그 벌거벗은 아기들은 전부, 여자아이였다.

준상의 할머님과 고모님께 인사를 드리고, 윤서는 안채에 딸린 별채 방으로 안내받았다. 준상과는 다른 방이었다.

"그럼 이 방에는 나 혼자 있는 거야?"

"응. 아직 결혼하기 전이니까. 어른들 보시기에 좋지 않잖아."

준상이 웃으며 대답했다. 준상의 방은 안채와 마주 보는 안사랑채에 있다고 했다.

"내 방은 저기야. 밤에 불을 켜면 잘 보일 테니까 자기 전에 장지문 열고 인사하자."

"으응……."

"괜찮아. 다음번에 올 때는 결혼한 다음일 테니까. 그때 는 나랑 같이 있을 수 있지 않을까? 뭐, 할머님 생각은 또 다 르실지도 모르지만 말이야."

같이 있을 수 있다는 거야, 없다는 거야. 윤서는 갑자기 준상이 퍽 낯설게 느껴졌다. 직장에서 늘 보았던 다정하고 사 려 깊은 태도는 온데간데없고, 준상은 갑자기 이 집안의 유일 무이한 '도련님'이 되어 있었다.

어쩔 수 없는 건가……. 무척 사랑받고 자란 티가 나는 남자였다. 그런 점에 끌렸던 것이기도 했다. 게다가 아버님은 돌아가시고 홀로 되신 할머님과 큰고모님, 그리고 어머님 슬 하에서 곱게 자란 사람이다. 그것도 이 시골 마을에서는 제법 유지일 법한, 옛날 같으면 마을을 호령하는 양반 집안의 도련 님 같은 사람. 그런 사람이 고향에서 조금 제멋대로 군다고 해서 이상할 것은 없다. 평범한 남자도 자기 집에만 돌아가면 제 손으로 물 한 잔 안 떠먹는 일은 쌔고 쌨다. 윤서는 지금은 거의 연락하지 않는 자기 오빠와 사촌 오빠를 떠올리며 한숨 을 쉬었다.

시골 마을은 해가 일찍 저물었다. 세 방향이 산으로 둘 러싸인 마을은 밤이 찾아온다는 기척도 내지 않고 갑자기 날 이 어두워졌다. 번쩍거리는 불빛들과 높은 건물들이 보이지 않는 이곳의 하늘은, 마치 우물 안에서 올려다보는 것처럼 둥 글고 어두웠다. 윤서는 마당 쪽의 장지문을 반쯤 열고, 자신을 내려다보듯 반짝이는 별들을 올려다보았다. 살면서 본 적이 없는 선명한 별빛이었다. 칠흑 같은 어둠 속에 반짝이는 별빛들이 너무 청명해서 이름조차 알 수 없는 심해의 생물을 들여다보는 기분마저 들었다.

그때였다. 대청마루 쪽에서 인기척이 났다. 윤서는 얼른 옷매무시를 가다듬고 문을 열었다. 문 앞에는 언제부터 와 있었는지 준상의 어머니가 서 있었다.

"어머니……."

"내가 왜 그쪽 어머니죠."

준상 어머니가 차갑게 말했다. 그는 방 안을 휘 둘러보고는 낯을 찌푸렸다.

"당장 이곳을 떠나세요. 어서."

"예?"

"운전은 할 줄 알죠? 준상이에게는 내가 설명할 테니까, 당장 이곳을 떠나요. 어서."

준상의 어머니는 낡은 차 열쇠 같은 것을 윤서의 손에 억지로 쥐여주었다. 준상 어머니의 등 뒤에 낮에 보았던 수많은 촉수 같은 것들이 보였다. 윤서는 눈을 질끈 감으며 열쇠를 다시 준상 어머니의 손에 밀어 넣었다.

"싫어요."

"싫다고?"

"제가 마음에 안 드시는 건 알겠어요. 하지만 지금은 밤도 늦었고, 저는 이 동네 지리도 몰라요. 내일 아침에 준상 씨와 함께 인사드리고 돌아가겠습니다. 그게 맞는 것 같아요."

"정말 겁도 없는 아가씨네."

준상 어머니가 혀를 찼다. 그러다가 그는 문득 이상한 듯한 표정으로 윤서를 바라보았다.

"왜 그렇게 눈을 질끈 감는 거죠?"

"네?"

윤서는 그 말에 놀라 눈을 떴다. 준상 어머니의 등에 있던, 창백한 갓난아이가 매달린 촉수 하나가 꿈틀거리며 움직였다. 윤서의 시선이 그 괴물을 따라가자 준상 어머니는 윤서의 얼굴을 두 손으로 감싸며 그 눈을 빤히 쳐다보았다.

"지금 뭘 보고 있는 거예요."

"아…… 아……."

어떻게 된 거야. 설마 지금 내 앞에서 꿈틀거리는 게 내가 만든 환상이 아니었던 거야? 정말로 있는 거냐고. 준상 씨 어머님도 저걸 알고 계신 거였어? 그런 거야? 윤서의 얼굴이 새하얗게 질렸다. 그때였다. 둔탁한 소리가 나더니 준상 어머니가 앞으로 고꾸라지며 윤서의 품으로 넘어졌다. 윤서는 그대로 엉덩방아를 찧으며 비명을 질렀다. 지하철역에서 둔기로 머리를 맞고 쓰러졌던 그 순간의 통증이 다시 뒤통수를 내리찍는 것 같았다.

"시끄러운 계집애로구나."

윤서는 고개를 들었다. 이마에 주름이 임금 왕(王) 자를 그리며 움푹 파인 영주댁 할머니가 사극에나 나옴 직한 옛날

다리미 같은 것을 들고 서 있었다. 그리고 엉주댁이 옆으로 물러나자 고운 한복 차림을 한 노마님, 준상의 할머니가 모습을 드러냈다.

"……할머님?"

"얘야, 아가야. 너는 우리 준상이에게 시집을 오려는 게 지?"

준상 할머니가 웃었다. 그리고 눈을 크게 뜨는가 싶더니, 그 눈동자가 마치 호랑이의 털빛처럼 불그레한 노랑 빛을 띠었다.

"히이익!"

윤서는 자기도 모르게 뒤로 주춤거렸다. 할머니의 눈물샘 아래로 깊이 파인 세로 주름에 한밤중의 그림자가 드리워지며 동짓날 밤하늘처럼 새카맣게 그려졌다. 짐승의 눈 같은 형태로 드리워진 그늘 한가운데, 금방이라도 불을 뿜어낼 듯 형형한 노란 눈동자가 보였다. 그런 눈은 본 적이 없었다. 아니, 본 적이 있었다. 그것은 사람의 눈이 아니었다. 언젠가 다큐멘터리에서나 보았던 호랑이의 눈동자가 꼭 그랬던 것 같았다. 그리고 이내 산이 무너지는 듯한 소리가 났다.

윤서는 덜덜 떨며 제 품에 안겨 있는 준상 어머니를 바라보았다. 기절한 그의 어깨에서 수많은 줄기 같은 것이 자라나 윤서를 향해 손을 뻗었다. 그것들은 마치 갓난 고양이가 우는 듯한 새되고 가냘픈 소리를 내며 사람의 말을 흉내 내어 떠들기 시작했다.

"아들을 낳아야지. 아들을 낳아야지."

"이 집안이 어떤 집안인데."

"우리 준상이가 어떤 손자인데."

윤서는 비명을 질렀다. 하지만 지독한 가위에 눌린 것처럼 윤서의 숨결은 소리가 되어 나오지 못했다. 그저 헐떡이며 윤서는 한동안 흐릿해졌던 그 괴물들에게 꽁꽁 묶인 채, 준상 어머니와 한 덩어리가 되어 쓰러졌다. 사람 한 명의 무게가 가슴에 얹혀 숨조차 제대로 쉴 수가 없었다.

"종손에게 시집을 왔으면 마땅히 아들을 낳아야지."

"택일을 하여 아비를 들여보낼 테니, 너는 법도에 맞게 하도록 해라."

"보름달을 보고 숨을 깊이 들이쉬어라. 흡정법이라고 하느니라."

속삭임은 다시, 마을을 휘감은 세 방향의 산줄기를 타고 메아리가 되어 울려 퍼졌다. 멀어졌다 다가오는 땅 울음과 산 울음에 윤서는 그만 정신을 잃을 뻔하였다. 그때 표독한 목소리 하나가 산 울음 사이로 날카롭게 끼어들었다.

"아무짝에도 쓸모없는 계집아이를 낳아 무엇하겠다는 게냐. 공연히 몸 축내지 말고 떼거라. 네 태가 어디 네 것인 줄 아는 게냐."

그리고 고운 비단 치마가 펄럭였다. 준상의 큰고모였다. 그는 노마님과 마찬가지로 눈빛이 형형한, 짐승의 눈동자 같고 화등잔 같은 눈을 하고 다가와 윤서를 들여다보았다. 그는 윤서가 아니라 다른 누군가를, 그래, 준상 어머니를 내려다보고 있었다.

"여섯을 내리 계집애를 배어놓고 뭘 잘했다는 거냐."

"아들을 못 낳겠으면 어디서 씨받이라도 구해다 바치는 게 조강지처의 할 일이지."

"씨받이마저 딸이라니, 네가 정성을 들이지 않은 탓이 아니냐."

"독한 년."

큰고모의 발이 윤서의 배를 걷어찼다. 아니, 그건 지금 벌어지는 일이 아니었다. 옛날에, 아주 옛날에 있었던 일이다. 윤서가 아니라 준상 어머니가 겪었던 일이었다. 하지만 윤서는 지금 자신이 겪고 있는 듯 고통스러웠다. 아팠다. 걷어차인 배가 아니라 머릿속이, 가슴이, 그리고 위경련이라도 온 듯 갈비뼈 아래가 뒤틀리며 욱신거렸다.

"수태를 해놓고도 복대를 감아서 숨겨? 네가 지금 이 집안 대를 끊으려고!"

"제 나이가 벌써 서른입니다. 계집아이라는 이유로 벌써 여섯 번이나 아이를 떼었어요. 이번만이라도 제발 낳게 해주세요."

"쓸모도 없는 계집아이를 낳아 무엇하겠다고!"

아기 울음소리가 들렸다. 하지만 그 울음은 곧 내동댕이치듯 끊어졌다. 윤서의 머리 위로 산이 무너지듯 흙이 쏟아졌다. 흙인가 했는데, 하얀 소금이었다. 그 소금이 배꼽 위로 쌓이고 흘러내려 원뿔 모양이 되자, 큰고모는 윤서의 어깨를 잡아 눌렀다. 할머니가 그 배꼽 위에 불을 당겼다. 윤서는 비명을 질렀다.

"아들을."

"아들을 낳아야지."

"이 집안 여자들 다들 겪은 일이다."

"아들을 낳지 못하면."

그리고 어둡고 높은 천장에 하얀 버선발들이 보였다.

서까래에 목을 맨 여자들의, 더러는 오이씨처럼 조붓한 버선발이요, 더러는 거칠고 흙 묻은 발이 마치 빨래를 널어놓은 듯 여기부터 저기까지 별채의 천장을 아무렇지도 않게 가득 메웠다. 그리고 천천히 윤서의 가슴 위에 쓰러져 있던 준상 어머니가 몸을 일으켰다. 그는 할머니와 큰고모와 마찬가지로 짐승의 눈을 한 채 희고 긴 명주 천을 대들보에 걸었다.

"안 돼요!"

윤서는 젖 먹던 힘까지 다해 준상 어머니를 붙잡았다. 그리고 방구석에 놓인 가위를 집어 명주 천을 반으로 잘랐다. 잘려나간 흰 천은 소창 기저귀가 되어 순간 윤서의 눈앞을 뒤덮었다. 토할 것 같았다. 그리고 그 소창 기저귀를 걷어내자, 준상 어머니의 눈동자는 다시 인간의 눈으로 돌아와 있었다.

"차 키 주세요. 어서요!"

윤서는 여전히 반쯤 넋이 나간 듯한 준상 어머니의 어깨를 흔들다가 그대로 그 팔을 자신의 어깨에 걸어 부축하고 마당으로 뛰어나갔다. 아까까지만 해도 별이 쏟아질 듯했는데, 갑자기 구름이라도 낀 것인지 어두운 하늘에는 별도 달도 보이지 않았다. 그리고 그 뒤로, 산 울음 같은 짐승의 포효가 들려왔다.

"우리 준상이에게 시집을 와야지, 아가야."

"와서 아들을 낳아 대를 이어야 할 게 아니냐."

"요즘 여자들은 정말 큰일이란다. 몸을 함부로 굴리고, 결혼은 하지 않고. 그래서야 어디 대를 이을 아들을 낳겠느냐."

"어서 오너라. 너는 어리고 고운 아이겠지. 이 집안에 새로이 아들을 낳아주거라."

"어서, 어서, 어서, 어서, 어서, 어서."

윤서는 신발도 신지 않고 달렸다. 준상 어머니는 휘청거리면서도 어떻게든 다리를 움직이며 윤서의 걸음을 따라왔다. 뒤에서 산 그림자가, 아니, 거대한 세 산군이 땅을 박차며 두 사람을 뒤쫓아왔다. 산군의 발바닥이 땅을 딛고 튀어 오를 때마다 불길하고 소름 끼치는 땅 울음이 사방으로 울렸다.

"대체…… 이게…… 어째서……."

"가라고 했잖아."

준상 어머니가 숨이 턱까지 차게 달리다가, 목구멍이 다 갈려 나가는 듯한 목소리로 말했다.

"가라고 했잖아! 차 열쇠까지 주면서 가라고 했는데!"

"그래서 지금 가고 있잖아요! 차 어디예요!"

그야말로 기와집만 한 호랑이가, 할머니의 옷고름을 펄럭이며 윤서의 등 뒤로 앞발을 뻗는다. 그보다 더 큰 호랑이가 옅은 지분 냄새를 풍기며 준상 어머니의 등 뒤로 달려든다. 늙은 호랑이 한 마리도 윤서를 향해 몸을 날려온다. 호랑이의 섬돌만 한 발톱이 윤서의 목덜미를 아슬아슬하게 스친다. 그 발톱이 머리카락 한 올을 톡 하고 끊는 느낌과 함께, 윤서의 머릿속에 옛날 영화처럼 비슷하고 또 다른 수많은 장면이 쏟아져 들어왔다.

장독대에 정한수를 떠놓고 올리는 기도, 하늘에 떠 있는 둥근 달을 올려다보며 깊은 숨을 들이마시는 아낙들, 이부자리 밑에 도끼날을 두고 배꼽 위에 소금을 올려 뜸을 뜨는 이들, 백일 동안 불공을 드리고, 돌미륵의 코끝을 정으로 쪼아 물에 타 마시고, 베갯속에 꼬깃꼬깃 접은 부적을 넣고, 이불 속에 말린 고추를 매달며, 깊은 산속 고요한 냇가에서 삼신받이를 한다. 아들, 아들, 아들 하나를 보기 위해서. 수많은 열매를 맺는다 하여 밤나무에 빌고, 마디 쑥쑥 자란다고 대나무밭에 빌며 한 뿌리가 십수 줄기로 뻗어 나온다고 모시 밭에 빌고 또 빌어도 본다. 아이 많이 낳은 남의 집 여자의 속옷을 훔쳐 입고, 아이 낳은 집의 삼신 밥을 얻어먹으려 머리를 숙인다. 개삼신, 소삼신의 힘을 빌어본다고 개나 소가 새끼를 낳는 자리에 치마를 깔아놓았다가 그 피가 묻은 옷을 입기도 한다. 자식을 많이 낳아야 한다고. 그러려면 하늘의 천지신명이며 산의 산신, 물의 용신, 나중에는 나무나 들판이며 소 외양간에까지 빌고 또 빌어야 한다고. 하지만 그렇게 빌어도 누구는 귀하게 태어나고 누구는 태어나지도 못하고 죽는다. 범의 발톱이 할퀴듯이 작은 몸을 찢어발겨 죽이고 죽이고 쓰레기통에 처넣는다. 아들이 아니면 소용없다고.

그때 준상 어머니가 길가에 서 있는 낡은 트럭의 문을 열며 윤서의 등을 떠밀었다.

"히익!"

윤서가 운전석에 코를 처박으며 버둥거리는데 준상 어머니가 얼른 트럭에 올라 문을 닫았다. 트럭 뒤에서 호랑이 세 마리가 들썩거리기도 하고, 창문을 발톱으로 긁어대기도 했다. 준상 어머니는 죽을힘을 다해 문을 붙잡고 있었다. 차 문은 고장이 난 것인지 온전히 잠기지도 않았다. 윤서가 얼른 핸들을 잡아 시동을 걸었다. 차가 들썩이며 앞으로 나아가기 시작했다.

"어떻게 된 거예요? 그 호랑이는 다 뭐냐고요!"

"남의 집 사람이 알 바가 아니에요."

준상 어머니는 문을 꼭 붙잡은 채 쌀쌀맞게 대답했다. 한밤중의 시골길은 텅 비어 있었고, 윤서는 신호를 무시하며 일단 마구 속도를 올렸다. 산군의 울음소리가 계속 두 사람의 뒤를 쫓았다.

산그늘을 겨우 벗어나자, 호랑이들의 울음소리가 멀어져갔다. 언제 마지막으로 주유소에 갔던 건지 차는 연료가 바닥나기 직전이었다. 윤서는 가까운 주유소를 검색해보려 핸드폰을 찾았지만, 아까 그 아수라장에 떨어뜨리고 나온 것인지 보이지 않았다.

"뭘 그렇게 두리번거려요."

"주유소에⋯⋯."

"쭉 직진해서 왼쪽."

어둠 속에서 멀리, 무인 주유소의 불빛이 보였다. 갖고 있던 지폐를 털어 연료를 찔끔 채우고 보니 새벽 두 시였다. 슬리퍼라도 사고 싶었지만 편의점은 잠겨 있었고, 윤서는 신발은커녕 양말도 못 신은 맨발이었다. 준상 어머니가 신고 있던 양말도 그새 바닥이 다 해져 있었다.

이대로 날이 밝을 때까지 기다려야 하는 걸까. 윤서는 하늘을 올려다보았다. 신용카드도 핸드폰도 없는 상태로 호랑이에게 쫓겨 도망치다니. 남들이 들으면 그게 무슨 말도 안 되는 이야기냐고 혀를 찰 것 같았다. 하늘을 보니 북두칠성이 떠 있었다. 별이 제대로 보이지 않는 서울 하늘에서도 때때로 희미하게 보이는, 그 길잡이 별자리가.

마치 호랑이 꼬리처럼 보이는 그 기다란 국자의 손잡이를 가만 보다 윤서는 조심스럽게 입을 열었다.

"말도 안 되는 생각인 거 알아요."

"21세기에 한국에서 호랑이가 나오는데 무슨 이야기인들 말이 될까요."

"준상 씨의 할머님과 고모님이죠? 영주댁 할머니랑⋯⋯ 그 호랑이들요."

"내가……."

"제가 무속인이나 그런 건 아닌데 보여요. 아까 이것저것이 갑자기 확 보였어요. 방금은 그게 다 뭘까 했는데. 지금 여기 와서 생각해보니까. 그건 아마도……."

"아들 아들 하면서 손녀들 다 잡아먹었으니 호랑이가 될 만도 하지."

준상 어머니가 중얼거렸다.

"준상이가 그것들을 할머니와 고모라고 말했니? 그건 이 집 자체야. 그 집의 삼신들이고 김씨 종가 그 자체라고. 나는 너를 오늘 처음 보았다만, 네가 우리 준상이랑 결혼하지 않았으면 좋겠다. 준상이가 이 집을 아주 영영 버리기 전에는, 그 누구도 이 집에 새로 들어오지 않았으면 좋겠어. 하지만 그럴 리 없겠지. 어떤 딸들은 살아남기 위해 집을 버리고 두 번 다시 돌아오지 않지만, 아들들은 그러지 않아. 지긋지긋하게도 제 뿌리를 찾아 되돌아오지. 그 뿌리라는 게 뭐겠니."

"준상 씨 옆에 있으면 괴물 같은 것 일곱 개가 주렁주렁 매달려 있는 게 보였어요."

"몇 번이나 내 손목을 비틀어 읍내로 갔지. 대 이을 아들, 그것 하나를 만들자고. 초음파를 보아서 다리 사이에 고추가 없으면 그대로 떼어내고, 떼어내고. 남의 달거리 하는 날짜까지 세고. 그렇게 죽이고 또 죽여대니 생길 아들도 안 생겼겠지. 그런데도 모자라서 어디서 씨받이까지 데려와서는 뻔히 내 앞에서 남편과 애를 만들게 하고. 그렇게 만든 아이도 딸이라고 또 지우게 하고. 짐승을 접을 붙여도 그렇게는 하지 않을 거야. 나는 그렇게 살았다. 그게 아주 옛날 일인 줄 아니? 아시안게임 하고 서울올림픽 하던 그 시절의 일이었단다."

"어머니께도 그게 보였어요. 그 일곱 개의……. 누님들인 거죠? 준상 씨의?"

"마침 잘됐네. 그런 게 보이는 애를 어떻게 며느리로 맞니. 이대로 이 차 끌고 서울로 돌아가. 두 번 다시 우리 준상이와 만나지도 마."

"어머님."

윤서는 조심스럽게 손을 내밀었다. 그리고 준상 어머니의 손을 덥석 붙잡았다. 그의 어깨에 주렁주렁 매달린, 태어나지 못한 여섯 아기들과 태어나자마자 목이 졸려 죽은 아기가 애처롭게 떨고 있었다. 그 뒤에는 그 집안의 제물이 되어야 했던 다른 여자들이, 씨받이들이, 흐릿한 형체를 지니고 준상 어머니에게 매달려 있었다. 그 집에 잡아먹힌 죽은 딸들과 죽은 며느리들이 수많은 손과 발을 길게 뻗어 준상 어머니의 그림자 위에 가늘고도 슬프게 얽혀 있는 것을, 윤서는 보았다.

"……감사합니다."

"고마울 것 없어. 준상이가 태어나고서야 나는 이 집 '사람'이 되었지만, 남의 집 귀한 딸이 이 집에 또 끌려 들어와 그

꼴을 당하는 걸 어떻게 보겠니."

"준상 씨는, 준상 씨에게는 뭐라고 이야기를 해야 할지 모르겠어요."

"어차피 고추 달린 것들은 말을 해도 그게 뭔지 모르는 법이야."

준상 어머니가 혀를 찼다. 그러다가 무슨 생각이 들었는지 그는 윤서를 차에 태웠다. 그리고 직접 트럭을 몰아 어디론가 달려가기 시작했다.

"아이고, 아가씨. 고생 많았어요. 아니 뭐 그런 모진 시어머니가 다 있어요."

당직을 서던 경찰이 따뜻한 율무차를 한 잔 건네주었다. 윤서는 경찰서 당직실의 슬리퍼를 빌려 신고, 그곳의 담요를 어깨에 두른 채 고개를 끄덕였다. 조금 전, 준상 어머니는 집에서 한참 떨어진 파출소로 윤서를 끌고 왔다. 꼴도 보기 싫은 계집애를 아들이 데리고 인사를 왔으니, 파출소에서 하룻밤 재웠다가 서울로 돌려보내 달라는 말도 안 되는 생트집을 잡아가면서.

"일단 차 좀 마시고 같이 그 댁으로 가봅시다. 너무 상심하지 말아요. 요즘은 결혼 전에 시댁이 본색을 드러내서 결혼 깨지면 그거 조상이 도운 거라고 하잖아요."

"잠깐만. 지갑도 핸드폰도 다 그 댁에 있다고? 진짜 너무하네."

"아가씨는 서울에 갈 때 가더라도 짐은 챙겨와야지. 좀 있다가 순찰 나가니까, 그쪽 동네 가는 김에 같이 다녀옵시다. 집이 어디라고요?"

윤서에게 위치를 듣고 경찰들은 난감한 표정을 지었다. 애초에 이곳 관할도 아닌 데다, 관할이 아니라도 모를 수가 없을 만큼 위세가 등등한 집안이라는 모양이었다. 윤서는 쓴웃음을 지었다.

"핸드폰이랑 신분증이랑은 집에 가서 다시 해야겠네요, 그러면."

"아니, 아니죠. 요즘은 핸드폰 없으면 아무것도 못 하는데. 본서에 연락해놓고 일단 다녀오자고."

이런 일은 순경을 보내봤자 본전도 못 찾는다며 순찰 팀장이 직접 순찰차를 몰고 같이 나와 주었다. 윤서는 또다시 호랑이가 덤벼들지 않을까 내심 걱정스러웠지만, 이미 새벽네 시가 다 된 시간이었다. 산그늘만 지지 않는다면 먼동이 트기 시작할 시각이었다.

하지만 뭔가 이상했다. 아직 해가 뜰 시각이 아닌데, 멀리 산그늘 한가운데가 환히 빛나고 있었다. 그때 무전이 들어왔다. 순찰 팀장이 급히 차를 몰았다.

어젯밤 부푼 마음을 안고 걸어 들어갔던 그 집이 불타고 있었다.

산바람에 연기가 실려 와 코끝에서 매운 냄새를 지폈다. 주유소에서 맡았던 기름 냄새 사이로 짙은 누린내가 났다. 한 번도 맡아본 적 없지만 마치 호랑이의 털이 타는 듯한 지독한 냄새였다.

콰앙 하고 대문이 열렸다가 닫혔다. 집 안으로 들어온 정우는 보온 가방을 아무렇게나 내팽개치고는 마루로 와 소파에 드러누웠다. 부엌에서 저녁을 준비하던 서은은 천장을 바라보며 씨근덕거리는 남편을 조심스럽게 쳐다봤다. 이내 그가 쌍, 소리를 지르고는 자리에 앉았다.

"시골 사람들이 순박하긴 뭐가 순박하고 정이 많긴 개뿔이 많아?"

서은은 그가 갑자기 화를 내는 게 이해가 가지는 않았으나 마을 사람 중 누군가가 그의 심기를 거슬리게 했으리라 짐작했다.

우화시 천룡리에 허물어져가는 농가 하나를 구해 보수 공사 하고 이사를 온 부부는 마을 사람들에게 잘 부탁드린다며 떡을 돌렸다. 대개 농사와 축산 일을 하는, 가구 수가 많지 않은 아담한 마을이었다. 시은은 집들이 몰려 있는 마을 입구에서 떡을 돌렸고 정우는 마을에서 더 들어간 산 밑 주민댁으로 갔다.

　그곳에서 자기를 소개하며 떡을 줬겠고 대화가 오갔겠지. 그 오간 대화 중에 어느 것이 남편의 마음에 들지 않았던 걸까. 전에는 그러지 않았지만, 사업이 망한 뒤부터 남편은 속에 있는 감정을 여과 없이 드러냈다. 별 뜻 없는 상대방의 말도 삐딱하고 고깝게 들었다. 그리고 집에 오면 이렇게 짜증을 냈다.

　"사람이 말이야. 한 수 접고 인사를 하면 같이 예의 바르게 행동해야지. 첫말부터 반말에 떡 하나 받는 것도 못마땅한 표정으로 말이야. 대답도 얼마나 건성건성이었는 줄 알아? 택배 기사가 와도 그렇게까지는 아니었을 거야! 다들 그래! 우리가 뭐 못 올 데라도 왔어?"

　그 말에 서은은 자신이 방문했던 집들을 떠올렸다. 첫 만남이거나 종종 오가다가 본 사람들이 문 뒤에 있었다. 어색하게 웃으며 이사 떡을 건네자 물끄러미 쳐다만 보던 그 눈빛. 반갑지 않았음이 틀림없긴 했다.

　"도시와는 달리 외지인을 경계하는지도 몰라요."

　"지들이 뭐라도 되는 줄 아는 거야. 그깟 땅 좀 가지고 있다고."

　정우는 친구에게서 농사일이 돈이 된다는 말을 들었다. 지인의 지인이 양상추 농사를 시작했는데 백화점과 계약을 했다거나, 영농조합에서 추천한 품종의 배추 종자를 심자 수출 판로가 열렸다는 말도. 도시에서 치킨집을 하는 것보다 농업이 더욱 확실한 미래일 것만 같았다. 처음에야 당연히 고생하겠지만, 작물은 배신하지 않는다는 어르신들의 말도 그럴듯하게 다가왔다.

정우는 인터넷에서 찾은 귀농 학교를 다녔다. 쌈 채소가 돈이 된다는 말에 이도 저도 따지지 않고 선택했다. 그리고 그곳에서 만난 사람을 통해 천룡리 마을 이장 백천두를 소개받았다. 이장은 사람 좋은 미소를 지으며 정우의 말을 귀담아듣고 그에 맞는 땅과 집을 싼값에 빌려줬다.

"천룡리 전설에 따르면 천년 묵은 지네가 청수산에 살았는데 마을의 안녕을 위해 마을 사람들은 처녀들을 제물로 삼았다 해. 그래서 천룡리야. 그도 그럴 게 우리 마을에 지네가 좀 많긴 해. 그걸 좀 감안해주셔. 그거 빼면 아주 살기 좋은 마을이지. 사람들도 다 가족 같고."

계약하기 전에 한번 땅과 집을 보러 갔었다. 잡초가 무성한 땅은 오래도록 사람의 손길이 닿지 않은 맹지였다. 여름의 해가 길게 늘어졌어도 지척에 높다란 산이 둘러싸고 있어서 땅은 응달졌다. 농사일을 전혀 모르는 서은으로서는 의아했으나 남편이 옆에서 무조건 괜찮다고 하는 바람에 말도 꺼내지 못했을 때였다. 마을에서 몇몇 사람들이 달려왔다. 머리가 희끗희끗한 사람들이 이장을 부르더니 부부를 힐끗거리면서 뭐라 숙덕거렸다.

서은은 정우에게 물었다.

"왜 저래요? 이 땅 이장댁 땅이 아닌가?"

"무슨 말도 안 되는 소릴. 남의 땅을 맘대로 빌려주겠어?"

"그나저나 여기 볕도 잘 안 드는 것 같은데 식물이 잘 자라겠어요?"

"계약하기 전부터 재수 없는 말 하지 좀 마. 스마트팜 몰라? 남들같이 무식하게 몸만 써서는 안 된다고. 정부 지원에 대출 받고 돈 좀 빌려서 시설을 만들면 컴퓨터가 최적의 환경으로 알아서 키울 거야."

너무도 당당한 정우의 말에 서은은 입을 다물었다. 더 받을 대출이 있던가. 누가 돈을 빌려준다고? 그때 조용하던 대화가 점점 커지더니 이내 이장이 눈을 부릅뜨고 소리를 질렀다.

"아, 내가 다 생각이 있다고 하질 않아!"

그렇게 말한 이장이 부부를 쳐다봤다. 그 눈빛은 참으로 낯설었다. 그동안 사람 좋은 미소로 일관하던 이장의 눈빛은 오늘 이사 떡을 돌리며 마주했던 마을 주민들의 눈과 흡사했다.

그때 당시 이장의 눈빛이 떠오른 서은은 아이처럼 토라진 남편을 타일렀다.

"그래도 앞으로 계속 볼 사람들인데 잘 지내야죠."

"누가 그걸 몰라? 내내 날 무시할 거 아니야! 돈만 있었어도 저것들이 날 무시하지 않았을 텐데……."

서은은 무언가 더 말하려고 입을 열었다가 닫았다. 그러자 입가의 상처가 콕콕 쑤셨다.

씩씩대는 남편을 뒤로하고 서은은 밥을 안쳤다. 그리고 인덕션에 된장을 푼 물을 올리고 밖으로 나왔다. 하늘은 군청색으로 물들었고 사위는 풀벌레 소리로 가득했다. 마당을 가로지르자 웃자란 잡초가 발목을 간질였다. 귓가에서 피 냄새를 맡은 모기가 윙윙거렸다. 혀끝으로 입가를 핥았다. 피딱지가 진 곳에서 시큼한 피 맛이 났다. 며칠 전 이사 때문에 의견을 냈다가 말대답한다며 남편이 때린 자리였다.

원래는 그런 사람이 아니었다. 코로나로 어려워진 경제, 어려워진 운영, 그러므로 어려워진 사업 때문이었다. 남편은 억울하고 예민해져 화가 많아졌다. 처음엔 미안해하기도 했다. 모든 게 본인 의지가 아니었다고 했다. 서은을 때리는 것도 그런 것처럼. 이해가 가지 않았으나 이해가 가는 것처럼 굴었다. 그녀에겐 가족이라곤 남편뿐이었기 때문이다. 함께 고난을 헤쳐 나가 상황이 나아지면 남편도 더는 손을 올리지 않을 것이다.

나무로 된 창고 문을 열자 습하고 탁한 흙내가 얼굴에 끼쳤다. 어둑한 내부의 벽을 더듬어 스위치를 찾아 눌렀다. 파르르 떨리는 주황빛이 어둠에 번졌다. 심혈을 기울여 수리한 집과는 달리 창고는 페인트칠만 새로 했을 뿐 거미줄처럼 금이 산 회색의 내부는 여전했다. 민지가 폴폴 날리는 안으로 들어가 아무렇게 쌓인 짐들 속에서 양파가 든 자루와 마늘 자루를 들었다. 울퉁불퉁한 흙바닥에 그림자가 사라지자 뭔가가 꿈틀거렸다.

"악!"

지네였다. 주황빛이 반사된 반질반질한 등껍질과 여러 개의 발이 땅을 기었다. 손가락보다 긴 그것의 붉은 머리통이 이쪽으로 향하자 소스라치게 놀라 자루를 놓쳤다. 자루에서 빠져나온 양파가 바닥을 굴렀다. 데구루루. 지네는 제 몸보다 큰 양파의 등장에 방향을 틀었다. 한참 발을 놀려 벽으로 기어가더니 조그만 틈새로 쏙 들어갔다. 징그러운 그것이 사라졌음에도 서은은 한동안 그 자리에서 움직이지 못했다.

✧

다음 날 이장과 통화를 하던 남편은 차를 끌고 시내로 나갔다. 두 시간이 흘렀을까 남편에게서 전화가 왔다. 그 어떠한 설명도 없이 마을회관으로 오라는 말을 끝으로 전화가 끊어졌다. 갑자기 왜 그곳으로 오라고 할까. 급히 집을 나선 서은은 마을 입구에 있는 회관으로 향했다. 붉은 벽돌로 지은 단층의 건물 앞에 남편의 하얀 트럭이 보였다. 정우는 막걸리와 사과, 배, 떡, 수육이 든 상자들을 회관 앞에 부려놓았다.

"뭐 해? 거들지 않고."

서은을 발견한 정우가 퉁명스레 내뱉었다.

"이게 다 뭐예요?"

그때 회관에서 나온 이장이 서은을 맞이했다.

"아, 오셨습니까? 안쪽에다 준비해주시면 됩니다. 제가 방송으로 마을 주민들을 모을 테니 이번 기회에 서로 안면이나 튼다고 생각하세요."

말을 마친 이장이 다시 회관 안으로 허둥지둥 들어갔다.

"이장님이 준비해주신 거야. 어제 일로 하소연 좀 했거든. 사람 참 좋으셔."

"뭘 그런 걸 다 얘기해요. 괜히 번거로우시게."

"뭐? 번거롭긴 뭐가 번거로워? 마을에 새사람이 오면 당연히 챙겨줘야지."

남편의 목소리가 너무 커 서은은 당황했다.

"다 들려요……. 제가 말을 잘못했어요……."

황급히 입을 막아보려고 하지만 그가 눈을 부라렸다.

"아침부터 발품 파는 게 얼마나 힘든 줄 알아? 집구석에나 있는 네가 뭘 알아? 일 좀 해보자고 하면 꼭 이렇게 초를 쳐요."

"미안해요."

서은이 연달아 사과하자 그는 입술을 삐죽이며 상자를 들고 마을회관 안으로 들어갔다. 중문을 밀자 회관 안에 있던 몇몇 사람이 부부를 돌아봤다. 수런거리던 대화가 끊기고 어색한 침묵이 흘렀다. 밖에서 소리치던 남편의 말을 들었을까.

그곳엔 일진에 땅을 보러 왔을 때 뛰어와 이장과 싸운 노인들도 있었다. 남편은 언제 화가 났냐는 듯 활짝 웃으며 그들에게 인사했다.

"어어, 왔는가."

그래도 그날 이후 그들은 다른 이들과는 달리 이장처럼 우리를 사근사근하게 대했다.

"뭐 하시오. 잔치 준비를 해야 할 거 아니야?"

노인들 중 한 할아버지의 말에 앉아 있던 할머니들이 서로 눈길을 주고받더니 마지못해 일어나 부엌으로 향했다. 할아버지가 그들 중 한 명을 불렀다. 잿빛 커트 머리에 곱게 화장한 여인이 다가왔다.

"여긴 내 처 주화자요. 우리 천룡리 마을 부녀회장이지. 앞으로 새댁을 많이 도와줄 거요."

할아버지의 처라고 하기엔 나이 차이가 있어 보였다. 그 둘을 몇 번 번갈아 바라보던 서은은 이내 그 이유를 깨달았다. 혼탁한 할아버지의 눈과는 달리 서은을 바라보는 여인의 눈빛만은 어린아이의 눈처럼 깊고 맑았다. 서은은 황급히 허리 숙여 인사했다.

"이서은이라고 합니다. 잘 부탁드리겠습니다."

주화자는 어떠한 대꾸도 없이 돌아서서 부엌으로 갔다.

"거, 사람도. 처음이라 낯설어서 그런 거니 새댁이 이해해주오."

"어휴 말씀 편하게 하세요."

밖에서 나머지 상자를 가지고 들어온 남편이 서은 대신 말했다.

"괜히 편치가 않아서. 허허."

할아버지의 말에 남편의 얼굴이 빠르게 굳었다가 풀렸다. 그리고 노인을 따라 허허 웃었다.

남자들이 상을 놓을 동안 여자들은 일회용 접시에 가지고 온 음식들을 옮겨 담았다. 한 상 가득 음식이 차려지고 막걸리와 잔이 놓일 때 이장의 방송을 듣고 온 마을 사람들이 하나둘씩 그 앞에 앉았다. 워낙 작은 마을이다 보니 인구수가 스무 명 남짓이었다. 모두 나이가 있었고 젊은 사람이라고는 40대 중반인 부부뿐인 것 같았다. 새댁이라 불려 마냥 어색하기만 했던 서은은 노인들 사이에선 한참 어린 나이겠구나 싶었다. 자신을 무어라 불러야 할지도 애매했으리라.

상 앞에 모두가 앉자 이장이 나섰다.

"우리 천룡리에 새 식구가 와서 이렇게 환영회를 엽니다. 몇 달 전부터 보신 분들도 계시겠고, 어제오늘 처음으로 보는 분들도 계시겠고. 낯설겠지만 한마을에서 함께 살게 됐으니 넓은 마음으로 보듬어줍시다! 동생 이리 와 인사하시게."

이장이 손짓하자 뒤편에 서 있던 남편이 그 옆으로 가 인사했다. 약간은 부끄러운지 얼굴이 발그레했다.

"안녕하십니까. 민정우라고 합니다. 보아하니 이 마을에서 제가 제일 젊은이 같은데 불러만 주십쇼. 언제 어디서건

제가 마을의 힘든 일에 앞장서겠습니다."

힘찬 인사에 으레 박수가 나오기 마련이건만, 장내는 고요했다. 마을 사람들은 서로의 눈치를 살폈다. 한 박자 늦게 이장이 손뼉을 쳤다. 이어 몇몇 노인이 따라서 쳤으나 억지로 치는 느낌이었다.

"여러분이 무얼 걱정하는지 아는데 걱정하지 마시라니까. 나 백천두가 보장하는 사람입니다. 꼭 우리 마을의 발전과 번영을 위한 이가 될 테니까."

이장이 남편의 어깨를 다독였다. 그러나 그의 말에도 마을 사람들의 반응은 냉랭했다.

남편은 쉽게 굴하지 않았다. 상마다 다니며 사업할 때 익혔던 접대 기술을 발휘했다. 각 잔에 술을 따르며 넉살 좋게 개개인에 대한 칭찬을 아끼지 않았다. 서은도 인사하며 접시가 비길 기다렸다. 그러나 사람들은 준비된 음식을 깨작거리기만 할 뿐이었다. 심지어는 자리에서 일어나는 사람까지 있었다. 부부의 집 맞은편에 사는 남자였다. 마을회관 근처에서 사과 농사를 지었는데 그가 일어서자 그의 아내도 따라 일어났다.

"아니 더 놀다가 가지."

"농약 쳐야 하는 걸 잊었지 뭡니까?"

이장의 말에 과수원 남자가 대꾸했다. 서은은 밖을 봤다. 해가 산을 넘어가고 있었다.

탁! 그때 정우가 막걸리병을 상 위에 거칠게 내려놨다.

잔뜩 화가 난 얼굴이었다. 놀란 서은이 그에게 달려갔다.

"시골 사람들이 더 박하게 군다는 게 틀린 말이 아니네. 정말 너무하는 거 아닙니까?"

"여보."

"우리가 뭘 그리 잘못했습니까? 잘살아보겠다고 아무 연고도 없는 이곳까지 와서 이장님 도움으로 겨우겨우 집이랑 밭뙈기 얻었습니다. 뭐 큰 도움을 주시면 감사하죠! 그냥 그런가 보다 하고 지내서도 상관없습니다. 우리가 어르신들 피해준 적 있습니까? 왜 벌레처럼 대하십니까?"

"이봐, 벌레라니. 자네가 오해한 거야."

이장이 다급히 만류해보지만, 남편은 더욱 소리 높였다.

"상종도 못 할 것처럼 굴잖아요!"

"그런 거 아니오."

당황한 과수원 남자가 손사래를 쳤다. 서은이 금방이라도 멱살잡이를 할 것 같은 남편의 팔을 잡아끌었다.

"여보, 아니라고 하시잖아요. 그러지 말아요."

"넌 끼어들지 마. 난 이런 대우 받을 이유 없어."

"다들 보고 있는데 그만해요."

"놔, 이거 안 놔? 놓으라고 했다."

"여보. 제발, 그만……."

정우가 팔을 뿌리치자 서은이 뒤로 넘어졌다. 툭 불거진 남편의 눈이 겁에 질린 서은의 얼굴을 노려봤다.

"네깟 년이 날 무시하니까 밖에서도 다들 무시하는 거

아니야!"

　그가 팔을 번쩍 들었다. 서은은 눈을 질끈 감았다. 그러나 고통도 폭언도 없었다. 천천히 눈을 떴다. 금방이라도 내려칠 기세의 그 팔을 붙든 건 정우에게로 쏠린 마을 사람들의 시선이었다. 정우를 보는 눈빛들이 하나같이 섬뜩했다. 그들은 한마디 말도 없었으며 그 어떤 행동도 하지 않았다. 표정조차 없었다. 기이한 침묵이 잠시간 이어지자 정우는 어정쩡하게 든 손을 내려놓았다.

　그때 주화자가 손뼉을 쳤다.

　"그래, 우리가 좀 너무했네."

　모두의 고개가 삐꺽거리며 그녀에게로 향했다. 그러자 그 옆의 할머니가 활짝 웃었다.

　"그래 곽씨, 농약은 내일 줘도 되는데 뭘 그리 바쁘게 가시나? 오늘은 새로 온 주민을 반갑게 맞이하는 자리가 아닌가."

　"어어 그렇죠. 내일 줘도 되지요. 제가 마음이 급해서 그만……. 미안하네. 내가 마음이 너무 급해서 자네 섭섭할 걸 생각 못 했어."

　"화 푸세요. 작년에 사과가 골병들고 난리였거든. 올해도 그 피해당할까 봐 그래요."

　사람들의 표정에 화색이 돌았다. 그들이 사과하자 이장이 정우의 어깨를 도닥였다.

　"동생 뭐 하는가? 이렇게 사과하는데 받아줘야지."

정우는 이 상황이 아무래도 이상했으나 자신이 너무 예민했을지도 모른다고 생각했다. 화를 냈더니 사과를 해오지 않는가. 그는 이장의 말처럼 관대하게 모두를 용서해주기로 했다. 과수원 곽씨가 내민 손을 맞잡으며 정우는 웃었다.

모두가 웃었으나 넘어진 서은만 웃지 못했다.

며칠 동안 남편은 마을 어른들과 매일같이 술을 마셨다. 정우는 그들이 자신을 무시했다는 걸 까맣게 잊은 듯했다. 그날 이후 그들은 오히려 친지보다 더 살뜰히 부부를 챙겼다. 마을 사람들은 돌아가며 집들이 선물을 가지고 왔다. 신선한 채소와 과일, 막 잡은 고기, 깨끗한 옷과 이불 등. 그것을 건넬 때 그들은 하나같이 웃었으나 시선을 마주치진 않았다. 차라도 한 잔 권하면 그들은 바쁜 일이 있다며 도망치듯 사라졌다.

한 집이 한두 번 선물을 준다지만, 어제는 이 집이었고, 오늘은 저 집이 되고, 또 어느 날은 함께 주니 매일 선물을 받는 셈이었다. 점점 부담이 되었다. 받은 만큼 보답해야 했으나, 부부는 그들에게 줄 것이 별로 없었다. 남편은 이게 다 시골 정이니 너무 걱정하지 말라고 했다. 나중에 다 돌려주면 된다며 서은의 고민을 아무렇지 않게 넘겼다.

그리고 술에 취해 불콰한 얼굴로 오늘은 과수원 곽씨가 사과의 의미로 트랙터로 밭을 일궈줬으며, 이장이 소개해준

업자를 만나 곧 그 밭에 비닐하우스 네 개 동을 만들기로 했다고 말했다. 축사 하는 영동 할아버지네에서 거름을 얻기로 했고 때마침 종자 씨가 발아했으니 이제 대박 나는 일만 남았다고 싱글벙글했다. 남편은 목전에 다가온 것 같은 희망에 눈이 멀어 술을 얼마나 마셨는지 집에 오자마자 쓰러졌다.

서은은 가만히 잠든 남편의 얼굴을 내려다봤다. 조금 신기해서 손끝으로 만져봤다. 기름지고 축축한 얼굴엔 사소하게 비틀린 감정은 없었고, 분노로 팽팽해지던 근육도 풀렸으며, 비아냥거리던 입술은 물렁거렸다.

가만히 그 얼굴을 보니 괜한 걱정을 한 것 같았다. 아무래도 좋았다. 그 며칠 새 남편이 바쁘다는 이유로 자신을 때리지 않았고, 아프지 않아 살 것 같았다.

묵직한 바람이 불자 담장을 넘은 감나무의 이파리들이 흔들렸다. 그악스럽게 울던 매미가 일순간 울음을 멈췄다. 빨래 바구니를 들고나온 서은은 하늘을 봤다. 맑은 하늘인데 공기 중에 습한 흙냄새가 올라왔다. 서은은 마당을 가로지른 빨랫줄에 젖은 빨래를 하나씩 널었다. 남편의 흰 티셔츠를 허공에 터는데 검은 뭔가가 바닥에 떨어졌다. 서은의 시선이 채 닿기도 전에 그것이 재빠르게 기어 수풀 속으로 사라졌다. 무엇인가, 하고 유심히 찾아보려고 하는데 대문이 열렸다. 주화자가 안으로 들어왔다.

"뭐 하고 있는가?"

무어라 대답하려는데 노인은 서은의 말을 가로챘다.

"오늘 비 님이 오시니 집 안에다 널어야 할 거야."

"아, 예."

서은은 널었던 빨래를 다시 걷어 바구니에 넣었다. 옆으로 다가온 노인이 불쑥 무언갈 내밀었다. 약통이었다.

"멍든 덴 이게 직빵이야."

주름진 손을 물끄러미 보다가 조심스레 받아들었다.

"그런데 무슨 일로 오셨어요?"

"바쁘지 않으면 나랑 같이 가세."

"어딜요?"

"빨래부터 널고 와."

재촉에 서은은 황급히 집 안으로 들어가 빨래를 널고 나왔다. 뜨거운 햇살 아래에서 기다리고 있던 주화자가 말없이 앞장섰다.

사과나무가 가득한 울타리를 따라 마을 안쪽으로 향했다. 푸르른 밭과 논이 양옆으로 펼쳐진 길을 한참이나 걸었다. 서은은 어디로 가는지 묻지 않았다. 그저 뒷짐을 지고 앞을 향해 걷는 노인의 가벼운 발걸음을 따라 걸었다.

몇 채의 집을 지나 언덕 위에 오르니 멀리 산과 부부의 밭이 보였다. 흐르는 땀을 닦아내며 턱 끝까지 차오른 숨을 몰아쉬었다. 내리쬐는 햇볕에 눈앞이 어찔했다. 늘 남편과 트럭을 타고 밭으로 향하는 길이었지만 이렇게 걷는 건 처음이었다. 생각보다 멀고 힘들구나. 노인은 힘도 들지 않는지 멈추지 않고 도로가 아닌 산길로 향하는 오솔길을 걸었다.

"도보로는 여기가 지름길이야."

"어디 가시는 건데요?"

언제까지 걸어야 하는지 묻지 않을 수가 없었다. 조심스러운 질문에 노인이 입을 열었다.

"마을 여자들만 갈 수 있는 곳. 우리 마을 원천인 보물님이 계시는 곳이지. 자네도 우리 마을의 일원이 되었으니 가서 인사드려야 하지 않겠는가. 조금만 더 가면 되네."

서은은 고개를 갸웃했다. 마을의 원천이라면 수호수나 사당 뭐 그런 곳일까?

오솔길은 나무 그늘이 해를 가려 한결 걷기 편했다. 산새가 날아다니며 지저귀고 있었고, 시끄럽던 매미 울음마저 귀찮지 않았다. 한가롭게 나뭇가지에 앉아 있던 잠자리가 날아올랐다. 얼마를 걸었을까 도로와 면한 외나무다리가 보였다. 물소리가 들려 다리 밑을 보니 산밑을 휘돌아 흐르는 계곡의 물이 너무도 맑았다.

"청수산을 감싼 청수천이네. 산과 마을을 가로지르는 생명수지. 아무리 가뭄이 들어도 마르지 않고 비가 많이 와도 절대 넘치지 않아."

주화자의 목소리가 높아졌다. 다리는 사람 한 명이 간신히 건널 수 있을 만큼 좁았다. 장정 몇이 힘쓰면 떨어져 나갈 정도로 부실하기도 했다. 그곳을 지나자 소나무 군락지 사이로 단층의 붉은 벽돌집이 보였다. 커다란 찔레나무가 집을 둘러쌌고 그 중간에 가시 철망을 두른 녹슨 철문이 있었다. 노인이 열쇠를 꺼내 대문을 열었다. 끼이익. 거친 소리가 고요한 주위에 울려 퍼졌다.

볕도 들지 않는 집이었다. 관리되지 않은 마당엔 켜켜이 쌓인 낙엽의 썩은 내가 진동했고 그 사이로 잡초가 자라고 있었다. 이런 데서 사람이 살 수 있을까 싶을 때 주화자가 현관문을 두드렸다. 그리고는 대답도 듣지 않고 문을 열고 안으로 들어갔다.

"천녀님, 주화자 왔습니다."

마당과는 다른 탁한 공기가 가득한 어두운 집이었다. 노인이 스위치를 누르자 조도가 낮은 불빛이 켜졌다. 서은은 노인을 따라 신발을 벗고 안으로 들어갔다. 한여름인데도 발바닥으로 전해지는 냉기에 몸이 오슬오슬 떨렸다. 두꺼운 커튼이 쳐진 거실에는 한 귀퉁이에 쌓인 방석뿐 다른 가구는 없었다. 그 옆 단출한 부엌을 지나 주화자는 맞은편 미닫이문을 열었다. 그곳에서 습한 바람이 불어왔다.

"날이 더운데 창문을 여셨어요?"

노인이 어두운 방 안으로 들어가며 말했다. 서은은 방 너머, 어둠 속 저편에 난 작은 창문을 보았다. 작은 창문에는 찔레꽃 울타리와 계곡 너머 부부의 땅이 언뜻 보였다. 탁스륵 탁스륵타탁, 무언가로 방바닥을 두드리는 소리가 들렸다.

"답답해서 숨 좀 쉬었다. 누구와 왔는가?"

청아한 목소리가 들렸다. 젊은 여자의 목소리에 서은은

어둠 속을 빤히 쳐다봤다. 방 한켠에서 틱틱, 성냥을 켜는 소리와 함께 불이 일었다. 작은 불꽃이 초에 옮겨붙었고 새하얀 여자의 얼굴이 허공에 둥실 떠올랐다. 붓으로 그린 듯 휘어진 눈썹, 살포시 감은 눈, 오뚝한 코와 조용한 미소를 짓는 붉은 입술이 서은에게 향했다. 단정히 빗어 내린 길고 긴 검은 머리카락이 흔들렸다. 여자가 몸을 움직이자 고운 한복에서 바스락거리는 소리가 났다. 이어 정체를 알 수 없는 소리, **탁스룩탁스룩타탁**.

"우리 천룡리에 새로 온 이서은이라고 합니다."

"부부라고 했지?"

"네. 이이의 남편인 민정우가 요 앞에서 농사를 한다고 합니다. 뭐 하는가 인사하게. 이분은 우리 천룡리의 원천이자 보물이신 천녀님이시네."

주화자의 말에 여자의 얼굴을 빤히 쳐다만 보던 서은은 화들짝 놀라 허리를 숙였다.

"안녕하세요. 처음 뵙겠습니다."

"새사람이 참으로 오랜만이라 내가 더 반갑지. 아, 이해하시게. 내가 눈이 잘 보이지 않는다네. 그래도 목소리를 들으니 참 반듯하고 고와. 가라앉은 마음에 불씨를 품고 있으니 그대는 언제고 용맹한 사람이 될 거야. 사는 게 많이 고단하지? 자주 놀러 오게. 내 언제나 그대에게 도움이 되겠네."

처음 만나는 사람에게 여자는 자연스럽게 하대했다. 서은은 얼떨결에 존대했는데 전혀 기분이 나쁘지 않았다.

촛불이 일렁이자 여자의 얼굴에 어둠이 밀려났다가 드리웠다. 그럴 때마다 여자의 표정이 달라 보였다. 웃다가도 울고 있는 것처럼. 따뜻하다가도 차가운 것처럼. 부드럽다가도 딱딱한 가면처럼.

여전히 서은은 자신이 왜 이곳에 왔는지 무얼 해야 하는지 몰랐다. 그저 천녀라는 저 여자에게서 눈을 뗄 수 없었다. 아름다움을 넘어서 여자에게선 신비한 분위기가 감돌았다. 경외감마저 들었다.

천녀의 존재는 마을에서 추앙하는 종교적 의미일까. 주화자가 공경한다면 마을 사람 전체가 공경한다는 말과도 같았다.

"천녀님을 기쁜 마음으로 모시면 가내가 두루 평안해지며 하고자 하는 일도 쉽사리 이뤄지지."

그곳에서 머문 시간이 찰나 같았다. 계속해서 그 신비하고 아름다운 천녀와 함께 있고 싶었다. 집으로 되돌아오는 발걸음은 추를 단 듯 무거웠고 온 신경은 여전히 외나무다리 너머의 집에 있었다. 오솔길에서 건네는 노인의 말이 눅눅한 바람에 실려 흩어졌다.

맑았던 하늘은 회색빛 구름으로 뒤덮여 사위는 어둑해졌고 바람에서 물기가 느껴졌다. 더는 산새가 지저귀지 않고 잠자리마저 날아오르지 않았다. 금방이라도 하늘에서 비가 쏟아질 것 같았다.

노인이 뒤돌아 서은에게 말했다.

"믿으라고는 하지 않겠으나 부정은 하지 말게. 곧 자네
도 알게 될 거야."

"무엇을요?"

"우리의 믿음을."

정우는 갑자기 흐려진 하늘을 보고 긴 숨을 내쉬었다.
트랙터가 일군 땅에서 여태까지 돌을 골라냈다. 해가 수그러
들 때까지 기다렸다가 일을 시작했는데도 볕은 뜨거웠고 숨
이 막혔다. 처음에 이곳에 왔을 때 아내는 산그늘 때문에 걱
정했다. 그러나 지금은 그늘 자락도 보이지 않았다. 제대로
알지도 못하면서 자신이 하고자 하는 일에 무턱대고 반대부
터 하는 아내가 짜증이 났다. 그녀는 농사에 전혀 도움이 되
지 않았다.

턱 끝에 맺힌 땀을 닦아내며 그는 주위를 돌아봤다. 얼
추 어느 정도 정리가 된 것 같았다. 곡괭이와 삽을 도로에 세
워둔 트럭의 짐칸에 실었다. 그리고 가방에서 생수를 찾아 마
셨다. 미적지근한 물이 목구멍으로 넘어가도 갈증은 사라지
지 않았다. 구름이 해를 가리자 미풍이 불어왔다. 잠시 주위
가 어두워졌다.

쏴아아아. 지척에서 계곡물 소리가 들렸다. 정우는 땀도
식힐 겸 그곳으로 향했다. 길을 지나 둔덕을 내려가자 구름이

걷히고 쨍한 해가 드러났다. 그러자 숨죽였던 매미가 일제히 그악스럽게 울어댔다. 그는 너른 바위와 좁다란 돌 사이 내를 건넜다. 산이 가까이 있어서 그런가 잠자리가 유독 많았다. 바위 위에서 꾸무럭대던 잠자리가 발에 밟혔다. 장화 밑으로 바삭거리는 소리가 유독 컸다.

정우는 아무렇지 않게 산그늘이 진 바위에 자리 잡았다. 내리쬐는 태양을 피하는 것만으로도 막혔던 숨이 제대로 쉬어졌다. 가방을 옆에 대충 놓고 물속에 손을 넣었다. 시원한 냉기에 만족스러운 웃음이 났다. 냇물을 떠 세수를 하고 목 뒤까지 적셨다. 땡볕에 후끈거리던 피부가 비로소 진정되는 듯했다. 그는 자리에 앉아 장화와 양말을 벗었다. 바짓단을 걷고 물속에 두 발을 넣어 몸에 담긴 열기와 고단함을 몰아냈다.

"이 마을에 오길 잘했어."

사업이 망하고 한 치 앞도 보이지 않아서 절망했었던 지난날, 무모하리라 여겼던 농사일의 시작, 그리고 일군 땅에서 다시 시작될 미래. 친절한 이웃들의 도움과 그들이 내어준 돈과 땅이 아니었다면 이렇게 희망적이진 않았을 것이다.

"다 내 운이 좋아서 그래."

정우는 그대로 누웠다. 내내 햇빛에 달궈진 바위의 열기가 노곤한 등허리에 닿았다. 그 위로 피곤함이 녹아들었다. 이런 맛에 농사하는 건가. 쓰고 있던 모자로 얼굴을 가렸다. 산에서 불어오는 바람마저 시원하니 모든 것이 만족스러웠다.

깜빡 잠이 들었다. 얼마를 그러고 있었던 걸까. 툭툭 떨어지는 빗물에 정우는 눈을 떴다. 모자를 치우니 잔뜩 찌푸린 하늘에서 굵은 빗물이 떨어지고 있었다. 상체를 일으키자 계곡물이 불어 바지와 상의를 적시고 있었다. 물은 빠르게 차올랐다. 놀라서 벌떡 일어나 가방을 들었다. 양말과 장화는 물에 쓸려갔는지 보이지 않았다. 불어난 물에 그는 반대편으로 가지 못하고 산으로 올라갔다.

산속은 어두컴컴했다. 바람이 휘몰아치자 높다란 잡목들이 느리게 몸체를 흔들었다. 빗발이 앞을 가리고 나뒹구는 나뭇가지와 돌멩이가 맨발을 찌르고 할퀴며 괴롭혔다. 그는 시야를 가리는 비를 팔로 막으며 앞으로 나아갔다. 조금만 더 가면 외나무다리가 있을 것이었다. 계곡물이 더 불기 전에 다리를 건너야 했다. 빗발이 점차 굵어지자 마음이 급해졌다.

멀리 집 한 채가 보였다. 그는 몰아치는 비를 피해 어기적거리며 그곳으로 향했다. 찔레나무로 둘러싸인 곳에서 들어갈 틈을 찾으려고 했으나 날카로운 가시가 그를 방해했다. 녹슨 대문을 찾아 그 문을 밀었으나 굳건히 닫혀 있었다. 초인종이 없어 문을 두드렸다. 서늘한 철문이 퉁퉁 울렸다.

"계십니까?"

거세진 빗발이 그의 목소리를 삼켰다. 몇 번이나 소리 높여 부르다가 정우는 이곳에서 비를 피하길 포기했다. 나뭇가지와 잎새를 휘감아 지나치던 바람이 갑자기 수그러들었다. 후드득 떨어지던 빗방울이 가늘어졌다. 그때 집 쪽에서 소리가 들렸다. 드르륵하고 창문이 열리는 소리. 그는 손으로 비를 가리며 소리가 들린 쪽을 기웃거렸다.

"계십니까? 저는 이 마을에 새로 이사 온 사람인데 갑자기 비가 내려서요."

찔레 담장을 거슬러 올라가며 집을 쳐다봤다. 맞은편엔 창문이 없었고 측면에 작은 창문이 하나 있었다. 사위가 어두웠고 내부는 더 어두웠다.

한참을 바라봤지만 인기척은 없었다. 잘못 들은 건가. 잠시 기다리다 그는 돌아섰다. 비는 그칠 기미가 보이지 않았고 다리마저 물에 잠기면 큰일이었다. 몇 걸음 내디뎠을까. 이상한 느낌에 뒤를 돌아봤다.

창문에서 한 여자가 상체를 내밀어 이쪽을 바라보고 있었다.

"당신도 그 집에 갔었어요?"

"당신도라니?"

뜨거운 물에 샤워를 하고 나니 살 것 같았다. 여름비라도 오래 맞으니 한기가 들어서 집에 도착할 때까지 몸이 달달 떨렸다. 정우는 이불을 두르고 아내가 내어준 뜨거운 유자차를 마셨다.

결국 그 집엔 들어가지 못했다. 눈이 마주치자 사라진

여자는 끝내 묵묵부답으로 문을 열어주지 않았다. 마을에 처음 왔을 때 자신을 무시했던 주민들의 모습이 떠올랐다. 날 뭐로 본 거야? 잠재적인 범죄자 취급에 분노가 치밀어 서은에게 투덜거렸다.

"너도 그 집에 갔었어?"

"낮에 부녀회장님이 오셔서 데려가 주셨어요. 천녀님이라고, 마을의 보물님이시래요."

"보물?"

"원하는 걸 빌면 이뤄주신다고……."

허. 정우는 어이없다는 듯 콧방귀를 뀌었다. 주민들이 자신을 무시할 때부터 무슨 꿍꿍이가 있으리라 생각은 했었는데 이거 마을 전체가 다 사이비 종교에 물들어 있는 거 아니야?

"쓸데없이 어울려서 그런 데에나 돌아다니고. 다신 가지 마."

"하지만 마을 분들이 다 존경하는 분이고 우리만 안 가면……."

"그래서 너도 그 여자를 믿겠다는 거야? 생각이란 걸 해. 그런 거 믿다가 집안이 풍비박산 났다는 말들 못 들었어? 겨우 자리 잡혀가는데 미친 거 아니야? 말했어. 다신 가지 마. 부녀회장이 오면 아프다고 해. 그런 거 안 믿어도 우린 그들을 이용해 먹을 수 있어."

어두운 방 안에 모기향이 피어올랐다. 서은은 가만히 모기장에 가려진 천장을 바라봤다. 눈앞이 가물거렸으나 잠이 오지 않았다. 활짝 연 창문으로 가로등 불빛이 희끄무레하게 비쳐들었다. 털털털 돌아가는 선풍기 머리가 좌우로 움직였고 남편의 코 고는 소리가 방 안에 울렸다.

그녀는 언덕 너머 계곡을 지나 산속에 자리한 집을 떠올렸다.

외나무다리를 지나, 찔레 덤불도 지나, 어둠이 자리한 집 안에 있을 여자를 생각했다. 신비로우며 아름다운 얼굴이 어둠 속에서 둥실 떠올라 서은을 향했다.

귓가에서 노인이 속삭였다.

"천녀님을 기쁜 마음으로 모시면 가내가 두루 평안해지며 하고자 하는 일도 쉽사리 이뤄지지."

그 집, 어둠이 고인 방에서 여자는 감은 눈으로도 서은을 직시하는 듯했다.

"네가 원하는 게 무엇이지? 가라앉은 네 마음이 부풀어오를 이야기를 해봐. 뭐든 다 들어줄게."

여자가 물었다. 그 목소리가 처마 밑에 달아둔 풍경처럼 청아했다.

"뭐든?"

작게 입술을 달싹이자 노인이 기다렸다는 듯 말했다.

"과수원 곽씨네는 믿음을 어겨 작년 농사가 망했지. 하지만 그 외 마을 모든 집은 평안하며 소원을 이루었어. 슈퍼

집 할아버지는 선강을 되찾았고, 고추밭 오씨네는 고춧가루 값이 두 배로 뛰어서 돈 벌었고, 찬양농장 암소들은 쌍둥이를 임신했고, 모든 자식은 건강하고 돈 잘 벌고, 무엇이든 그들이 바라는 대로 이루어졌다네. 이게 다 천녀님이 힘을 써준 덕 아니겠나. 곽씨도 반성하고 용서를 구했어. 이제 자네도 믿기만 하면 되네."

확신에 찬 말이 끝맺어지자 여자가 싱긋 웃었다.

"뭐든 말만 하려무나. 그대도 이제 나의 가족이니."

"가족……."

아득한 그 말이 왜 그리 달콤할까.

"나는 무얼 해줘야 하는가요?"

서은의 물음에 감은 눈이 서은의 뒤를 향했다.

"네 고통을 나에게 주면 돼."

"당신 뭐 해? 뭘 그렇게 중얼거려?"

코를 골며 자던 남편이 깨어나 물었다. 노인의 목소리가 담을 넘어 사라졌고, 언덕 너머 계곡을 지나 산속 집 안 달빛처럼 둥실 떠오른 천녀의 얼굴이 어둠 속으로 물러났다. 서은은 가만히 고개를 돌려 남편을 마주 봤다. 그리고 미소를 지었다.

"이제 곧 마을의 천룡제야."

손목시계를 들여다보던 이장이 한껏 찌푸린 하늘을 올려다보며 말했다. 비닐하우스 시공업체에서 견적을 받으러 온 날이었다. 밭에서 시공업체 사장과 이야기하던 정우는 이장의 시선을 따라 하늘을 봤다.

"아무래도 이번 태풍이 지나가고 일을 시작해야 할 것 같네요."

사장이 가지고 온 도면을 집어넣고 길 끝에 주차한 차로 향했다.

"하루하루가 급한데 태풍이 오고 지랄이야."

"괜찮아. 천룡제가 지나면 태풍도 끝이 날 테니."

이장이 정우의 어깨를 두드렸다.

"천룡제요?"

"응. 마을에서 지내는 동제(洞祭)야. 마을 사람들이 모여 건강을 바라고 농사일이나 축산 일이 잘되게 해달라고 비는 거지. 마을마다 다 있는 거야."

그 말에 정우는 눈살을 찌푸렸다가 금방 표정을 풀었다. 동제라고는 하나 분명 다리 건너, 산속 집에 있는 여자를 추앙하는 사이비 종교 축제일 테지. 속에서 빈정거리는 말이 튀어나왔으나 괜히 이장의 눈 밖에 나고 싶지는 않았다. 아직 그에게 받을 도움이 많았다.

"그럼 저희도 참석해야 하는 거죠?"

그 질문에 이장이 눈을 깜박였다.

"자네도 마을 일원이니 당연하지 않나?"

"당연하죠."

정우는 재빨리 고개를 끄덕였다.

"이제 고난과 시련은 끝일 테니 너무 걱정하지 말게."

이장은 허허 웃으며 정우의 트럭에 올랐다. 운전석에 앉은 정우는 차를 몰았다. 계곡을 따라 얼마 가지 않았는데 외나무다리를 밟고 나오는 마을 여자들이 보였다. 뭐가 그리 재밌는지 서로 깔깔거리고 웃는 얼굴들 사이로 아내가 보였다. 눈이 번쩍 뜨였다. 저들과 어울리지 말라고 분명히 말했는데.

"천녀님을 뵙고 오는 길인가 보군."

옆에서 이장이 말했다.

"저기 안에 천녀님의 집이 있네. 우리는 금지된 곳이니까 자넨 절대로 들어가선 안 돼. <u>흐흐흐</u>."

이장이 실실 웃었다.

"네? 남자가 들어가면 무슨 일이 일어나는데요?"

"흐흐흐 왜냐니? 나야 정확히 모르지. 남자들은 금지된 곳이니까 안 들어갔지. 오로지 마을 여자만이 갈 수 있는 곳이야. 저곳에서 벌어지는 대소사는 여자들이 주도하고 우린 그저 따라가기만 하면 돼."

정우는 속에서 치받는 분노에 두루뭉술하게 대답하는 이장의 말을 흘려들었다.

"뭐, 조만간 알게 될 수도 있겠군……."

비가 내렸다. 오후 두 시인데도 주변이 어둑했다. 어둠을 삼킨 잿빛의 집들이 몸을 웅크렸다. 정우는 이장이 내준 백숙을 물끄러미 보다가 20년이 되었다는 더덕주를 연거푸 마셨다. 뜨거운 열기가 목구멍으로 넘어가 명치 끝에 맺혔다. 함께 술상 앞에 앉은 이장이 영동 할아버지와 곽씨에게 동제에 대해 의논을 하고 있었으나 정우는 귓등으로도 듣지 않고 마을 여자들이랑 외나무다리를 건너는 아내를 생각했다.

내 말을 듣지 않고 웃어? 괘씸하다가도 알 수 없는 불안 감이 들었다. 서은이 그의 말을 어긴 적이 있었나? 없었다. 어떻게든 자신의 비위를 맞추려고 눈치 빠르게 굴지 않았던가. 갑자기 아내가 왜 이러는지 이해가 가지 않았다. 자기가 언제부터 집안에 도움이 되는 일을 했다고.

"동생, 내 말 듣고 있나?"

이장의 말에 정우는 퍼뜩 상념에서 깨어 그를 바라봤다.

"아, 네."

"다음 주에 괜찮지? 동제 날이라 바쁠 거야. 듬직한 자네가 있으니 올해는 수월할 것 같아."

이장은 빈 잔에 술을 따라주며 말했다. 동제가 바로 코앞이었다니. 관심도 없거니와 사이비 종교 활동에 참여할 마음도 없었다. 그래서 거짓말로 둘러댔다.

"다음 주였나요? 이거 어쩌죠? 그날 돌아가신 어머님 제사라 저는 그 동제에 참여 못 할 것 같은데요. 대신 준비는 열심히 하겠습니다."

"뭐어?"

갑자기 이장이 소리를 질렀다. 늘 웃는 낯이던 그의 얼굴이 시뻘겋게 달아올랐다. 화기애애했던 분위기가 단숨에 얼어붙었다. 당황한 정우가 주위를 둘러봤다. 그 자리에 있는 이들의 낯빛이 달라졌다.

"동제 날만 불참할 뿐이지 다른 준비는 성심성의껏……."

"동제가 얼마나 중요한지 몰라서 그러나? 이번 동제는 매년 하던 제사와 달라. 4년에 한 번씩 이뤄지는 큰 제로서, 신실하지 못한 이들만 망하는 그런 날이 아니라 마을 전체의 명운이 걸린 중요한 일이라고. 준비는 당연히 완벽해야 해. 그분이 만족하실 만큼 완벽해야 하지. 알아들어? 한 해 농사가 아닌, 4년간이야. 4년 동안! 흥하느냐 흉하느냐가 달렸다고!"

충혈된 이장의 눈이 곽 씨에게 향했다. 잔뜩 굳은 표정으로 곽씨는 고개를 숙였다.

이장의 화가 수그러들 기미가 보이지 않았다. 이용이고 자시고 이대로 감정이 상하면 돈을 빌려준다는 약속은 물거품으로 돌아가리라. 정우는 급히 말을 바꾸었다.

"그렇게 중요한 일인지 정말 몰랐습니다. 제 생각이 짧았네요. 마을의 안위는 제 안위이기도 하니 당장의 어머님 제사가 중요하겠습니까."

급히 말을 번복하며 웃자 이장은 게슴츠레 눈을 뜨며 그를 내리봤다. 그렇게 잠시 그 말을 가늠하다가 술병을 내밀었다. 정우는 허겁지겁 잔에 든 술을 마시고 빈 잔을 그 앞에 두었다. 갈색빛 액체가 술잔에 채워졌다. 한풀 누그러진 표정으로 이장이 술잔을 들었다.

"그래. 동생과 말이 통해서 다행이야. 내 화낸 건 미안허이."

"아닙니다. 혼날 만했습니다."

정우는 이장의 잔에 자신의 잔을 갖다 댔다. 쨍하는 소리가 들리고 날 선 분위기가 뭉그러졌다. 상체를 돌려 술을 마시는 정우를 바라보던 이장이 영동 할아버지와 곽씨를 보았다. 그들은 서로를 마주 보고 조용히 자리에서 일어났다.

소곤소곤소곤.

거실에서 빗소리에 섞인 말소리가 들렸다. 그렇게 크지 않고, 작지도 않은 목소리로 서은이 누군가와 대화하고 있었다. 그 소리를 피해 이불을 머리끝까지 끌어 올리거나 베개로 귓가를 눌러도 끈질기게 들러붙어 거슬렸다. 전날 마신 더덕주의 숙취가 밀려왔다. 언제 어떻게 집에 와서 누웠는지 기억이 나지 않았다. 정우는 자리에서 일어나 거실로 나갔다.

분명 아침인 것 같은데 비 오는 밖은 흐리기만 했다. 거실은 불을 켜지 않아 컴컴했으나 벽 앞에 선 검은 형체는 구별할 수 있었다. 그렇게 멀리 떨어진 곳이 아닌데 무어라 말하는 아내의 목소리가 선명하지 않았다.

거실 불을 켜자 목소리가 뚝 끊겼다. 하얀 조명 불빛 아래, 평소 입지 않는 하얀 원피스를 입은 서은이 그를 돌아봤다. 화장까지 한 얼굴은 표정이 없다. 낯선 아내의 모습을 보다가 그 뒤 벽 위를 기는 지네를 발견했다. 그는 탁자 위에 있는 책으로 지네를 찍어 눌렀다. 두툼한 몸체가 터지는 느낌이 손에 전해졌다. 시체를 털어내며 정우는 서은을 바라봤다.

"불도 안 켜고 뭐 하고 있어? 그 모습은 또 뭐야? 말도 없이 어디 가려고?"

"동제가 시작됐대요."

"뭐어?"

분명 어제 이장이 다음 주라며 준비도 완벽, 제사도 완벽해야 한다고 말하지 않았던가. 분노가 서린 그 얼굴이며 쩌렁쩌렁하게 울리던 훈계가 떠올랐다. 거짓이었으나 남의 어머니 제사를 무시하는 그 같잖은 태도도 마음에 들지 않거니와 정우가 꼬리를 내리자 바로 의기양양해지던 표정도 잊히지 않았다. 게다가 어제 외나무다리를 건너던 아내는 어떻던가. 잘못했다는 반성의 기미는 전혀 없고 오히려 화장을 하고 원피스까지 입고서 동제에 참여하겠다는 모습을 보니 분노가 치솟았다.

정우는 아내의 뺨을 내리쳤다. 갑작스러운 폭력에 그녀가 쓰러졌다.

"내가 그들이랑 어울리지 말랬지."

씨근덕거리는 정우가 서은에게 삿대질했다. 흐트러진

머리카락이 그녀의 창백한 얼굴을 가렸다.

"이게 집안 말아먹을 년이네. 거기 다녀온 거 모를 줄 알았어? 내가 분명히 말했는데 그새 나가서 희희낙락해?"

"⋯⋯위해서예요."

그녀가 중얼거렸다.

"뭐?"

"나를 위해서예요."

서은이 소리쳤다.

"이게 미쳤나."

"당신이 예전의 당신으로 다시 돌아오길 바랐어요. 그러나 언제까지? 언제까지 이런 식으로 맞으면서 기다려야 해. 더는 싫어!"

"그래서? 이게 나야. 당신도 다 알면서 같이 살아놓고는 내가 변했다고 해?"

"그러니까, 나도 이게 나니까 더는 때리지 말아요. 당신은 날 때릴 권리가 없어."

정우는 악을 쓰는 서은이 어이없었다. 이상한 걸 믿더니 머리마저 이상해졌나 보다. 이래서 사이비 종교는 안 된다는 거다. 집안의 분란을 만들고 유순한 아내마저 버렸다. 몇 대 맞아야 정신을 차리지. 그가 손을 번쩍 들었다. 그때 천장에서 뭔가가 어깨에 떨어졌다. 고개를 돌려 보니 검고 긴 지네가 솔기를 따라 얼굴로 기어 왔다. 악. 소리를 지르며 그걸 털어내는 동안 서은이 일어나 집 밖으로 나갔다.

"너 거기 인 시?"

아내는 대문을 지나 언덕을 향해 뛰었다. 세찬 비에 눈앞이 제대로 보이지 않았다. 정우는 희끄무레한 서은의 옷자락만 보고 뛰었다. 사이가 좁혀지자 손을 뻗어 머리카락을 쥐려고 했으나 그녀는 재빠르게 몸을 돌려 오솔길로 향했다.

아내는 언제나 자신을 분노케 했다. 사업이 망한 순간 보였던 연민의 눈빛, 이후 자신을 무시하는 행동들. 뭐만 하겠다면 뒤돌아서 비웃었다.

'저년만 없었어도 내가 이렇게 되지는 않았어! 그러니까 맞아도 싸!'

저 앞에서 아내는 외나무다리를 건넜다. 아내가 가는 곳은 명확했다. 그 집에 가는 것이다. 그녀를 저렇게 기고만장하게 만든 여자가 있는 곳으로.

쏴아아아. 어제오늘 내리는 빗물에 불어난 계곡물이 다리 바로 아래에서 넘실거렸다. 일전에 경험한 바, 물은 절대 다리 위를 넘지 않았다. 바닥이 미끄러워 발가락에 힘을 주고 다리를 건넜다. 굳게 닫혀 있던 대문이 활짝 열려 비바람에 흔들렸다. 정우는 금지된 집 안으로 서슴없이 들어갔다.

현관문을 열자 후끈한 기운이 안에서 밀려 나왔다.

"어디 있어? 이리 나와! 다 죽여버리기 전에!"

휑한 집 안에서 자신의 목소리가 웅웅 울렸다. 아내가 숨어 있을 컴컴한 집 안을 마냥 노려보다가 주위를 둘러봤다. 비바람에 반쯤 열린 현관문이 덜컹거리다가 확 닫혔다. 쾅 소리에 반사적으로 뒤를 흘깃 돌아보니 벽에 스위치가 있었다. 불을 켜자 낮은 조도의 불빛이 일었다. 그러나 희미하게 밝혀진 불빛은 어둠을 몰아내지 못했다. 정우는 신도 벗지 않고 거실을 가로질렀다.

먼저 현관문과 가까이에 있는 문을 열었다. 음식과 과일이 즐비한 제단 위로 촛불이 흔들렸다. 새벽부터 준비되었는지 방 안은 음식 냄새와 아직 피어오르는 향냄새로 가득했다. 치이익. 성냥불이 켜지는 소리가 났다. 정우는 방에서 나와 활짝 열린 미닫이문 너머를 바라봤다. 어둠 속에 일렁이는 촛불 너머로 티 하나 없는 동그란 얼굴이 보였다. 창문을 넘겨다 보던 여자였다. 이 사이비 종교의 실세인 천녀.

긴 머리카락을 귀 뒤로 넘긴 창백한 얼굴에 오밀조밀한 이목구비. 정우가 가까이 다가가자 천녀는 눈을 감은 채 양옆으로 보일 듯 말 듯 천천히 고개만 움직였다. **탁스륵탁탁스스슥.** 그녀 주위로 이상한 소리가 들렸다.

"너 마을 놈들과 무슨 작당을 하고 내 아내를 꼬여낸 거야? 원래 그런 여자가 아니었다고. 가정만 아는 온순한 여자를 망쳐버렸어. 자유 운운하며 나를 떠나게끔 꼬드겼지. 한 가정을 파탄 내려고 아주 작정했어. 이게 다 너네 때문이야. 대체 우리한테서 뭘 뽑아 먹을 게 있다고! 경찰이나 언론에 신고하든 고소하든 할 테니까, 좆 되고 싶지 않음 내 아내 보내."

그의 협박에 천녀의 얇은 입꼬리가 위로 말려 올라갔다.

"웃어? 죽여버리기 전에 내 말 듣는 게 좋을 거야."

저년도 아내처럼 나를 무시하는 거다. 그는 주위를 둘러보다가 부엌 싱크대에 놓인 식칼을 찾아 들었다. 텅 빈 집 안에 아내가 숨었을 곳은 저 여자가 있는 방뿐이었다. 그 방 앞에 다가가 빛이 닿지 않는 어둠이 도사린 곳을 눈으로 훑었다. 반쯤 열어놓은 창문이 비바람에 덜컹거렸다. 파르르 촛불이 떨렸다. 그 요란한 소리에 시선이 촛불에서 천녀의 얼굴로 옮겨갔다.

흔들리는 불빛을 따라 천녀의 얼굴에 명암이 생겼다가 사라졌다. 감겼던 눈꺼풀이 어둠에 스친 순간 떠 있었다. 가물거리는 촛불에 그녀의 눈동자가 붉게 보였다. 식칼을 든 정우를 보면서도 여전히 웃고만 있던 그녀는 눈이 마주치자 천천히 입을 열었다.

"걱정하지 말게. 내 그 여인을 귀히 여기니 대대손손 집안을 번성시켜주겠네."

"무슨 개소릴……."

탁탁스륵탁탁스륵.

벽에 비친 천녀의 검은 그림자가 점점 어둠에 덮였다. 어둠은 몸을 불렸고 그녀의 고개가 이리저리 움직였다. 탁자를 짚던 두 팔이 그 너머 바닥을 짚었다. 짐승처럼 두 팔로 바닥을 길 때마다 상체가 심하게 흔들거리더니 문밖으로 나오자마자 허리를 곧추세웠다. 자리에서 일어나는 것이라 생각했다. 그러나 치마 밑으로 드러난 건 다리가 아닌 끔찍한 몸체였다.

정우는 저도 모르게 뒷걸음질 쳤다. 천녀는 허공에 뜬 상태로 그에게 다가왔다. 방 밖으로 밀려 나오는 거무스름하고 밤껍질 같은 몸체가 마디마디 바닥을 스치고, 양옆에 보각을 이루는 날카롭고 커다란 곤충의 다리들이 송곳처럼 바닥을 찍었다.

탁탁스륵탁탁스륵.

"어어……."

여자가 두 팔을 벌렸다. 정우는 뒤돌아서 열린 현관문을 향해 달렸다. 스스슥, 소름 끼치는 소리가 귓가에서 들리고 단단한 천녀의 두 팔이 정우의 몸을 낚아챘다. 그가 칼을 든 손을 휘저었다. 칼끝이 단단한 몸체에 튕겼다. 강한 반작용에 칼은 오히려 정우의 손을 베었다.

"악!"

칼을 놓친 그의 몸이 뒤로 붕 떠 벽에 부딪혔다. 아득해지는 눈앞에 드리운 천녀의 얼굴을 올려다봤다. 붉은 눈동자가 정우의 시선을 옭아맸다. 천녀의 백옥 같은 얼굴이 점점 가까워졌다. 그녀의 양쪽 입가가 위로 말려 올라갔다. 그 끝이 귀까지 닿을 때, 인중이 투툭, 하고 찢어졌다. 단정한 두 앞니를 잇는 잇몸마저 벌어지고 넓게 벌어진 그 사이로 길고 검은 촉수가 나왔다.

"안 돼. 살려줘. 안……."

그가 애처롭게 그녀에게 빌었다. 두 촉수가 정우의 목을 꿰뚫고 짓씹었다. 동시에 붉은 피가 사방에 튀었다.

비바람이 휘몰아치는 불어난 계곡 외나무다리 앞에 우비를 입은 마을 여자들이 하나둘 모여들었다. 흐느적거리는 찔레 덤불 밑에 숨었던 서은은 남편이 집 안으로 들어가는 것을 보고 달려가 바람에 흔들리는 대문을 붙들어 굳게 닫았다. 이내 품에 가지고 있던 커다란 자물쇠를 꺼내어 걸쇠가 움직이지 못하게 걸고 잠갔다. 두려움에 손이 벌벌 떨렸으나 모든 것은 연습했던 대로였다. 서은은 맞은편에 선 여자들을 향해 다리를 건넜다.

"남편이 빠져나오면 어떡하죠?"

"이건 그놈을 막는 게 아니야."

주화자가 먼저 다리 끝에 섰다. 여자들이 양쪽에 서서 나무다리를 들어 올렸다. 꿈쩍도 하지 않던 다리가 덜컹거리며 움직였다. 힘을 끌어 올리자 얕은 신음이 앙다문 잇새로 새어 나왔다. 이쪽이 들리자 반대편이 움찔했다. 그들은 나무를 힘껏 들어 올려 계곡으로 패대기쳤다. 삐뚤어진 나무다리가 데구루루 굴러 물속에 잠겼다.

"마을 전설에 대해 들었나? 천룡 이야기 말일세. 마을 사람들은 자신들의 안위와 마을의 평안을 위해 천룡에게 마을 처녀들을 하나씩 제물로 바쳤다네. 그러던 중 제물로 바쳐진 한 처녀가 산신에게 자신을 구해달라고 빌었지."

처음 이곳에 왔을 때 이장이 해주었던 이야기가 기억났

다. 뒷이야기까지 들었던가. 그때, 불투명한 시야로 집 안에서 나오는 무언가가 보였다. 천녀였다. 비에 젖은 한복 밑으로 드러난 거대한 몸체가 끝도 없이 현관문을 지나쳤다.

"산신은 두 개의 주머니를 주었네. 처녀는 그걸 하나씩 던져서 도망쳤어."

주화자는 이어 말했다.

"주머니 하나를 던지자 가시덤불이 천룡을 막았지."

서은은 거대한 지네 형상의 천녀가 찔레 울타리를 연방 넘으려다 가시에 찔려 괴로운 비명을 내지르는 모습을 지켜보았다.

"또 하나를 던지자 깊은 물이 천룡을 가로막았다네."

천녀는 몇 번의 시도 끝에 기어이 기어 나와 저편에서 떠내려가는 다리를 노려보았다. 꿈틀거리는 몸체가 불어난 물에 닿길 거부하는 듯 수많은 다리가 제자리걸음을 했다.

분노하는 천녀 앞에서 모두가 진창에 무릎을 꿇었다.

"그 처녀는 살아 이 마을을 떠났으나 마을에 남은 이들은 추위와 가난, 질병에 허덕여야만 했다네. 떠난 이 말고, 남은 이들은 누가 구하겠나. 선과 악, 죄와 벌이 가난과 질병에 고통받는 이들에게 무슨 소용이 있겠는가. 일단 살기로 했어. 그렇게 우리는 다시 천룡, 아니 저 천녀와의 삶을 택했다네. 사람 목숨 하나로 나머지가 4년을 편히 산다는 게 그리 나쁘지는 않지 않은가. 적당한 거리와 추앙만 있다면 우리는 평생토록 행복할 수 있다네."

수화자는 천녀를 향해 잎드려 절했디. 그 말에 피식 웃음이 새어 나왔다. 서은은 천녀에게서 시선을 뗄 수가 없었다.

아아, 천녀는 너무도 아름다웠다.

너의 자리

한결

차에 치여 납작하게 깔린 비둘기 사체를 보았다. 첫 출근길이었다.

"안녕하십니까, 좋은 아침입니다! 저는 이번에 계약직으로 입사한……."

사무실에 들어서자마자 어색함을 꾹 참고 큰 소리로 인사했다. 정 팀장이 컴퓨터 모니터에서 시선을 떼지 않고 내말을 끊으며 건성으로 인사를 받았다.

"어, 좋은 아침. 선정 씨, 새로 온 친구한테 자리 안내하고 컴퓨터 세팅 좀 도와줘. 다음 주에 선정 씨 가면 그 자리에 앉을 테니까 일단은 선정 씨 옆자리에 앉으라고 하고. 그리고 이 대리 오면 나한테 좀 알려 줘. 이 대리는 맨날 찾을 때마다 어디 간 거야? 돌아오면 한마디 해야겠어. 조직 생활에 기본이 안 되어 있기는……."

선정 씨는 나와 동갑으로, 나보다 11개월 먼저 입사한 계약직 직원이었다. 12개월 이상 일하면 그 이후로는 정규직을 시켜줘야 하니까 관행처럼 써먹는 꼼수였다. 선정 씨가 출입문 바로 옆자리, 나는 그런 선정 씨 옆자리에 앉았다. 선정 씨가 한 주 동안 내게 인수인계를 해주고 나가면 내가 그의 일을 이어받아야 했다.

선정 씨는 반갑다는 말도 없이 짐 정리를 도와주고는 업무에 필요한 프로그램들을 설명했다. 계약직으로 이 회사 저 회사 떠돌아다닌 시간이 길었는지 그런 것에 능숙했다. 나는 고마운 마음에 당이 떨어진다 싶을 때 먹으려고 챙겨 다니는 과자를 가방에서 꺼내 건넸지만, 선정 씨는 짧게 괜찮다고만 말하고 받지 않았다. 그저 선의로 건넨 것이었을 뿐, 나 역시 일주일 후면 헤어질 사람과 굳이 친해질 필요는 없겠다는 생각을 했다. 컴퓨터에 사내 인트라넷을 설치하자마자 선정 씨는 능숙하게 '이 대리'라는 사람의 계정을 초기화하더니 기본 계정으로 로그인을 해 이 대리의 퇴사 신청을 했다.

"당장 정 팀장 들어오라고 해!"

부장실 쪽에서 고함이 들려왔다. 업무를 시작한 지 얼마나 되었다고. 정 팀장은 익숙한지 고개를 푹 숙이고는 어깨를 움츠리고 부장실로 들어갔다. 문을 닫았는데도 쩌렁쩌렁한 부장의 목소리가 사무실 안쪽으로 흘러들어왔다. 선정 씨는 그런 부장의 목소리가 전혀 거슬리지 않는다는 듯 모니터에 시선을 두고 제 할 일을 했다.

"어휴, 내가 이걸 확 씨. 수준 떨어지게 이게 뭐야!"

선정 씨가 메신저로 속삭였다. 이럴 때 부장의 손은 높이 올라갔다가 허공에서 멈춘다고. 부장이 소리를 질렀다.

"다시 해 와! 알았어?"

정 팀장이 부장실 문을 닫고 나오면서 한숨을 푹 쉬었다.

"최 과장아……."

선정 씨가 바쁘게 일하는 척 키보드 위에 있던 손을 빠르게 움직였다.

「차장이 팀장보다 나이가 많아서 팀장이 껄끄러워해요. 그래서 차장 건너뛰고 과장을 찾는 거예요.」

"최 과장아. 나도 못 챙기긴 했는데 최 과장도 한번 전체적으로 검토했어야지."

정 팀장한테 한 소리를 듣고 난 최 과장은 김 대리를 불렀다.

"김 대리 입사할 때 토익 900점 넘었다며."

"예, 그렇긴 한데 그것도 오래전 일이라……."

"그래서 그렇게 번역기를 믿었어? 번역기 좋지, 좋아. 근데 번역기를 돌렸어도 한 번 훑어는 봤어야지! 토익 점수 보고 뽑아 놨더니만……."

"전체적으로 다시 보겠습니다."

김 대리, 최 과장, 정 팀장이 모두 제자리로 돌아갔다. 박 차장은 계속 제자리에 있었다. 나와 선정 씨도 자리를 지키고 있었다. 김 대리가 자리에서 일어나 내게 다가왔다.

"선정 씨가 잘 알려줬어요?"

김 대리가 친한 척 말을 붙였다. 몇 년째 신입을 뽑지 않고 막내 사원급이 할 잡무를 11개월짜리 계약직 여직원에게 시키고 있는 사무실에서는, 정규직 중 김 대리가 제일 막내였다. 그리고 그 정규직은 다 남자였다. 일이 바빠서 여직원의 출산휴가를 기다려줄 여유가 없다고 했다. 그렇다고 출산휴가를 마치고 다시 일하려는 소위 '경력 단절' 여직원은 아이가 자주 아프다거나, 아이 맡아줄 사람을 찾느라 동동거리다가 곧 그만둘 게 뻔해서 싫다고 했다.

"사내 인트라넷 접속해볼래요?"

김 대리의 손이 어깨를 타고 내려가 마우스를 쥔 오른손 위에 얹혔다. 김 대리의 손이 조용히 내 손에 깍지를 꼈다. 손 끝부터 발끝까지 얼어붙었다. 아무도 못 본 걸까. 사무실을 둘러봤다. 다들 자기 할 일을 하느라 바쁜지 이쪽으로 눈길도 주지 않았다. 김 대리를 불쾌하게 해선 안 된다. 김 대리는 나를 괴롭힐 수 있지만 나는 할 수 있는 게 아무것도 없으니까. 뭐라고 해야 김 대리가 추행했다는 사실을 들키지 않고 주의를 끌 수 있을까. 같은 계약직인 선정 씨를 간절하게 쳐다봤다. 분명 눈이 마주쳤는데, 다 봤는데, 선정 씨는 아무것도 못 봤다는 듯이 일부러 더 세게 키보드를 두드리며 모니터에만 신경을 집중했다.

김 대리의 책상 위에는 삐뚤빼뚤한 글씨로 '아빠 사랑해요'라고 쓰여 있는, 종이로 접은 카네이션과 김 대리와 아내, 그리고 두 아이가 화목하게 웃고 있는 가족사진이 놓여 있었다. 아이들은 김 대리를 꼭 닮았다. 액자에 넣은 천 원짜리 지폐에는 어린아이의 서툰 필체로 '내가 돈 줄 테니까 아빠 회사 가지 마'라고 적혀 있었다.

목 뒤, 귓가에서 김 대리의 숨결이 느껴졌다. 인트라넷에 로그인하자 더는 참견할 거리가 없었는지 김 대리가 선정 씨에게로 시선을 돌려 물었다.

"경비 정산은 오늘까지 맞죠?"

김 대리는 뻔한 걸 물으면서 선정 씨의 어깨에 손을 얹었다. 나는 숨을 삼키며 선정 씨를 관찰했다. 이런 사무실에서 오래 일했으니까 뭔가 노하우가 있겠지. 선정 씨는 어깨를 으쓱했다. 지하철에 앉아 갈 때 옆자리 남성이 다리를 쩍 벌리면 나도 다리를 벌려서 부러 무릎을 부딪치며 주의를 주는 행동과 비슷했다. 선정 씨가 그러거나 말거나 김 대리는 선정 씨의 어깨를 주무르기 시작했다. 김 대리는 자기가 무슨 짓을 하는지 알고 있었다. 그러면서도 하는 거다. 그래도 되니까. 선정 씨가 내 쪽을 향해 눈짓한다. 거봐요, 소용없다니까, 라고 말하는 듯했다.

부장이 정 팀장에게, 정 팀장이 최 과장에게, 최 과장이 김 대리에게 화를 내고 김 대리는 계약직 여직원에게 기분을

푼다. 사무실의 누구라도 나와 선정 씨를 주무르거나 귓가에
저질스러운 농담을 속삭일 수 있었다. 나와 선정 씨는 누구에
게도 아무것도 할 수 없다. 청소하는 아주머니를 마주쳐도 인
사를 안 하는 것이, 나나 선정 씨가 할 수 있는 거의 유일한 투
정이었다.

"날도 추운데 오늘은 배달시켜 먹지?"

오전의 살벌했던 분위기를 쇄신시키려는 듯 정 팀장이
쾌활하게 외쳤다. 대기업 출신이라는 부장은 그 인맥을 유지
하느라 늘 점심을 밖에서 따로 먹고 온다고 했다. 선정 씨가
직원들의 의사를 물은 뒤 참치 김치찌개, 된장찌개, 부대찌
개를 주문하고, 직원들에게서 점심값을 이체받았다. 이 번거
로운 짓을 이제 내가 해야 한다고? 회의실에 찌개와 밥과 반
찬이 세팅되었다. 찌개는 가운데로 몰아서 다 같이 먹고 밥은
따로 먹는 상차림이었다. 가만히 있는 날 두고 정 팀장이 말
했다.

"사람이 말이야, 센스가 없어 센스가."

'센스 있는' 선정 씨가 자리마다 냅킨을 깔고 수저를 세
팅했다. 여러 개의 숟가락이 네 입 내 입 할 것 없이 찌개와 입
속을 오갔다. 저 찌개를 같이 먹다간 내가 모르는 병균에 감
염될 것 같아서 맨밥만 묵묵히 퍼먹고 있는데 정 팀장이 또
한마디를 툭 던졌다.

"돈도 아낄 겸 밥은 탕비실에 밥솥 갖다 놓고 하고, 각자
반찬 싸 와서 도시락처럼 먹는 거 어때?"

지금 사는 고시원의 공동 주방은 좁고 환기도 안 되어서 라면 끓이는 것 외에 본격적으로 요리하기가 어렵기도 하고, 해 먹는 것보다 삼각김밥이나 사 먹는 게 돈이 적게 드는 편이었다. 그런 사정상 편의점에서 끼니를 때우면 때웠지 반찬을 싸 올 수는 없었다.

"다수결로 할까? 반대하는 사람 손 들어 봐."

반대하면 손을 들라니. 약았다고 생각했다. 대놓고 정 팀장에게 찍히고 싶은 게 아니라면, 이럴 때 손을 드는 용기가 어디 있겠는가. 결국 쌀 씻고 밥 안치는 건 선정 씨와 나의 잡무가 되겠지. 잘못하면 탕비실에 가스버너, 도마, 칼 등등을 갖다 두고 반찬과 국 따위를 만들라고 할지도 모른다. 부디, 제발, 밥에서 끝나기를.

그 자리에서 손을 든 사람은 손끝이 귀에 닿도록 살짝 손가락을 치켜든 선정 씨밖에 없었다.

"그럼 다음 주부터 할까? 밥솥은 내가 쏜다."

점심을 다 먹은 직원들은 담배를 피우거나 커피를 사 먹으러 나갔고 나와 선정 씨는 회의실을 정리했다. 남은 찌개 국물을 변기에 버리고 건더기는 쓰레기통에 넣고 있는데 선정 씨가 말을 걸었다. 입사 이래 처음으로 나눈 사적인 대화였다.

"집에서 회사까지 몇 시간 걸려요? 많이 멀어요?"

"한 시간 반 정도요."

"이사할 생각 없어요?"

"있긴 한데 예산에 맞는 집이 있을지……."

"지금 제가 살고 있는 집에 들어올래요? 회사까지 삼십 분 정도 걸려요. 예산이 얼마인지는 모르겠지만…… 저는 계약 기간 끝나는 대로 나갈 거라서 새 세입자 구하고 있거든요."

입사 후 맞은 첫 주말에 선정 씨가 살고 있는 집을 보러 갔다. 집 뒤편으로 산을 끼고 있는 빌라 1층이었다. 집 안에 부엌과 화장실과 욕실이 있었다. 그런데도 월세가 고시원보다 저렴했다. 뒷산에 나무가 빽빽해서 음침해 보인다는 것도, 방 전체가 음침하기 짝이 없는 고시원에 비하면 더할 나위 없는 풍경이었다.

"여기가 재개발 지역이라 전에 살던 주민들이 산에 버리고 간 개들이 많아요. 야생에서 살다 보니 걔네들도 어느새들개가 되더라고요. 배고프면 사람을 공격하니까 종종 먹이를 챙겨주세요. 그럼 괜찮아요."

선정 씨는 말했다. 우리가 얘기하는 동안에도 뒷산 쪽에서 멀리 메아리처럼 컹컹, 개 짖는 소리가 들려왔다. 뭐가 괜찮다는 건지 모르겠다. 산 밑 빌라라고 해서 산모기 정도를 감수하고 있던 내게 들개는 너무 예상 밖이었지만 그 덕분에 월세가 싼 것이라면 감당할 만도 했다. 그날 바로 부동산에 들러서 계약서를 작성했다. 그리고 그날 이후로 선정 씨와 개인적인 이야기를 나누지 않았다.

　선정 씨가 계약 기간 만료로 퇴사한 날부터 김 대리가 보이지 않았다. 아침저녁으로 출입문에 지문을 찍은 기록은 있는데 업무 때문에 찾으면 늘 자리에 없었다. 화장실 갔겠지, 잠깐 담배 태우러 갔겠지, 커피 사러 나갔겠지, 하고 넘겼다.

　"지구촌 화제에 그 사건 나왔던데. 미국 개발자가 출근 안 하고 인건비가 싼 인도 개발자한테 자기 일을 하청 주다가 걸린 거. 김 대리도 그러고 있는 거 아냐?"

　"집에 한번 가봐야 하는 거 아녜요?"

　"어디 짱박혀 있는 거야 대체. 이 대리가 퇴사해서 일손도 부족한데."

　"이 대리는 왜 퇴사했대요?"

　"몰라. 어디 좋은 데로 이직했나 보지 뭐."

　탕비실에서 쌀을 씻으며 직원들 간에 오가는 대화를 들었다. 선정 씨가 살았던 집으로 들어간 날, 나는 작은방 붙박이장에서 엄지손가락이 없는 백골 사체 두 구를 발견했다. 김 대리가 출근 지문만 찍고 사무실엔 나타나지 않았던 날이었다. 조금 오래된 백골의 목에는 이 대리의 사원증이 걸려 있었다. 서랍 속에는 머리카락이 있었다. 반 곱슬의 짧은 남자 머리카락. 김 대리의 것이었다. 이 대리의 퇴사 신청서를 작성하던 선정 씨가 떠올랐다. 이 대리도 김 대리처럼 선정 씨에게 지분댔을까. 어떻게 죽인 걸까. 어떻게 건장한 남자 직원을 둘이나 죽였을까.

오늘 아침, 외투를 걸치고 집을 나서려는데, 언제 넣어
둔 것인지 주머니 안쪽에 엄지손가락이 들어 있었다. 선정 씨
의 인수인계였다. 퇴근할 때 김 대리의 엄지손가락을 출입문
에 찍어야 한다. 경찰에 신고했다가는 범인으로 몰릴 수도 있
었다. 적당한 때에 김 대리의 퇴사 처리를 마치고 아무것도
모른다고 하자. 이 회사 안에서 나는 아무것도 할 수 없는 사
람이니까. 아무도 계약직 여직원이 정규직 남자 직원을 죽였
다고는 짐작하지 못할 테니까.

새로 이사한 집 화장실에는 쓰다 남은 혈흔 제거제가 있
었다. 처음엔 생리하는 날 옷이나 이불에 핏자국이 남으면 지
우느라 사용했겠지 싶었다. 곧이어 옷장 안의 시체가 생각났
다. 옷장 안 시체는 백골이었다. 언젠가 유튜브에서 본 미국
의 바디팜(Body-farm)이 떠올랐다. 사람이 죽어 부패하는
과정을 연구하는 시설로, 시체 부패에는 신선기, 팽창기, 붕
괴기, 붕괴후기, 골격기 총 다섯 단계가 있다고 설명하는 영
상이었다. 그중 백골 사체는 자연 부패기 중에서도 마지막 단
계, 골격기에 해당했다. 그런데 이 두 사람은 어떻게 이렇게
빨리 백골화가 진행되었을까……. 아무리 생각해도 이해되
지 않았다. 그때였다. 뒷산에서 들개들이 하울링을 했다. 선
정 씨가 마지막으로 들개에게 먹이를 줘야 한다고 했던 것이
떠올랐다. 들개들은 무얼 먹고 자라는 걸까. 사람 고기 같은
것도 잘 먹을 수 있을까. 엄지를 잘라낸 시체를 개들에게 던져

주면, 개들이 뼈만 남기고 살을 발라 먹었던 것일지도 모른다. 백골 사체를 붙박이장 안에 두고 애써 잠이 들었다. 귀신보다 무서운 건 사람이고 사람보다 무서운 건 돈이었다. 지금 내가 가진 돈으로는 이곳을 나가봐야 고시원이었고, 지근거리에 예산에 맞는, 출퇴근이 가능한 곳이 있을 리 만무했다. 그렇다고 회사를 그만둘 수도 없었다. 묵묵히 잠을 청했다.

"역시 나이가 드니까 뜨끈한 국물 없이는 밥이 목구멍에서 안 내려가."

갓 지은 따뜻한 밥을 먹던 정 팀장이 국 타령을 했다.

"미역국이나 콩나물국, 계란국 정도는 간단하게 끓일 수 있지 않나? 집에서 국 끓이는 김에 물 좀 더 타서 보온병에 담아오면 될 것 같은데."

정 팀장은 나를 보고 있었다. 국 값을 따로 챙겨줄 것도 아니면서, 한 번 밥을 짓기 시작하니까 국도 끓이라고 했다. 더 있으면 김치랑 밑반찬도 가져오라고 하겠지. 나 대신 남자 직원을 뽑았어도 밥과 국을 책임지라고 했을까……

퇴근 후 집 부엌을 뒤졌다. 요리라는 걸 한 번도 하지 않은 듯 깨끗했다. 수저나 그릇도 없었다. 혼자 사는 집에 어울리지 않는 곰탕용 큰 솥과 한때 홈쇼핑에서 대박이 났던 장미 무늬의 부엌칼만 있었다. 무엇이든 썰고 베고 자를 수 있다는 그 장미칼.

"국이 너무 싱거운데?"

다음 날, 미역국 라면에서 면발 없이 국물만 끓인 뒤 맹물을 타서 가져갔더니 정 팀장이 투정을 부렸다.

그 다음 날에는 붙박이장에서 백골을 꺼내 뚝뚝 부러뜨려 사골국을 끓였다. 큰돈 들이지 않고 깊고 진한 맛의 국물을 내려면 다른 방법이 없었다. 사람 뼈도 뼈라고 국물이 뽀얗고 진하고 고소하게 우러나왔다. 첫술을 뜨자마자 정 팀장이 키야, 하고 감탄하며 엄지손가락을 치켜들었다.

"이야 이제 시집가도 되겠다."

그 말을 지금 칭찬이라고 하는 건가. 코웃음이 났다.

국물을 우려내어 부드러워진 뼈는 곱게 빻아 뒷산에 비료로 뿌렸다. 뼈 비료를 먹고 자란 나무들은 울창해져서 햇빛을 가리고 뒷산은 더 음침해지겠지. 계속해서 국을 끓이려면 뼈가 더 필요했다. 오래 우려 말라버린 뼈보다는 신선한 골수에서 국물이 더 잘 나올 것 같았다. 꼬리곰탕을 끓이고 싶은데 백골 사체에는 꼬리가 없으니 척추로 대신해야 했다. 사골을 육수로 쓰면 웬만한 국은 다 맛있어졌다.

선정 씨가 먹이를 준 이후로 아무도 챙겨주지 않았는지 굶주린 들개들이 뒷산에서 내려와 밤길을 어슬렁거렸다. 퇴근길에 송아지만 한 개 서너 마리의 그림자와 마주치기도 했다. 등 뒤로 개 짖는 소리가 들렸다. 개들은 내 그림자를 향해

짖었다. 야생화된 개들에게는 익히지 않은 날고기를 먹이로
줘야 했다.

다음 날은 정 팀장과 둘이 사무실에 남아 야근을 했다.
저녁때 정 팀장이 좋아하는 사골 육수로 김치찌개를 준비해
갔다. 정 팀장에게 후식으로 믹스 커피를 건넸다. 정신과에서
우울증을 진단받은 이후로 처방받았던 약들을 곱게 빻아서
한 움큼 넣고, 혹시 맛이 이상할까 봐 설탕을 들이부은 '수제'
커피였다. 그러고 보니 이 빌라에 거주한 이후로는 약을 먹지
않았다. 정 팀장은 눈두덩을 비비며 커피를 들이켰다. 일 좀
시키려고 하면 팀원들이 보이지 않아 어쩔 수 없이 야근을 해
야 했으니 피곤하기도 할 것이었다. 안정제가 들어 있어서 그
런지 정 팀장은 책상 위에 엎드려서 긴 잠에 빠졌다. 어지간
하게 깨워도 깨지 않는 잠이었다. 밝혀질 때를 대비한, 정 팀
장의 사인은 과로와 약물 과용이었다.

나이 든 택시 기사가 사무실까지 올라와 욕을 하며 정
팀장을 업고 내려가 택시에 태웠다. 투덜거림을 멈추지 않던
기사는 정 팀장의 핸드폰 케이스에서 꺼낸 카드로 세 배의 요
금을 계산해주자 금세 조용해졌다. 택시는 음침한 뒷산을 끼
고 있는 한 빌라로 쉬지 않고 달렸다.

한밤중에 산에 올랐다. 산에는 CCTV가 없었다. 정 팀
장은 내가 들개 이빨 같은 장미 무늬가 있는 부엌칼을 들이
댈 때까지도 깨어나지 못했다. 엄지손가락을 제외한 남은 부
위를 산중에 던졌다. 순식간에 개들이 몰려왔다. 개들은 뼈에

붙은 고기를 남기지 않고 씹어 삼켰다.

출근하면서 내 손가락과 잘린 손가락을 찍었다. 퇴근할 때도 잘린 손가락을 꾹 눌러 찍고 가방 안에 넣었다. 사무실에는 잡무를 시키는 김 대리도, 결재를 해줄 정 팀장도 보이지 않았다. 분명 출퇴근은 하는데 이상하게도 찾으면 없었다. 그만하라는 말을 하는 사람이 없었으므로, 나는 매일 점심시간마다 밥을 짓고 보온병에 담아 온 사골국을 일회용 그릇에 담은 뒤 수저를 세팅했다. 식사를 마친 후 남은 국물을 변기에 쏟아부으며 다른 회사 여직원들의 대화를 엿들었다.

"그거 들었어요? 우리 빌딩 12층 여자 화장실에 카메라 있었던 거."

"청소 업체 직원이 그랬다며?"

"그걸 믿어요? 청소 아줌마들이 뭐 하러 카메라를 설치했겠어요? 입주한 회사 직원 중 하나인데 회사 이름 밝혀지고 하면 골치 아프니까 만만한 외부인인 청소업체 들먹인 거겠죠."

"뭐 회사에서 책임지고 경찰 신고하고 범인 고소한다니까 우리는 그냥 있으면 되겠지."

"에이, 그것도 여직원들이 범인 잡아서 동영상 삭제한다고 나서니까 회사에서 그러는 거잖아요. 회사가 다 알아서 할 테니까 직원들은 그냥 입 다물고 사건 키우지 말고 조용히 있으라고."

12층이면 우리 회사가 있는 층이었다. 범인은 익숙한 곳에서 범행을 저지른다. 연고가 있는 12층 직원이 카메라를 설치했을 것이다. 회사는 사건을 해결하는 척만 하고 결국 범인은 밝혀지지 않았다지만 누가 그랬는지는 불 보듯 뻔했다. 이 과장이겠지…….

"뭐 도와줄 거 있을까?"

이 과장은 일부러 커피 타는 척 좁은 탕비실에 들어와서 슬쩍슬쩍 몸을 스치며 엉덩이와 가슴을 추행했다. 내가 움찔거려도 소용없었다. 카메라에 찍혀도 실수였다고 변명하고 넘어가면 될 수준이었으니까. 대리도 했으니까 과장은 당연히 되겠지, 라고 믿는 모양이었다.

"요새 너무 곰탕만 나오는 거 같아. 국에 건더기가 없으니까 허한데."

이 과장은 사라진 정 팀장 대신 밥투정도 했다. 이 과장은 대리와 정 팀장의 빈자리가 많이 허전한가 보았다.

"다음부턴 고깃국을 끓여보려고요."

이 과장을 유인하는 건 쉬웠다. '이렇게 매력적인 나를 계약직 따위가 싫어할 리 없어'라고 믿는 사람이었다. 지름길로 가자며 뒷산에 올랐다. 딱 봐도 운동과 담쌓은 것처럼 느껴지는 이 과장은 발정 난 개처럼 헉헉대며 산에 올랐다. 한참을 앞서가던 나는 길을 잃은 척하며 헨젤과 그레텔의 아버지와 계모처럼 이 과장을 남겨 두고 산에서 내려왔다. 들개들은 배고프면 사람을 공격한다고 했다. 헨젤과 그레텔이 떨어뜨린 빵 부스러기처럼 점점이 흩어진 고기 조각을 따라 들개들이 산에 올랐다. 피 묻은 나무는 개들이 흩날린 오줌과 더불어 정체 모를 흔적과 냄새를 풍겼다.

개들에게 줄 살을 발라내고 남은 내장을 손질했다. 곱창집에서 먹었던 부속물들을 떠올렸다. 마트에서 냄비와 뒤집개와 수저와 도마와 프라이팬 같은 조리도구를 사 왔다. 퍽퍽한 간과 허파, 기름지고 고소한 곱창을 구웠다. 그러고 보니 사무실에서 팀원들 먹일 밥을 짓고 국을 끓이면서 날 위한 집밥을 해 먹은 적이 없었다. 나는 좀 더 호사를 누리고 싶었다. 치이이익 프라이팬 위에서 기름이 지글지글 끓었다. 잘근잘근 꼭꼭 씹어 꿀꺽 삼켰다.

어렸을 때 동네 치킨집에선 폐식용유로 세탁비누를 만들어 단골들에게 사은품으로 주곤 했다. 이 과장은 술과 회식을 좋아해서 배가 나온 체형이었다. 피하지방과 유화제를 섞어 비누를 만들었다. 그리고 다음 날은 조금 일찍 출근했다. 이제 챙겨야 할 엄지손가락이 세 개였기 때문이다. 김 대리, 정 팀장, 이 과장. 아무도 없는 남자 화장실에 들어가 이 과장으로 만든 비누를 놓아두었다. 제발 손 좀 씻고 다녀라. 핸드 드라이어도 핸드 타올도 없는 화장실에서 나오는 남직원들 손이 축축하긴커녕 보송보송한 것이 항상 찜찜했다. 그 손으로 나를 더듬을 때면 기분이 아주 더러웠다.

한적한 사무실에서 키보드를 두드렸다. 공기가 쾌적했다. 이제 점심시간에는 나와 박 차장만이 고기가 들어간 사골

국을 먹었다. 박 차장은 부장이 정 팀장의 부재를 눈치채지 못하게 하려고 혼자 애를 썼다. 정 팀장에게 인수인계도 제대로 못 받고서 최 과장이 내미는 보고서를 수정하고 대리 결재하려니 혼자 애가 탄 듯 보였다. 최 과장은 이직할 자리를 알아보는지 점심때마다 지인과 식사를 한다며 자리를 비웠다. 정 팀장의 자리를 대신하는 박 차장이 밥과 국을 그만 차리라는 말을 하지 않았으므로, 매일 하던 대로 밥을 짓고 국을 준비했다. 점심시간마다 박 차장과 단둘이 뜨겁고 진한 사골국에 밥을 말아 먹었다. 조금이라도 빨리 밥상을 치우고 이 어색한 분위기에서 벗어나 혼자 쉬는 시간을 가지고 싶었다. 그런데 박 차장은 눈치가 없나 보다.

"조카처럼 생각해서 하는 말이니까, 삼촌이다 생각하고 들어."

삼촌이면 용돈 좀 주세요, 하는 말이 목구멍까지 올라왔지만 국물과 함께 꾸역꾸역 내려보냈다.

"사무실에서 막내잖아. 막내를 문가에 앉혀둔 이유가 뭐겠어."

문이 열릴 때마다 외풍이 들어와서 춥고 사람들이 드나드니까 정신없는, 제일 좋지 않은 자리라서 그랬겠지, 라는 답안을 삼키고 '난 아무것도 몰라요. 그러니까 마음껏 가르쳐 주세요'라는 뜻으로 눈을 크게 뜨고 순진무구한 표정을 지었다.

"문 열면 막내가 딱 보이잖아. 막내가 사무실 분위기를 만드는 거야. 그러니까 사무실에서 좀 웃고 있으라고. 지금처럼 정신없이 바빠서 스트레스 지수가 최고조일 때는 더 그래."

막내 막내 하는데 나는 적자가 아니라 서얼이었다. 지금 사무실에서 바쁜 사람은 차장님밖에 없는데 차장을 볼 때마다 웃어줘야 하나. 감정 노동도 노동인데 수당이나 주면서 웃으라고 하든가.

"위고 아래고 자리 비우고 월급만 받아가는데도 어떻게든 일이 되게 하려면 우리끼리라도 정신 차려야지."

어색하게 웃으며 밥상을 치우려는데 박 차장은 아직 할 말이 남은 눈치였다.

"아버지랑 친해?"

삼촌이라고 하더니 이제는 우리 아버지까지 챙길 모양이었다. 웃으라고 했으니 대충 웃기만 했다.

"김 대리랑 이 과장은 근무시간 내내 어디 처박혔는지 보이지도 않지, 최 과장은 다른 데 알아보느라 정신 팔려 있지, 팀장님도 어디 갔는지 농땡이 부리면서 일 안 한 후로는 이 사무실에서 나만 야근 계속하는 거 알지? 내가 나 하나만 먹고 살려고 들면 이따위 회사 때려치웠어. 그런데 한 푼이라도 수당 타내려고 야근하는 이유가 뭔지 알아? 애 학원비에 얼마라도 더 보태려고 그래. 내가 애한테 해줄 수 있는 게 그것밖에 없어서. 그런데 애는 사춘기가 와서 아빠가 자기한테 해준 거 뭐가 있냐고 하고 와이프는 옆에서 애를 혼내기는커

넝 같이 거들고 있으면, 얼마나 외로워지는지 알아?"

아니요. 몰라요. 알고 싶지도 않고. 그러나 나는 생글생글 웃기만 했다.

"그러니까 집에 가면 아버지 잘 챙겨드려."

괜히 아버지 핑계 대면서 자기를 챙겨 달라고 하는 뜻인 걸 너무 잘 안다. 그러나 순진하게, 아무것도 모르는 척, 말 그대로 더 이상의 함의 없이 알아들은 척했다. 아무 의미도 없는 척, 남은 점심시간에 편의점에 들러 산 초콜릿 바에 '화이팅!'이라고 귀엽게 적은 핑크색 포스트잇을 붙여서 박 차장의 책상 위에 올려두었다. 윗사람이 징징댔는데 아무것도 안 하면 센스 없다고 하니까. 이것이 오늘의 미끼인 줄도 모르고 박 차장은 화장실에 들어갔다. 첫사랑하고 결혼했으면 내 아빠뻘인 박 차장은 얼굴을 거울에 비춰 보고 아랫도리를 만져 보며 '나 정도면 아직 괜찮지'라고 자위하며 로맨스를 꿈꿀 것이다. 사무실 분위기를 위해 웃고 있는 내 미소에 화답하면서. 내 친절을 호감으로 착각하면서.

점심시간을 꽉 채워 쉰 최 과장과 오늘따라 비누로 손을 씻은 박 차장이 사무실로 돌아오고 나서 얼마 되지 않아 경찰들이 찾아왔다. 이 대리, 김 대리, 이 과장, 정 팀장의 실종을 조사 중이라고 했다. 멀쩡한 성인 남성이 실종되자 처음에는 단순 가출로 여겨졌던 경찰은 한 회사에서 네 명이 연달아 사라지자 (참 빨리도) 수사를 시작했다. 경찰은 그 네 사람에 대해 알고 있는 걸 다 말해 달라고 했다. 나는 막내다운, 순진한 미소를 시은 채 계약직 여직원이라 많은 대화를 나눈 적도 없고 자리도 멀리 떨어져 있어서 아는 것도 별로 없다고만 했다. 최 과장은 머지않아 떠날 회사에서 귀찮은 일에 휘말리기 싫었는지 나처럼 모르겠다는 말만 반복했다. 박 차장은 은밀하게 제보했다. 정 팀장님을 모시고 1박 2일로 지방 출장을 갔을 때 정 팀장님이 원나잇을 하더라고. 혹시 가출이나 실종이 아니라 바람 아니겠냐고.

이제 최 과장과 박 차장과 나는 비밀을 공유한 사이였다.

경찰은 사무실 CCTV를 찾았다. 그러나 회사에 CCTV 같은 건 없었다. 회사에 가장 오래 있었던 박 차장이 말하기를, 예전에 사장님이 컴퓨터 켜놓고 업무 대신 게임을 한다든지, 핸드폰으로 주식을 한다든지 하는 월급 도둑들을 잡으려 사무실에 CCTV를 설치하려고 했단다. 그러나 직원들이 사생활 침해라며 반발을 심하게 해서 CCTV는 없던 일이 되었다. 대신 출결 관리는 하겠다며 사무실 문 앞에 출퇴근을 기록하는 장치를 달았다. 그것도 원래는 사원증을 출입증으로 사용했는데 직원들이 막내에게 사원증을 맡기며 가짜로 근태를 기록하던 게 걸려서 지문 인식으로 바꿨다고 했다. 나는 출퇴근 기록을 떼 왔다. 거기에는 김 대리, 이 과장, 정 팀장이 일찍 출근해서 늦게 퇴근했다고 나와 있었다.

경찰들이 한참 사무실을 들쑤시고 나가자 도저히 일할 분위기가 아니었다. 내일 연차를 낸 최 과장은 경찰들이 가자마자 자기도 오후 반차를 쓰고 가 버렸다. 아마 내일 어느 회사 면접이 있는 모양이었다. 사무실에는 점심시간처럼 나와 박 차장만 남았다. 박 차장도 일이 손에 잡히지 않는 모양이었다. 그리고 보니 이 대리, 김 대리, 이 과장, 정 팀장을 못 본 지 오래되었다고 이제야 기억을 더듬어보는 듯했다.

"우리도 오늘만 일찍 퇴근할까?"

박 차장과 내가 언제부터 '우리'였을까. 오늘부터 '우리'가 되어볼까. 박 차장에게 살짝 혀 짧은 소리를 했다. 살짝만, 살짝 설렐 만큼 아주 살짝만.

"차장님, 술 사주세요."

"……회사 앞에 삼겹살집 갈까?"

박 차장은 고기는 한 번만 뒤집어야 맛있다고 훈수를 놓았다. 고기에 관해서는 내가 박 차장보다 더 잘 아는데…….
박 차장은 내 잔에 소주를 따라 주었다. 나는 두 손으로 잔을 잡고 술을 받았다. 상추쌈을 싸고 있는데 박 차장이 말을 걸었다.

"저기, 남자친구 있어?"

"아뇨."

"하긴 요새 애들은 연애 안 한다더라."

박 차장이 잠시 생각하다가 물었다.

"퇴근하면 뭐 해?"

박 차장의 입을 상추쌈으로 막으며 대답했다.

"유기견 봉사 활동이요."

박 차장이 술 때문인지 살짝 붉어진 얼굴로 굳이 내 말에 토를 달았다.

"짐승한테 잘 해줘서 뭐해. 차라리 아프리카 애들 결연 맺는 게 낫지."

나는 이런 류의 사람들을 잘 알고 있었다. 아프리카 애들에게 후원하면 왜 외국 애들 도와주냐고, 국내에도 불쌍한 애들 많은데 그 애들이나 도우라고 하면서 자기는 자식들 키우는 데 돈 많이 든다고 아무 데도 기부하지 않는 사람들. 내가 아무 말도 하지 않자 박 차장이 굳이 다시 말을 보탰다.

"봉사활동 같은 거 할 시간에 코딩이라도 배워서 정규직으로 이직해야지. 내가 딸 같아서 하는 말이야."

조카에서 딸로 승진했는데 기분이 별로였다. 코딩은 이미 익힌 기술이었다. 코딩도 외국어도 동영상 편집도. 그런데 다들 계약직으로 뽑았다. 이 회사처럼. 차장의 입을 닥치게 하고 싶다. 불판이 비어 가고 술병이 쌓여 갔다. 나는 물냉면, 박 차장은 된장찌개를 먹었다. 아직 배가 고팠다. 무언가가 허했다.

"저희 집에 가서 라면 드실래요?"

"나느은, 가정이, 이써어……."

"뭐래요. 삼겹살이 느끼하니까 매운 거 먹으려는 건데요."

지금 박 차장은 오늘 단둘이 했던 점심식사부터 성숙한 어른으로서 내게 건넸던 조언들과 내가 핑크색 포스트잇을 붙여 준 초코바와 거울에 비쳤던 아직 굵은 주름이 지지 않은 자기 얼굴을 슬로비디오로 되감고 있을 것이다. 그리고 되뇌고 있을 것이다. 나 정도면 아직 괜찮지, 하고.

집에 도착했더니 아무렇지도 않게 문이 열렸다. 고장일까. 분명히 아침에 문이 잠기는 걸 확인하고 나왔는데. 그럼 누가 문을 딴 걸까. 경찰이 여기도 다녀갔을까. 경찰이라면 영장을 받아서 나왔겠지. 그렇다면 집주인? 계약 만기까지는 한참 남았는데. 그도 아니라면 선정 씨일까. 내게 주지 않은 열쇠로, 미처 못 챙긴 짐을 가지러 온 걸까. 현관 구석에 흙 묻은 개 발자국이 있었다.

"선정 씨? 선정 씨, 여기 있어요?"

철컥. 욕실 겸 화장실 문이 잠겼다. 쏴아아아. 샤워하는 소리가 들렸다. 그러고 보니, 자세히 생각해본 적 없지만, 이 집은 좁은 평수에 어울리지 않게 욕실이 넓었다. 욕실에는 구겨 넣으면 사람 하나는 충분히 들어갈 만한 욕조도 있었다. 욕조와 바닥의 이음매에 있는 실리콘은 곰팡이 한번 난 적 없이 깨끗했다. 마치 누군가 주기적으로 들러서 청소하는 것처럼.

"선정 씨, 여깄어요?"

욕실에서 나던 물소리가 뚝 그쳤다. 부엌에서는 냄비 안에 물이 보글보글 끓고 있었다. 이제 라면을 넣어야 하는데.

"선정 씨, 혹시 그 안에 있어요?"

욕실 안에서 개가 으르렁거리는 소리가 들려왔다. 욕조 안에서 뽀그르르 기포가 올라오는 소리도 들렸다. 냄비 안의 끓는 물이 졸아들었다.

"선정 씨? 선정 씨?"

열쇠를 가져와서 욕실 문을 열었다. 김이 서려 뿌연 욕실에는 박 차장이 욕조 안에 고개를 처박고 뜨거운 물에 잠겨 있었다. 손이 델 듯 뜨거운 물이 흐르고 있는 샤워기를 잠갔다. 박 차장은 수육처럼 익어서 피부가 벌겠다. 누군가, 선정 씨가, 아니면 만취한 박 차장이, 뜨거운 물로 샤워하다가 발을 헛디뎌서, 아니면 너무 취해서, 욕조 안에서 의식을 잃었는데 그대로 욕조에 잠겨서, 숨이 막혀서, 아니면 사우나를 방불케 하는 욕실 안의 더운 공기 때문에 술에 취한 심장에 무리가 가서, 박 차장의 숨이 끊어졌다. 이것이 공식적인 사인이었다. 아니면 제 발로 집 안에 들어온 박 차장을 선정 씨가, 아니 내가, 아니 선정 씨가, 라면을 끓인다며 펄펄 끓인 물을 끼얹어서 제압했다. 의식을 잃은 화상 환자를 뜨거운 물이 가득 찬 욕조에 담가서 익사시켰다.

욕조 안의 물을 뺐다.

박 차장의 엄지손가락을 잘랐다.

들개가 들어와서 박 차장의 살점을 떼어 먹었다.

뼈에 붙은 살점을 깨끗하게 발랐다.

내장을 파먹었다.

내가 죽인 게 아니다.

나는 아무것도 하지 않았다.

나는 박 차장을 향해 미소 지었을 뿐이다.

박 차장은 욕실에 들어갔다.

개들이 집에 들어왔다.

나는 아무 말도 하지 않았다.

모든 것은 박 차장의 착각이다.

거실의 접이식 테이블에는 수저가 두 벌 놓여 있었다. 혼자 라면을 먹었다. 설거지를 하고 욕실을 치웠다. 손발톱이나 눈썹 같은 자잘한 부속물은 변기에 넣고 물을 내렸다. 피와 땀과 배설물은 배수구로 내려보냈다. 낡은 집치고 수압이 셌다. 혈흔 제거제를 화장실과 집 안 곳곳에 뿌렸다. 얼마 남지 않은 혈흔 제거제 통을 흔들어보았다. 남은 양을 계산했다. 한두 번 정도 더 쓸 수 있었다. 시간이 남아 고기만두를 빚었다. 아주 오래 먹을 수 있겠다. 빈손으로 보내기가 아쉬워서 선정 씨에게 만두를 들려 보내려 했지만 선정 씨는 거절했다. 개가 꼬리를 흔드는 그림자가 보였다.

✧

"안녕하십니까, 좋은 아침입니다!"

아무도 없는 사무실에 들어서서 밝게 웃으며 큰 소리로 인사했다. 나보다 먼저 출근한 김 대리, 이 과장, 정 팀장, 박 차장의 엄지손가락이 마주 웃어주었다. 무표정한 얼굴로 기지개를 켰다. 드라마에서 본 재벌들처럼 다리를 꼬고 발을 책상 위에 올렸다. 텅 빈 사무실에서 만둣국으로 점심을 때웠다. 선정 씨가 앉았던 의지에 누런 개털이 붙어 있었다. 바닥에는 아주 조그만 핏자국이 있었다. 선정 씨는 돌아오지 않을 것이다. 나도 선정 씨처럼 다음에 들어오는 계약직 직원에게 집을 물려주고 인수인계를 해줘야겠지. 뒷산의 개들에게 먹이 주는 걸 잊지 말라고. 나는 출입문과 가장 가까운 자리에서 돌아오는 직원이 있는지 관찰했다.

하는 일이 없어도 시간은 흘렀다. 나에게 일을 던져주는 정규직 직원이 없어도 사부작사부작 내가 할 일을 했다. 혼자 하는 일은 금방 끝났다. 이른 퇴근을 했다. 사무실 바깥은 환했다. 햇살 아래를 걸었다. 통유리로 된 카페 창가 자리에 앉아 지나가는 사람들을 바라봤다. 저녁은 국과 밥 말고 다른 걸 먹어볼까. 카페에서 조각 케이크와 아메리카노를 주문했다. 카페 점원이 날 보고 싱긋 웃은 것 같다. 내가 어제 뭘 하고 오늘 뭘 먹었는지 알고 있는 것처럼.

다음 날 최 과장이 아무 일 없었다는 듯이 지문을 찍고 출근했다. 웃는 얼굴이 아닌 걸 보니 어제 면접에서 떨어졌나 보다. 내가 좋은 아침이라고 인사했는데도 대꾸하지 않았다. 남은 혈흔 제거제의 양을 가늠해봤다. 건장한 성인 남성 하나쯤은 처리할 수 있는 양이었다. 선정 씨는 머릿수를 계산해서 혈흔 제거제를 남겨두었을까. 뒷산의 개들은 모두 몇 마리일까. 어제 우리 집에 들어왔던 개가 집 밖으로 나간 발자국은 없었다. 퇴근 후에 문을 열고 들어가면 개들이 꼬리를 흔들며 맞아줄까. 아니면 경계하면서 컹컹 짖을까. 아니면 내가 먹이를 줄 때까지 얌전히 꼬리를 말고 있을까. 이를 드러내고 으르렁거리며 먹이의 냄새를 좇고 있을까.

"만둣국 같이 드실래요?"

"어, 난 외식. 점심 한 끼라도 각자 따로 먹자. 편하게."

최 과장은 차려진 밥상을 그대로 두고 밖에 나갔다. 갓지은 쌀밥과 따끈한 만둣국과 냅킨을 받친 수저 한 벌이 남았다. 점심시간을 꽉 채워서 돌아온 최 과장은 테이크아웃 커피를 한 잔만 들고 있었다. 내가 계약직이 아니었다면 최 과장은 내 커피까지 사 왔을까.

"혹시 팀장님이 나 찾으시면 잠깐 화장실 갔다고 해줘. 아니, 그냥 잘 모르겠다고 해."

"저, 과장님."

최 과장이 서랍에서 과자를 꺼내 우물거리며 먹었다.

"제가 만약에 인사팀에 상담을 요청하면요. 대리님이랑 이 과장님이 저 성추행하신 거랑 팀장님이 돈도 안 주시면서 식사 준비 시키신 거 과장님께서 증언해주실 수 있으세요?"

최 과장이 커피를 마시며 과자를 꿀꺽 삼켰다.

"그런 건 인사팀에 가져가지 마. 괜한 헛수고야. 계약직 하나 자르면 되는데, 아니 굳이 자르지 않아도 계약 기간 끝나면 나갈 텐데 겨우 그런 거 가지고 사람 불러다 조사한다 만다 시끄럽게 굴겠어? 정 하고 싶으면 부장님한테 얘기해. 그럼 부장님이 불러다 놓고 한번 경고는 해주시겠지. 다 가정 있는 사람들인데 밖으로 새어 나가서 이상한 소문 나게 만들지 말고."

최 과장은 지금 자기가 어떤 시험을 보고 있는지 알까.

"그리고 제발 이런 귀찮은 일에 나 좀 끌어들이지 마. 나 이직할 회사에서 면접 봤어. 아마 지금 평판 조회하는 중일 텐데 조용히, 아무 일 없이 넘어가자고. 내가 회사 인사팀이 면, 괜히 같은 팀 사람들 지적질하면서 팀 분위기 망치는 인간은 안 뽑아."

"어차피 나가실 거, 저 좀 도와주고 나가시면 되잖아요. 평판 조회 끝나면요."

"아니, 대체 뭘 원해? 궁극적으로 원하는 거 말이야. 팀원들이 무릎 꿇고 사과하는 거? 아니면 돈? 얼마 정도면 되겠어?"

"사과도 돈도 안 해주실 거란 거 저도 알아요."

내가 뭘 원하는지 나도 모르겠다. 하지만 아무것도 하지 않으면 안 된다는 건 알고 있었다.

"어, 잠깐만."

최 과장이 핸드폰 화면을 확인했다. 입가가 씰룩였다. 묘하게 기분 좋은 얼굴이었다. 통화 버튼을 누른 최 과장이 급하게 사무실 밖으로 나가면서 내 쪽에 대고 소리쳤다.

"팀장님한테 결재받을 거 있으니까 팀장님 오시면 바로 나한테 연락해!"

최 과장의 등 뒤에서 들개의 그림자가 어른거렸다. 큰 입을 벌리고 뾰족한 이빨을 드러내고 있었다. 어서 빨리 먹이를 달라고 조르는 입이었다. 화장실에 가서 거울을 봤다. 입을 벌려본다. 개의 이빨이다. 흐르는 물에 손을 비벼가며 박박 씻었다. 거울을 깨긴 싫었다. 김 대리 책상 위의 가족사진 액자는 깨봤자 조각이 너무 작을 것 같았다. 부장실로 갔다. 부장님은 점심시간을 넘겨 들어올 모양이었다. 책상 위의 난초 화분을 머리 위로 들어 올렸다. 부장님이 입사하실 때 선물 받아서 옆 팀 계약직 직원이 관리하는 난초였다. 푸른 잎에선 윤기가 흘렀다. 화분에서 손을 놓았다. 화분이 바닥에 떨어져 산산조각 났다. 옆 팀 계약직 직원의 업무 하나를 덜어준 셈이었다. 제일 크고 날카롭게 깨진 조각을 골라 주머니에 넣고 잔해를 치웠다.

회사 근처 약국에서 붕대를 사 왔다. 화분 조각의 손잡이 부분에 감았다. 손을 다치면 혈흔이 생기고, 증거가 남게 된다. 이제 화분 조각을 흉기처럼 휘둘러도 내 손은 다치지 않고 말짱할 것이다. 최 과장이 애타게 찾는 정 팀장은 돌아오지 않을 것이다. 최 과장은 어디로도 갈 수 없게 될 것이다. 붕대를 감던 손을 멈췄다. 최 과장은 아무 짓도 하지 않았다. 밥도 국도 먹지 않았다. 아니다. 최 과장은 아무것도 하지 않았다. 내가 애타게 찾을 때 나를 외면했다.

"팀장님 아직도 안 오셨어? 남은 연차 소진하고 퇴사 절차 밟아야 하는데……."

최 과장은 영원히 이 회사, 이 부서, 이 팀을 떠나지 못할 것이다. 최 과장은 점심시간에 나가서 돌아오지 않았어야 했다. 최 과장은 허리를 숙이고, 등을 굽히고, 고개를 처박고 짐을 정리하고 있다. 최 과장의 뒤로 다가가 목을 그었다. 이를 악물었다. 최 과장은 비명을 지르지도 한숨을 내쉬지도 못하고 조용해졌다. 들개의 그림자가 입맛을 다셨다. 내 자리, 아니 선정 씨의 자리로 돌아가 서랍을 열었다. 혈흔 제거제가 있었다. 최 과장의 자리였던 곳으로 돌아갔다. 개가 혀를 날름거리며 피를 핥고 있었다.

정 팀장에게 결재를 받아야 하는데. 대리 결재라도. 밥과 국이 식어가는 동안 아무도 자리에 돌아오지 않았다. 최 과장을 이 회사에서 치워야 했다. 탕비실에 가서 부엌칼을 가져 왔다. 밥을 짓고 국을 끓이고 그다음은 반찬 준비를 시킬까 봐 미리 가져다 놓은 칼이다. 누가? 선정 씨가?

택시를 불러 최 과장과 함께 집으로 갔다. 정 팀장을 태웠던 그 택시는 아니었지만 절차는 똑같았다. 기사가 욕을 하며 쓰러진 최 과장을 업고 내려가고 최 과장의 카드로 요금을 차고 넘치게 지불하고……. 김 대리, 이 과장, 최 과장, 박 차장, 정 팀장의 엄지손가락도 나와 함께 퇴근했다. 오후 반차를 쓰고 싶지만 결재해줄 팀장이 없었다. 빌라 뒷산에 개들이 흥분해서 울부짖었다.

최 과장을 토막 냈다. 잘 드는 칼을 뼈와 뼈 사이에 넣어 포를 떴다. 뼈와 내장을 개에게 줬다. 살점을 챙겨 집으로 갔다. 근처 마트에 들러서 고급 식재료를 샀다. 오래 먹을 거니까 조금 비싼 것을 사도 되겠지. 개들이 나를 따라왔다.

최 과장의 살점을 냉동실에 넣어두었다가 해동시켰다. 설탕과 와인을 고깃덩이에 부었다. 핏물이 빠졌다. 신문지와 키친타올 사이에 살점을 넣고 힘껏 눌렀다. 양파와 마늘과 통후추를 끓였다. 거기에 간장, 과일즙, 꿀, 와인, 계피를 넣고 또 끓였다. 마치 크리스마스 즈음 뱅쇼를 끓이듯이, 조금 전까지 최 과장이었던 것을 넣고 주물럭거렸다. 어깨를, 손을, 허리를. 양념에 절여진 최 과장을 꾸덕하게 말렸다. 최 과장을 구워서 씹었다. 들개에게 육포를 간식으로 던져 주었다. 개들은 개껌을 씹듯 육포를 질겅거렸다. 화장실과 부엌을 이 과장으로 만든 비누로 닦았다. 그러고 보니 입주할 때부터 혼자 사는 사람의 집에는 어울리지 않는, 곰탕용 솥이 있었다. 세입자들이 이어 써온 날카롭게 날이 잘 선 식칼도, 텅 빈 붙박이장도, 혈흔 제거제도, 백골 사체도, 엄지손가락도, 뒷산을 떠도는 들개들도. 이 자리를 이어온 사람들이 하나씩 자기의 흔적을 남기고 갔다. 나는 잘 마른 육포를 찬장에 넣어두었다.

육포를 씹으며 사골국을 보온병에 담아 엄지손가락들과 함께 출근한다. 선정 씨의 자리에 앉아 11개월의 시간을 보낸다. 자리에 개의 털이 묻어 있다. 김 대리, 이 과장, 최 과장, 박 차장, 정 팀장의 계정을 초기화하고 기본 계정으로 로그인해서 퇴사 처리를 했다. 그 자리는 다른 사람들로 채워졌다. 엄지손가락이 하나씩 버려졌다. 내 손으로 취업 사이트에 11개월짜리 계약직 여직원을 구하는 공고를 냈다. 새로 출근한 계약직 여직원이 씩씩하게 인사했다.

"안녕하십니까, 좋은 아침입니다!"

나는 선정 씨가 내게 해줬듯이 문 근처의 내 자리를 대체할 계약직 여직원에게 업무를 인수인계하고, 집을 넘겨 주고, 뒷산 들개들의 먹이를 부탁하고 떠나야 한다.

붙박이장 속에서 하얗게 마른 백골들을 보았다. 마지막 퇴근하는 길이었다.

.

선생님. 선생님도 제가 미쳤다고 생각하세요?

그와 결혼하지 않겠다고 했을 때 어머니는 제게 미쳤냐고 물었어요. 정확히는 질문이 아니었죠. 어머니는 제가 미쳤다고 확신한 것 같았어요. 결혼 날짜까지 잡은 회계사 남자친구와 헤어진다는 게 그렇게 이해할 수 없는 일인 걸까요? 네? 왜 그랬냐고요? 글쎄요. 저는 역으로 이렇게 묻고 싶네요. 선생님은 걔를 잘 아시나요? 제 전 남자친구 말이에요. 사실 잘 모르시죠?

그러니 묻지 마세요. 어차피 말해줘도 모를 거예요. 지방에 있는 민속학 연구소에서 세 달간 대체 인력으로 일하겠다고 했을 때도 대학원 동기들은 제게 미쳤냐고 반문했어요. 저와 무관한 전공, 무관한 학교에 있는 연구소였으니까요. 연구소에서 일하는 석 달 동안 외진 곳에 있는 고택에서 지내기

로 했을 때는 지영이도 "너 미쳤냐!"리며 소리를 지르더라고
요. 참, 지영이는 제 절친이에요.

　　저는 그 말을 들을 때마다 속으로 열심히 항변했어요.
미치지 않았다고, 나름의 이유가 있었다고 말이에요.

　　지금도 마찬가지예요. 전 미치지 않았어요. 그저 귀신을
보고 그 목소리를 들은 것뿐이에요.

　　○○시에 있을 때였어요. 한국 전통 문화의 수도라는
○○시 있잖아요. ○○시에 있는 300년 된 고택에서, 그 집에
서 귀신을 봤어요.

　　저는 ○○시에 있는 유일한 대학에서, 정확히는 ○○대
학에 있는 민속학 연구소에서 임시 직원으로 일했어요. 텅
빈 연구소를 지켜주는 대체 인력이었죠. 전임교원인 연구소
장이랑 계약직인 연구교수, 그리고 행정 업무를 도맡는 대학
원생 조교까지 출국했거든요. 국제학술 행사에 참석한다는
데……, 석 달이나 진행되는 학술 행사 같은 건 없거든요. 학
술 프로젝트라면 모를까 학술 행사는 며칠이면 끝나니까요.
이해가 가지는 않았지만, 굳이 제 의문을 입 밖으로 꺼내지는
않았어요. 오히려 면접관들의 의구심을 잠재우려고 노력했
죠. 타지에서도 잘 지낼 수 있다고, 절대 중간에 그만두지 않
겠다고 말이에요.

면접이 끝난 뒤에는 ○○대학 옆에 있는 유일한 모텔에서 잠을 잤어요. 그것도 하트 모양 침대 위에 누워서요. 거기는 비즈니스 모텔이 없더라고요. 잠은 푹 잤던 것 같아요. 늦잠을 잤거든요. 잠결에 문자 수신음을 들었어요. 눈이 번쩍 떠지더군요. 저도 모르게 심장이 내려앉는 느낌이었어요. 겁에 질린 거죠. 잠시 후 핸드폰 번호를 바꿨다는 게 생각나더라고요. 바뀐 번호를 아는 사람은 어머니와 지영이 그리고 ○○대학뿐이었고요. 주저하다 손을 뻗어서는 핸드폰을 움켜쥐었어요. 채용 문자가 와 있더라고요. 바로 체크아웃을 한 뒤 근처 부동산을 찾아갔어요. 숙소를 구해야 하니까요. 하트 침대가 있는 러브모텔에서 3개월이나 지낼 수는 없잖아요.

그런데 어디를 가도 단기 임대는 불가능하다고 하더라고요. 대학생을 상대로 연세를 받는 지역이라 1년 계약만 가능하대요. 저는 연세라는 개념도 그때 처음 알았어요. 연세 300이라기에 무슨 소리인가 했죠. 석 달 살려고 1년을 빌릴 수는 없잖아요. 근데 별수 있나요. 그거라도 빌려야지. 단기 임대가 없다는데 어쩌겠어요. 안전한 곳으로 보여 달라고 하니까 부동산 사장이 손사래를 치더라고요. 제가 만족할 만한 집은 없을 거라고, 솔직하게 터놓고 이야기하겠대요. 이 동네 매물은 1학기 시작 전에, 그러니까 주로 겨울에 나온다고, 여름에 나오는 집들은 세입자가 중간에 나간 거라서 문제가 많다고요. 때가 안 맞는 걸 어쩌겠냐면서 꼭 구해야 하는 거면 기준을 좀 낮추래요. 집은 안전해야 하는 거 아닌가요? 그걸 포기한 집이 어떻게 집이냐고요.

어머니가 제게 했던 말이 떠오르더라고요.

나이도 많은데 남자 보는 눈이 너무 높은 거 아니냐. 걔 정도면 괜찮지. 만족할 줄 알아라.

머리가 지끈거렸어요. 초여름이라 더위를 먹은 것 같기도 했고요. 부동산을 나서면서 가방에서 아스피린을 꺼내 입 안에 털어 넣었어요. 시원한 카페로 가서 아이스 아메리카노도 마시고요. 그러니까 좀 나아지는 것 같더라고요. 대신 속이 쓰렸죠. 아침을 안 먹었거든요.

그때 전화가 왔어요. ○○시 지역 번호로요. 전화를 받으니까 여자 목소리가 들리더라고요. 연구소장이었어요. 저보고 방을 구했냐고, 아직 못 구했으면 자기 친척이 소유한 집이 비어 있는데 거기서 지낼 생각은 없냐는 거예요. 300년 된 고택인데 개축을 여러 번 해서 불편하지 않을 거라고, 직접 보고 결정해도 된대요. 뭐라고 답했을 것 같으세요? 당연히 알겠다고 했죠. 바로 택시를 타고 알려준 주소로 향했어요.

택시에서 내리니까 커다란 저택이 보이더라고요. 솟을 대문 보신 적 있으세요? 입구를 행랑채보다 높게 지어서 권위를 드러내는 거거든요. 직접 가서 보니까 웅장하더라고요. 지붕이 저를 내려다보는 것 같다고나 할까요. 여섯 마당에 열두 문으로 이뤄진 아흔아홉 칸 저택이라고 생각하면 된다더니, 확실히 다르더라고요. 그때 제가 무슨 생각을 한 줄 아세요? 여기다 싶었어요. 언제 이런 기회를 얻겠어요. 고택에서 살아보는 거요. 이곳에서 지낸 석 달을 평생 기억하게 될 거라는 예감이 들었죠.

생각해보면……. 그때 예감이 맞았던 거예요.

몇 분 뒤에 검은 세단을 탄 연구소장이 고택으로 왔어요. 제게 집을 안내해주기로 했거든요. 보안 카드로 솟을대문을 열더군요. 아, 솟을대문에는 도어락이 설치되어 있었어요. 검고 동그란 도어락이요. 이 시국에 노비가 있는 것도 아닌데 이리 오너라, 하고 열 수는 없잖아요? 대문을 열고 들어가면서 연구소장이 자세한 상황을 알려주더라고요. 원래는 자기가 평일마다 머물렀대요. 친척들이 관리를 떠맡겨서요. 집을 비워두면 폐가가 된다고, 사람의 손길이 닿아야만 집이 되는 거라나?

그러니까…… 그분은 면접 때 연구소 대체 인력만 구했던 게 아니었어요. 자기 대신 고택을 관리할 사람도 찾았던 거죠.

연구소장도 안전을 중요시하는 분이었어요. 문이 총 열두 개 있는데 중문에도 도어락을 달아놨더라고요. 그냥 도어락도 아니고, 매번 디지털 숫자가 다르게 형성되는 제품 있잖아요. 그건 도어락에 남은 지문을 확인해도 비밀번호를 유추해낼 수 없거든요. 저는 그곳이 더더욱 마음에 들었어요. 그때 제게 안전만큼 중요한 것도 없었거든요. 곳곳에 CCTV를 달아나서 앱에 로그인만 하면 내부는 물론 외부까지도 확인할 수 있다는 말에 무조건 여기서 지내야겠다고 결심했어요. 대학 주변 원룸과는 비교도 할 수 없었죠.

예전에……, 예전에 제 친구가요. 이런 일을 겪은 적이 있거든요. 현관문을 열고 자취방으로 들어가는데 누가 휙 하고 따라 들어오더래요. 문을 막고 있으니 밖으로 도망칠 수도, 몇 평도 안 되는 원룸 안으로 도망칠 수도 없잖아요. 몸은 냉동창고에 놓인 것처럼 덜덜 떨리고, 마음은 살얼음판을 걷는 것 같았대요. 그 사람은 그냥 서 있었어요. 아무 말도 하지 않고요. 말을 걸지도 다가오지도 않았지만, 친구는 매분 매초 지옥을 겪었어요. 밤새도록요. 아침이 되니까 제 발로 나가더래요. 그때 제가 무슨 생각을 한 줄 아세요? 운이 좋았구나, 정말 다행이다. 이렇게 생각했어요. 길을 가다가, 집에 들어가다가 그런 사람을 만날 가능성은 얼마든지 있잖아요. 하지만 그렇게 무사히 풀려나는 경우는 거의 없죠.

그래서 그곳을 거절할 수 없었어요. CCTV로 사방을 수시로 확인할 수 있고, 문 앞에서 움직임이 감지되면 자동 녹화도 된대요. 혹시라도 문이 열리면 핸드폰에 알림도 오고요. 누군가가 문을 열려고 시도했다가 실패해도 알림이 온다고 하더라고요. 앱이나 긴급 벨로 신고도 할 수 있고요. 어떻게든 이 기회를 붙잡아야겠다는 생각이 들었어요. 사실 가격도 나쁘지 않았죠. 한 달에 50이었거든요. 그것도 관리비까지 포함해서요.

그때가 5월 중순이니까 근무를 시작하려면 2주 정도 남았을 때거든요. 여기서 지내고 싶다고 하니까 언제 이사 올 거냐고 묻더라고요. 빨리 내려와도 된다고, 자기가 쓰는 사랑채 누마루 방 빼고는 다 비어 있대요. 그래서 대뜸 오늘부터 지내고 싶다고 그랬어요. 연구소장이 알겠다면서 깔깔 웃더라고요. 저는 안채 안방을 골랐어요. 가장 안전해 보였거든요. 깊숙한 곳에 있으니까요.

툇마루에 걸터앉아 지영에게 전화를 걸고는 주소를 알려줄 테니 택배로 짐을 보내달라고 했어요. 처음에는 미쳤냐며 소리를 지르더니 제가 여기 상황을 설명하니까 혀를 쯧쯧 차면서 알겠다고 하더라고요. 그때 이런 말도 해줬어요. 하긴 그 미친 새끼한테서 벗어나려면 너도 미친년이 되어야지, 라고요.

그 뒤로는 연구소장의 얼굴을 본 적이 없어요. 사랑채와 안채가 연결되어 있기는 하지만, 미닫이문으로 막아놔서 마주칠 일이 없었거든요. 같이 지냈던 기간도 일주일 정도고요. 연구소장은 종강을 일찍 해서 일주일 뒤에 서울로 올라갔어요. 가기 전에 전화로 그러더라고요. 사랑채 옆에 서고가 있는데, 이 집 아들이 책을 가지러 오기도 한다고요. 혹시 누가 들어와 서고로 가면 책 가지러 온 거니까 걱정하지 말래요.

제가 불안해한다는 걸 눈치챈 것 같았어요. 그러니까 그런 말을 해준 거겠죠? 그 뒤로는 고택에서 혼자 지냈어요. 편하더라고요. 몸도 마음도요. 안전하고 온전한 나의 집이잖아요.

　마음이 편안해지니 집을 둘러보고 싶었어요. 사랑채 쪽은 가지 않았어요. 거기는 다른 사람의 공간이잖아요. 안채 뒤에 담이 있는데 그 뒤에도 건물이 있거든요. 그 집에서 유일하게 옛 모습으로 남은 곳이에요. 별당채인 줄 알았는데, 반빗간이라고 하더라고요. 궁궐로 따지면 소주방이라고 할까요. 그때는 그곳을 자주 찾았어요. 그곳에 있으면 다른 세상에 있는 것 같았거든요. 앉아서 넋을 놓곤 했죠.

　나중에 사고만 치지 않았어도 자주 머물렀을 거예요. 부엌 선반에 머리를 부딪쳐서, 선반 위에 놓여 있던 쌀 항아리가 깨졌거든요. 뭐라더라…… 아, 시렁. 시렁이라고 하더라고요. 시렁 위에 엄청 오래된 항아리들이 있었는데, 그중 하나가 떨어졌어요. 항아리는 산산조각 났지, 누런 쌀은 알알이 쏟아졌지, 큰일 났다 싶었죠. 연구소장에게 연락하니까 그런 게 있는 줄도 몰랐다면서 잘 치워서 버리면 된다고, 신경 쓰지 말라고 하더라고요.

　그래도 미안하잖아요. 함부로 망가뜨린 거니까요. 그래서 학교 근처에 있는 상점에 가서 작은 항아리를 사 왔어요. 국밥집 가면 흔히 보이는, 테이블 위에 놓인 김치 담는 항아리 같은 걸로요. 깨진 항아리에 묵은쌀이 담겨 있던 게 생각나서 쌀도 넣었어요. 시렁 위에 항아리를 얹으면서 보니까 다른 항아리들 위에도 먼지가 쌓였더라고요. 겸사겸사 반빗간 청소를 했어요. 환기도 시키고, 바닥도 쓸고, 항아리들도 깨끗하게 닦아줬죠. 그거라도 해야 덜 미안할 것 같더라고요. 그 뒤로 호기심은 접어두고 방에만 머물렀어요.

두 달 정도는 정말 평화로웠어요. 시간이 가는 게 아쉬울 정도로요. 그런데 일상이라는 게 시렁 위에 놓인 항아리보다 약해서 아주 작은 일 하나로도 쉽게 깨질 수 있더라고요.

어느 날 밤에 알림이 왔어요. 누가 문을 열려고 했대요. 게이트 4. 서고 앞쪽에 있는 문이었는데, 그 문은 중문이 아니라서 외부와 이어지는 문이거든요. 중문이어도 문제였겠지만요. 그건 대문을 넘었다는 거잖아요. 그날 밤, 저는 한숨도 못 잤어요. 핸드폰만 들여다봤죠. 누가 들어오려고 하는 건지, 못 들어오는 게 맞는 건지, 꼭 알아야 했으니까요. 그런데 화면에 아무것도 안 잡히는 거예요. 정말 아무도 없었어요. 혹시 누군가가 저택을 맴돌고 있을까 봐 다른 CCTV까지 다 확인했거든요.

다음 날 아침까지 저는 한숨도 못 잤어요. 출근길에도 얼마나 전전긍긍했는지 모르실 거예요. 쉴 새 없이 주변을 두리번거리고, 작은 소리에도 소스라치게 놀랐어요. 출근은 했지만, 오전 내내 일을 못 했죠. 집중이 안 되더라고요. 아까 말씀드렸던가요? 움직임이 포착되면 자동으로 녹화가 된다고요. 녹화 영상 목록을 쭉 훑어보는데 어젯밤에 게이트 쪽에서 녹화된 게 없더라고요. 그럼 둘 중 하나잖아요. 센서가 고

장 나서 누군가 왔는데도 녹화되지 않았거니, 알림 자체가 잘
못 온 거거나. 이거나 저거나 다 불안하더라고요.

그나마 위안이 되었던 건, 제가 여기 있는 걸 아는 사람
이 지영이 한 명뿐이라는 거였어요. 대학원 사람들도 제가 어
느 학교 무슨 연구소에 있는지는 몰랐거든요. 자세히는 말을
안 해줬어요. 전공과 무관한 분야를 연구하는 곳이라고만 했
죠. 민속학 연구소는 전국에 몇 개 없어서 쉽게 저를 찾아낼
수 있거든요. 누군가 학과 사무실에 전화해서 박사생인 누구
누구의 연락처를 알려달라고 하거나 요즘 뭘 하고 있는지 물
어보면, 대학원생 조교들이 별생각 없이 답해줄 수도 있잖아
요. 그게 한 사람의 삶을 송두리째 뒤흔들 수도 있다는 걸, 사
람들은 잘 모르더라고요.

방학에는 연구소도 단축 근무를 해요. 오후 세 시에 공
식 업무가 끝나서 보통은 해지기 전에 집으로 돌아갔죠. 저
는 연구소장이 빌려준 자전거를 타거나 걸어서 출퇴근했어
요. 하루는 전임 연구소장이라는 사람이 와서 아주 당당하게
일을 시키더라고요. 연구실에 있는 복합기로 책을 스캔하라
고요. 어느 과 교수인지는 모르겠지만, 보직이 바뀐 거면 제
가 일하는 연구소와도 무관한 사람이잖아요. 금요일이었는
데 다음 날 아침까지 메일로 스캔본을 보내라면서 책을 툭

던져주고 가버리는 거 있죠. 토요일 출근을 할 수는 없으니 그날 다 끝내고 가야 했죠. 백중일인지 중원절인지, 죽은 이의 혼을 불러 대접하는 민속 명절에 관한 책이었는데 분량이 2000페이지나 되었어요. 어쩌겠어요. 시키니 했죠. 일을 다 끝내니까 오후 일곱 시더라고요. 학생 식당에서 저녁을 먹은 뒤 고택까지 걸어갔어요. 하필이면 자전거를 타고 오지 않은 날이었거든요.

그날따라 오가는 사람도 안 보이더라고요. 원래는 사람이 좀 많거든요. 으슥한 밤길을 걸으니까 무서웠어요. 전날에 겪은 일도 있으니까요. 지영에게 전화를 걸었어요. 이런저런 수다를 떨면서도 수시로 주변을 확인했죠. 그거 아세요? 밤길을 혼자 걸을 때는 음악도 잘 못 들어요. 누구랑 통화하면서 걸어도 꼭 주위 소음에 신경을 집중해요. 저도 20대 초반까지는 안 그랬거든요? 근데 밖에서 10년 넘게 자취하니까, 그렇게 되더라고요.

고택에 도착한 뒤 가방에서 보안 카드를 꺼냈어요. 카드를 솟을대문 도어락에 대려는데 누가 절 부르는 소리가 들렸어요. 핸드폰에서 나는 건 아니었어요. 저와 통화를 하고 있던 지영이의 목소리도 아니었고요. 물속에서 들리는 것처럼 먹먹한…… 귀를 막고 듣는 것 같기도 했는데……. 또렷하게 들리지는 않았지만, 분명 제 이름이었어요. 화들짝 놀라서 뒤를 돌아보았죠. 근데 아무도 없더라고요.

꺼림칙했어요. 빠르게 안으로 들어가 문을 닫은 뒤 저도 모르게 문빗장을 옮겼어요. 안으로 들어올지도 모른다, 어떻게든 문을 잠가야 한다, 그런 생각이 들더라고요. 공포에 휩싸였던 거죠. 그런데 문이 덜컹했어요. 문이 잠기기 전에 누군가 열려고 했던 거예요. 그때 제가 얼마나 놀랐는지, 선생님은 모르실 거예요. 문빗장이라도 옮기지 않았더라면, 대문이 끼익 소리를 내면서 열렸을 테니까요. 그리곤 안으로 들어왔겠죠. 저는 문고리를 붙잡고 어떻게든 닫으려고 노력했어요. 아귀가 안 맞으면 자동으로 잠기지 않잖아요. 3초. 그 정도 걸렸던 것 같아요. 문이 잠기는 데 그 정도 걸렸는데……그렇게 긴 3초는 제 인생에서 처음이었어요.

그제야 지영의 목소리가 들리더라고요. 핸드폰에서요. 제 목소리가 안 들리고 이상한 소리만 들리니까 놀란 것 같았어요. 울면서 소리를 지르더라고요. 너 이 새끼, 털끝 하나라도 건드리면 가만 안 둘 거야. 내가 벌써 경찰에 신고했어! 그 말을 들으니까 왜 눈물이 핑 도는지. 지영에게 괜찮다고, 집에 안전하게 들어왔다고 했어요. 나중에 다시 전화하겠다고, 걱정하지 말라고요. 전화를 끊고 액정을 확인했어요. 게이트 1이 열렸다는 알림을 지운 뒤 CCTV를 보니까…… 대문 밖에 아무도 없더라고요. 마지막으로 녹화된 영상은 30초 전이었어요. 재생 버튼을 누르니까 대문으로 다가오는 제 모습이 보였어요. 혼자 걸어오다가 대문 앞에 서서 뒤를 보고는 다급하게 문을 열어 안으로 들어갔죠.

그게 다였어요.

제 뒤를 따라온 이는, 문을 열려고 했던 이는 그곳에 없었어요. 처음부터요. 처음부터 저만 있었던 거예요. 그런데 문은 왜 흔들렸던 걸까요?

그때는 몰랐지만, 지금은 알아요. 전 귀신과 마주쳤던 거예요.

놀란 가슴을 진정시킨 뒤 안마당에 들었을 때였어요. 누군가 마당 한가운데에 서서는 달을 보고 있었어요. 목에서 갈라진 숨소리가 나왔어요. 너무 놀라서 소리를 질렀는데, 목소리가 나오지 않았거든요. 핸드폰에 알림이 오지 않았어요. 다른 문이 열렸다는 알림이요. 그러니까, 누가 있으면 안 되는 거잖아요. 원래부터 누가 있었다면 모를까……. 머릿속이 새하얘지고 호흡이 가빠졌어요. 그때 안마당에 달빛이 들어찼어요. 시야가 밝아지면서 그 사람의 모습이 또렷하게 보이더라고요. 젊은 청년이었어요. 20대 초반 정도 된. 저는 그대로 주저앉았어요. 긴장이 흩어지면서 다리 힘이 풀렸던 거예요.

왜냐고요? 그 사람이 책을 한가득 들고 있었거든요.

연구소장이 말했던 이 집 아들이었던 거죠. 괜찮냐고, 자기 때문에 놀란 거냐고, 미안하다고 하더라고요. 서고에 책을 가지러 왔다가 사랑채를 통해 인채로 넘어왔대요. 두 별채는 내부가 연결되어 있거든요. 안도감과 함께 다시 경계심이 일었어요. 사랑채 옆에 있는 서고에서 책만 가지고 나가면 되는데, 굳이 안채까지 올 필요는 없잖아요? 안마당에는 어쩐 일이냐고 물으니까 반빗간에 놓인 단지들을 확인하러 왔대요. 네, 맞아요. 제가 깬 그 항아리요. 갑자기 할 말이 없더라고요. 지은 죄가 있으니까요. 그래도 경계심은 그대로였어요. 대문이 열렸다는 알림은 받은 적이 없었거든요.

어떻게 들어오신 거냐고 물어보니까 겸연쩍게 웃으면서 뒷문으로 들어왔다고 하더라고요. 서고 뒤쪽에 있는 문은 센서가 고장 나서 알림이 안 간대요. 이렇게 놀랄 줄은 몰랐다고 사과를 하더라고요. 이곳에 들를 때마다 인사하기가 뭐해서 일부러 그 문으로만 다녔대요. 연구소장을 불편해하는 것 같았어요. 이유는 알 수 없지만요.

그때 다시 핸드폰이 울렸어요.

알림이었죠. 또 문을 열려고 한 거예요. 이번에는 게이트 4였어요. 핸드폰을 들고 있는 손이 덜덜 떨리더라고요. 게이트 4는 사랑채에 있는 문이에요. 사랑채에는 문이 두 개 있는데 하나는 서고 뒤쪽에, 다른 하나는 서고 앞쪽에 있거든요. 게이트 4는 서고 앞쪽에 있는 문이죠. 어제 알림도 그 문이 움직여서 울린 거였잖아요. 게이트 5는 제대로 잠겼을까? 문뜩 그 생각이 들더라고요. 그것이 안으로 들어올지도 모르니까요. 그때 정말 그렇게 생각했어요. **누가가 아니라 그것이**

라고요. 그게 사람이 아니라는 걸 본능적으로 깨달은 것 같아요. 문을 확실히 잠갔냐고 물어보자 청년이 왜 그러냐고 하더라고요. 문이 잠긴 걸 확인했다는 답을 들었지만, 저는 안심할 수 없었어요.

당장 사랑채로 달려갔어요. 안채와 사랑채를 이어주는 일각문을 힘껏 열고, 사랑 마당을 가로질러 서고 뒤쪽으로 달려갔죠. 문은 잠겨 있었어요. 안전하게 말이에요. 알림은 여전히 울리고 있었지만요. 그것은 안으로 들어오지 못했어요. 핸드폰으로 CCTV를 확인하니 텅 빈 화면만 보이더라고요.

이걸 누구에게 말해야 하지? 경찰에 신고할까, 아니면 경비업체에 말할까.

고민도 잠시였죠. 곧 웃음이 나왔어요. CCTV에도 잡히지 않는 이상한 존재가 집에 들어오려고 해요, 어서 와서 도와주세요. 이런 말을 하는 사람을 누가 도와주겠어요. 아무도 도와주지 않아요. 멀쩡히 살아 있는 사람이 남의 집에 침입해도, 누가 죽어나간 게 아니면 신경 쓰지 않거든요. 제가 시체로 발견되지 않는 이상, 누구도 제 말을 들어주지 않을 거예요.

아, 이것도 아니네요. 죽은 이는 말을 할 수 없으니까요.

그래서 웃었어요. 울음이 나오지 않고 웃음이 나왔으니까요. 미친년처럼 한참을 웃었죠.

그런데 세상일이라는 게 진짜 알 수가 없더라고요. 그 사람은 믿어줬어요. 어느새 다가와 무슨 일이냐고 묻더니 두서없이 늘어놓는 제 말을, 그 정신 나간 이야기를 그는 귀 기

울여 들어줬어요. 지영이처럼요. 그때 제가 얼마나 큰 위안을
받았는지, 선생님은 모르실 거예요. 네? 맞아요. 지금도 제
이야기를 들어주고 계시죠. 근데…… 듣기만 하시잖아요. 안
믿잖아요. 그건 듣는 게 아니에요. 말을 듣는 게 아니라 소리
를 듣는 거죠.

그래요. 다시 그때 이야기를 할게요.

그는 저를 행랑채에 있는 방으로 데려갔어요. 커튼 사이
로 유리창 너머를 보라고, 귀신인지 아닌지 직접 확인하라고
했어요. 귀신. 그 말을 듣는 순간, 저거구나 싶었어요. 그건
귀신이었던 거예요. 그러자 용기가 생겼어요. 최소한 제가 무
엇을 마주하고 있는지는 알고 있는 거잖아요. 창문 끝에 몸을
감추면서 밖을 보았어요. 뭐가 보였냐고요? 처음에는 아무것
도 보이지 않았어요. 입구를 환히 비추는 야외 등과 빛을 보
고 달려드는 벌레들, 바람 한 점 불지 않는 무더운 여름밤과
무성한 잎으로 달빛을 막는 나무들만 보였어요.

아무것도 없다고 말하려는데 그 사람이 쉿, 하면서 어딘
가를 가리켰어요. 저 또한 고개를 돌려 그곳을 보는데…… 새
카만 그림자가 보이더라고요. 문 바로 앞에요. 야외 등 빛 때
문에 생긴 그림자인 줄 알았는데 사람 모양이었어요. 근데 그
모습이, 그림자일 뿐인데도, 보는 순간 개라는 걸 알 수 있었
어요. 심장이 얼어붙고, 온몸에 핏기가 가시더군요. 이는 딱
딱 소리를 내면서 떨렸고요.

그와 동시에 시야가 검게 물들었어요. 제가 정신을 잃었거든요.

✧

눈을 뜨니까 제 방 안이더라고요. 상반신을 일으키니 살짝 열린 문 사이로 그 사람이 대청마루에 앉아서 책을 읽는 게 보였어요. 태연하게 말이에요. 고개를 돌려 시계를 확인했어요. 시침이 2와 3 사이에 있더군요. 정신을 몇 시간 정도 놓았나 봐요. 작은 탁자 위에 제 가방과 핸드폰이 놓여 있기에 전화를 집어 들었어요. 알림은 오지 않았더군요. 그것이 안으로 들어오지 못한 거예요.

안도의 한숨을 토해낸 뒤, 일어나서 문을 드르륵 열었어요. 그 사람이 고개를 들어 저를 보더니 책을 한 권 주더라고요. 읽어보래요. 책은 무슨 책이에요. 제가 책이나 읽게 생겼어요? 어이가 없어서 말문이 다 막혔죠. 근데 그 사람 눈빛이…… 눈이 마주치는 순간 이걸 꼭 읽어야 한다는 외침이 머릿속에서 울렸어요. 어느 순간 제 손에 책이 들려 있더라고요. 홀린 듯 책을 읽었죠.《기문총화(記聞叢話)》라고 들어보셨어요? 나중에 찾아보니까 조선 후기에 편찬된 설화집이더라고요. 그가 보라고 했던 부분이, 그 내용이 아직도 또렷하게 기억나요.

원주에 사는 한 인삼 장수의 어머니 이야기였어요. 그녀는 스무 살에 아들을 낳고 과부가 되었는데 어느 날 남귀(男鬼)가 찾아와 자기가 이 집 가장이라고 했대요. 그러고는 그녀를 강간했죠. 그녀는 귀신을 막을 수 없었어요. 고통스러울 뿐이었죠. 귀신은 매일 밤 찾아와 그녀를 범하고는 금은보화를 남기면서 떠났어요. 여기까지 읽자 불쾌하더라고요. 이걸 왜 읽으라는 건지, 그 저의가 의심스러웠어요. 제 속내라도 읽었는지 그 사람이 끝까지 보라고, 그럼 자연스레 알게 될 거라는 거예요. 그래서 마저 읽었죠…….

하루는 그녀가 세상에서 가장 무서운 게 뭐냐고 남귀에게 물었대요. 귀신은 노란색이라고 답했어요. 그래서 그녀는 집 안을 온통 노랗게 칠했어요. 귀신을 쫓으려고요. 그러자 더는 귀신도 그녀의 집을 침범할 수 없었어요.

그때 제 머릿속에 있는 어떤 끈이 툭 끊어지는 것 같았어요. 가슴이 두방망이질하며 쿵쿵 뛰고, 뜨거운 피가 온몸으로 퍼졌어요. 공포 영화 보신 적 있으세요? 무서운 괴물을 피해서 도망만 치던 여자주인공이 어느 순간 도끼를 들고 괴물을 공격하잖아요. 극한의 공포에 사로잡히면 두려움이 다른 감정이 되거든요. 분노가 되는 거죠. 저도 그랬던 것 같아요. 더는 걔가 무섭지 않았어요.

그런데 있잖아요…….

그 책 말이에요. 국역본이 아니었어요. 한문으로 적힌 책이었죠. 저는 한문을 전혀 몰라요. 근데 그 책을 어떻게 읽었을까요?

◇

그날 어떤 일이 있었냐고요?

저는 현관 앞에 쭈그리고 앉아 숨도 쉬지 못했어요. 걔가 또 찾아왔거든요. 아무것도 할 수 없었어요. 신고도 못 하겠더라고요. 연애할 때 찍은 사진 몇 장만 보여줘도, 사랑싸움인 줄 알고 가버리거든요. 다들 걔 말만 믿었어요. 사랑싸움이라니.

쾅쾅. 문 열어! 안에 있는 거 알아! 문 안 열어? 내가 미안하다고 했잖아! 왜! 시발, 왜 사과를 안 받아주냐고! 쾅쾅.

목소리가 복도에 쩌렁쩌렁 울렸어요. 손바닥으로 귀를 틀어막았죠. 아무 소리도 듣고 싶지 않았어요. 그렇게 얼마나 있었는지 모르겠어요. 공포에 휩싸이면 시간 감각도 없어지거든요. 일각이 여삼추라는 말 아세요? 무언가를 애타게 기다릴 때 쓰는 말이거든요. 무서울 때도 비슷하더라고요. 시간이 빨리 지나가기를 얼마나 바라게 되는지, 그 바람이 얼마나 매정하게 저를 배신하는지 선생님은 잘 모르실 거예요.

갑자기 문 두드리는 소리가 멎더니 뭐라고 중얼거리는 소리가 들렸어요. 뭐라고 했냐고요? 모르겠어요. 저는 귀를 막고 있었잖아요. 잘 들리지 않았어요. 손을 떼고 바깥에서 나는 소리를 들어볼까 했지만, 문고리가 돌아가면서 문이 덜컹거리는 거예요. 서는 두려움에 휩씨여 더 세게 귀를 틀어막았어요. 귀가 먹먹해질 정도였죠. 어렴풋이 개 목소리가 들렸어요. 그때는 그럴 리 없다고 생각했는데, 살려달라고 했던 것 같아요. 제 이름을 부르면서 저를 찾았어요. 물속에서 들리는 것처럼 희미한 목소리로요. 저는 계속 귀를 막으며 못 들은 척했어요.

왜 그랬냐고요? 무서웠으니까요. 개는 항상 그런 식이었거든요. 불길을 내뿜으며 화를 내다가도 눈물을 쏟아내며 제게 빌었어요. 다시는 안 그러겠다고, 이번이 마지막이라고 말이에요.

마지막은 없었어요. 마지막의 탈을 쓴 다음만 있었죠.

그래서…… 아무것도 못 들었어요. 듣고 싶지 않았으니까요.

다음 날 아침, 급하게 짐을 싸고는 외시경으로 밖을 확인했어요. 아무도 보이지 않더라고요. 남들이 보기에는 평범한 직장인이거든요. 정시에 출근하는 직장인 말이에요. 제게는 다행인 셈이죠. 며칠 내내 문 앞을 지켰다면, 저는 도망도 못 갔을 테니까요. 짐 가방을 들고 나간 뒤 그길로 지영이네 집으로 갔어요. 제가 직접 보고 들은 건 여기까지예요. 그리고 개가 말해준 건…….

그날도 자기를 피해서 화가 났대요. 어떻게 그럴 수가 있냐, 자기가 사과도 하고 직접 찾아도 왔는데, 뭐 그런 이야기를 하더라고요. 개는 죽어서도 그게 억울했나 봐요. 현관문

앞에서 한참 난리를 피웠는데 바로 옆집 사람이 나와서는 조용히 하라고 그랬대요. 소리 지르면서 위협했으면 걔도 바로 떠났을 텐데, 좋게 좋게 이야기했나 봐요. 걔는 전형적인 강약약강이라 그러면 더 안 듣거든요. 그러다가 싸움이 커졌고, 옆집 사람이 칼까지 들고나온 거죠.

그걸 어떻게 아냐고요? 방금 말씀드렸잖아요. 걔가 말해줬다니까요.

그날요. 제가 더는 두렵지 않았다고 했잖아요. 아뇨. 그날 말고요. 다른 그날 말이에요. 제가 한문책 읽은 날이요. 그날 걔랑 대화를 나눠야겠다고 결심했어요. 세상에서 뭐가 제일 무섭냐고 남귀에게 물어봤던 그 여자처럼 말이에요. 걔가 살아 있는 사람이었다면, 저도 그런 용기를 내지 못했을 거예요. 근데 걔는 죽었잖아요. 노란색이 무서워서 도망가버린 남귀처럼 말이에요. 사람은 사람을 죽일 수 있지만, 귀신은 사람을 죽일 수 없거든요. 전 귀신은 무섭지 않아요. 사람이 무섭죠.

그 뒤로 어떻게 되었냐고요?

걔는 입을 굳게 다물고는 밤새도록 저를 보았어요. 제가 입을 열고 말을 뱉어주기만을 기다리는 것처럼 말이에요. 맞아요. 그걸 바랐던 거예요. 그래서 저를 다시 찾아왔던 거겠죠. 그날 일을 경찰에게 말해달라고, 범인을 잡아달라고 말이에요. 선생님께 제가 아는 걸 다 말했으니 다시는 저를 찾아오지 않겠죠. 이번에는 진짜 마지막이 될 거예요.

날이 환히 밝자 걔도 더는 보이지 않았어요. 주저 없이 몸을 돌려 안채로 갔어요. 집주인 아들이…… 보이지 않더라고요. 그사이 집에 갔나 싶었어요. 핸드폰을 확인하니 게이트 4가 열렸다는 알림만 있고 다른 알림이 없더라고요. 서고 뒤쪽 문인 게이트 5는 센서가 고장 났다고 했잖아요. 그 문으로 나갔다면 제게 알림이 오지 않겠죠. 그래서 안채에 설치된 CCTV 영상을 봤어요. 내부에서도 움직임이 감지되면 녹화가 되거든요. 안채 안방에는 CCTV가 없지만, 대청에는 있어요.

그런데 이상한 게 녹화되었더라고요. 저는 분명 기절했는데, 그래서 청년이 절 안채로 데려다줬는데……. 제가 멀쩡히 걸어서 들어오더라고요. 그것도 혼자서요. 고택 안 구석구석을 돌아다니면서 이상한 행동도 했어요. 뭘 했느냐고요? 반빗간에 있는 항아리들을 챙겨 와서는 다른 곳으로 옮기더라고요. 화장실에도 두고, 주방에도 두고요. 어디서 사다리까지 가져와 대들보로 올라가서는 그 위에 항아리를 놓았어요. 서고에 가서 책도 읽고요. 그렇게 몇 시간을 보내다가 제 방으로 돌아가더니 자리에 눕더라고요. 그때부터는 제 기억과 비슷해요. 몸을 일으켜 탁자 위에 놓인 핸드폰을 집어 들고, 안방 문을 열어 대청마루로 나갔죠. 하지만 청년은 없었어요. 텅 빈 대청마루에 저 혼자 서 있더라고요.

그때 깨달았어요. 또 귀신을 봤다는 걸요. 그 뒤로 인터넷에서 이런저런 검색을 했어요. 그거…… 신을 모시는 단지더라고요. 제가 깨뜨린 항아리요. 주방에 놓인 건 조왕신, 화장실에 놓인 건 측신, 대들보에 놓인 건 성주신을 모시는 단지인 거죠.

제가 새로 장만했던 항아리는 대들보 위에 놓여 있었거든요. 성주신을 모시는 성주 단지였나 봐요. 제가 항아리를 깨뜨리기는 했지만, 성주 단지도 새로 준비하고 반빗간 청소도 했잖아요. 그래서 성주신이 제게 나타나 제 이야기를 들어주셨던 건 아닐까요?

그날 저는 귀도 보고 신도 보았던 거예요.

역시 안 믿으시네요. 솔직하게 이야기해달라고 하셔서 말해드린 건데.

저 안 미쳤다니까요?

그 애가 그림처럼 감고 있던 눈을 떴을 때, 상투적인 표현이지만 가슴이 철렁했다고밖엔 못 하겠다. 정말 그랬으니까.

아스팔트 도로로 세차게 내던져진 듯이 아프던 그날의 심장이, 살인 시도를 들켜서 그런 게 아니었단 걸 깨달은 건…… 더 먼 훗날의 이야기이고.

그 순간, 그 애의 목에 두른 내 열 손가락 하나하나에 힘을 주다가 풀어버린 그때엔 오직 그 생각만이 머릿속에 가득했다.

'이거', 어떻게 죽이지?

"이거, 편의점에 가서 공병 좀 바꿔와주라. 나 지금 머리

안 감아서 나갈 수가 없네. 그리고 한 병 사다 줘."

남편이 맥주병 두 개를 내밀었다. 나는 비어져 나오려는 웃음을 감추기 위해 고개를 숙였다.

남편은 술이 약했다. 소주 두 병도 아니고 맥주 두 병을, 실직한 가장의 아픔을 곱씹겠답시고 깡으로 마신 것이다. 웃을 상황이 아니지만 웃음이 났다. 마신 것은 남편인데 내가 대신 취한 것처럼 현실 감각이 하나도 없었다. 그저 무한히 태클을 걸고 싶었다. 공병 팔아 부자 되게? 술을 안 처먹었으면 그만큼 돈을 아꼈을 것 아니야. 머리는 시발, 지금 당장 감으면 될 것을 염병을 떤다. 너 몇 달 뒤에 아빠가 된다는 자각이 없냐? 네가 그러고도 목사 아들놈이야?

꾸역꾸역 말을 토해내는 대신, 나는 술병을 받아든다. 수십 년 전 문학에나 나올 법한 장면이 머릿속에 그려진다. 술을 더 사오라고 행패를 부리는 남편과 고분고분 시중들어 주는 아내…… 별로 좋은 그림이 아니다. 적어도 내가 좋아하는 그림은 아니다.

나는 잠시 술병 모가지가 부서져라 움켜쥐어 보았다. 이걸로 눈앞의 새끼 머리를 후려 팰까. 그러나 배 속 아이 정서에 좋지 못할 것 같아 참기로 했다. 스트레스 받는 것도, 다 태교에 좋지 못할 터였다. 나는 고개를 들었다.

"오빠 나흘째 머리 안 감았다. 나 편의점 다녀올 동안 좀 씻어."

그렇게 말하며 웃자, 남편이 시뻘게진 얼굴로 히히 웃었다. 나는 더 크게 웃었다.

망했구나, 나는.

정말 좆같이 망했다.

떠올려본다. 흰 종합장에 예수님을 그리고, 배경으로 에덴동산을 그려 칭찬을 받던 시절을. 적당히 데워진 욕조 물에 온몸을 맡긴 것처럼 안온하다 느낀 날들을.

언제부터 망가진 거지?

"영상 잘 봤죠, 여러분? 복음의 새순이 이렇게 무서워요. 다들 설교 시간에 졸지 말고, 공과 공부 시간에도 장난만 치지 마. 그러다 교회에 잠입한 복음의 새순 신자들이 여러분 꾀어내면, 평소에 성경 공부 열심히 안 하던 여러분은 '어? 목사님, 전도사님이랑 별로 다른 말 하는 것 같지 않은데?' 하면서 어어, 하는 사이에 이단이 지껄이는 말들에 정신 쏙 빠진다고. 그러면 어떻게 되는 줄 알아요?"

전도사가 오른 손날로 왼손바닥을 탁, 쳤다.

"지옥 가는 거야."

정지 화면 속의 여자아이는 무어라 말하려던 입을 다물지 못한 채로 굳어 있었다. 빈말로라도 못생겼다 하기 힘든 애였다. 피부가 눈처럼 하앴다.

아, 이단 사이비들은 저렇게 생겼구나. 나는 정신없이

그 애를 바라보았다. 째려본다고 생각하면서. 한 남자아이가 손을 들었다.

"근데요, 복음의 새순인지 아닌지 어떻게 알아요?"

"학생 이름이…… 정사무엘, 맞죠? 질문 잘 했어요. 이따 끝나고 5달란트 줄 테니 앞으로 나와요."

나는 남자애가 부러워졌다. '달란트'라고 코팅된 색종이를 모으면 계절마다 교회에서 열리는 달란트 시장에서 물건을 살 때 쓸 수 있었다. 그리고 달란트 시장에서 5달란트란 결코 낮은 가치의 화폐가 아니었다.

나는 좋은 질문을 던지기 위해 전도사의 말에 귀를 기울였다.

전도사가 말했다.

"'기적'을 보여주겠다고 하는 사람들을 조심하세요. 복음의 새순은 자기들 말론 예수님의 힘으로 모자에서 비둘기를 꺼내고 앉은뱅이를 일어나게 한다고 말하니까. 아, 그리고 동성애자들도 조심하세요. 남자끼리 사귀고 뽀뽀하자고 하는 애들 말이에요."

나도 손을 들었다.

"근데, 근데…… 어…… 그 사람들은, 이단은 어떻게 '기적'을 하는 거예요……?"

전도사는 달란트 대신 언짢은 표정을 지었다.

"그건 기적이 아니에요. 그냥 눈속임이지."

남자애가 앞으로 나가 5달란트를 받고, 전도사가 그 아이의 머리를 쓰다듬어주는 모습에 너무 부럽고 화가 났다. 그때 나는 어떻게 했었나? 아마 열두 살답게 입을 비죽 내밀었던 것 같다.

공과 공부 시간에 성경 말씀을 가르쳐주는 남선생이 내 뺨을 쓰다듬었다. 심요한이라는 이름을 가진 그는 나보다 여덟 살이 많은 대학교 1학년이었다. 당시엔 까마득하게 키가 큰, 어른스러운 사람으로 느껴졌다.

"하은이 오늘 기분 안 좋아?"

나는 고개를 저었다. 남선생이 더욱 다정하게 물었다.

"오늘 우리 반에 새 학생이 왔는데 교회에 나온 우리 반 애가 하은이밖에 없네. 선생님이랑 셋이 피자 먹으러 갈까?"

"누군데요?"

그 애가 걸어오던 모습은 20년이 흐른 지금도 머릿속에 또렷하게 그려진다. 무릎 위까지 내려오는 흰 점퍼 원피스를 입고 머리는 길게 풀어 내린 열두 살 여자애가 오른손을 쑥 올리더니 좌우로 흔들었다. 말보다 행동을 먼저 툭 던진 그 애는 한마디도 먼저 하기 싫다는 듯 앙다문 입매를 하고 있었다.

그러나 예상과 달리 그 애는 맥이 풀릴 정도로 싱겁게 인사를 건네왔다.

"안녕" 하고 창백한 낯으로 씩 웃었다.

불현듯 나는 무언갈 깨달았다. 눈앞의 아이를 보며 느낀 이 기분을 바로 몇십 분 전에도 똑같이 느끼지 않았던가? 그 아이는 '복음의 새순' 영상 속 여자아이와 꼭 닮은 분위기를 갖고 있었다. 심장이 마구 뛰었다. 이 애는 불경하다, 라고 표현할 만큼 열두 살의 어휘력은 좋지 못했다. 그래서 나는 입속말로 중얼거렸다. 안 좋다, 나쁘다, 이상하다……. 나는 첫눈에 알았다. 본능적으로 직감했다. 이 애가 이단이라는 것을. 이 넓디넓은 교회에서, 오직 나만이 알고 있었다.

다들 알아차려야 하는데, 그래야 교회 사람들을 꼬여내기 전에 쫓아낼 수 있는데……. 나는 선생님의 셔츠 자락을 잡아끌었다. 한 번도 보인 적 없는 행동에 선생님의 눈이 휘둥그레졌지만 아랑곳하지 않았다. 그 모습을 보고 있던 여자애의 커다란 눈이 더욱 커다래졌다.

"선생님, 저…… 화장실 가고 싶어요."

"왜, 갑자기?"

나는 어떻게든 초등부실 밖으로 끌고 나와 내가 알아낸 바를 선생에게 말했다. 그러나 돌아온 대답은 나의 기대에 한참 못 미치는 것이었다.

"모태 신앙이야. 어머니 배 속에 있을 때부터 교회를 다녔대. 하은이가 갑자기 뚱딴지같은 소릴 하네? 너 혹시……."

그러더니 능글맞게 웃었다.

"질투해? 선생님 뺏길까 봐?"

"아니에요!"

"어이구, 그래, 알았어. 우리 셋이 피자나 먹으러 가자."

선생님이 웃으며 내 뺨이며 정수리를 쓰다듬는 것은 솔직히 싫지 않았다. 교회에서 유일하게 내게 잘 대해주는 어른이었다. 엄마, 아빠보다도. 어쩌면 그냥 정말 선생님을 뺏길까 봐 질투가 난 것일 수도 있었다. 그래서 사람을 잘못 봤나? 나는 혼란스러웠다.

초등부실로 돌아가자 여자애는 다른 아이들에게 둘러싸여 있었다. 4학년 아이들이 신기하다는 듯이 그 앨 구경하고 있었다.

여자애가 물었다.

"오늘 공부 안 해요?"

"오늘은 새인이 왔으니까 피자 먹으러 가려고. 아, 사람수 적으니까 돈 덜 들겠다!"

강새인. 그게 여자애 이름이었다. 나는 본능적으로 알아차렸다. 강새인, 눈앞의 이 여자애는 복음의 새순, 그러니까 도둑이라고. 사이비, 이단이라고. 교회 사람들을 홀려서 자기네 교회로 훔쳐가고, 끝내 지옥으로 끌고 내려갈 거라고. 그렇지만 그때는 미처 몰랐다. 그 도둑이, 내 인생의 안온한 시절까지 송두리째 훔쳐가 버릴 것이라고는.

✧

「……」

핸드폰 너머의 침묵이 길어서 조바심이 났다. 한참 만에 돌아온 말은 이랬다.

「내가 왜 그래야 하는데?」

그 짧은 문장 하니에 세인의 감정이 얼마나 짙게 고여 있을지 생각해보았다. 그게 평소 세인이 말하는 방식이었으니까. 한마디만 해도 화자의 의도가 너무나 잘 전달되는 것. 평소엔 들개 떼 속에 숨어든 생쥐 한 마리처럼 무심하게 툭 던지는 듯한 그 화법이 마음에 들지 않았지만, 이런 상황이 되니 차라리 감사하게 느껴졌다. '네가 먼저 떨어져 나갔잖아'라고 비꼬지 않는 게 어딘가? 게다가 아쉬운 쪽은 세인이 아닌 나였다. 그래서 나는 즉각 자세를 낮췄다.

"미안해. 내가 잘못했어."

수화기 너머로는 짧은 숨소리조차 들려오지 않았다. 새인은 그저 이렇게 말했다.

「알면 됐어.」

"음, 그러면……."

내가 다시 한번 뜸을 들이자 그제야 한숨 소리가 넘어왔다.

「하자, 동업. 다시.」

나는 고맙다, 미안하다만 연거푸 말하다 통화를 끝냈다. 일이 잘 해결되고 있었다. 선착장에 도착하는 오리배들처럼 차차 상황에 대한 생각들이 하나둘 정박했다.

어릴 적부터 세인에게 느껴온 꺼림칙함이 첫 번째였다. 독실한 기독교 신자 집안에서 태어나 목사 아들과 결혼까지 해놓고선…… 결국 이단, 사이비, 마녀 강새인에게 다시 손을 벌리다니. 정말 갈 데까지 갔구나, 엄하은. 그러자 또 하나의 생각이 고개를 들이밀었다.

그런데 강새인이 나를 용서했다고? 그럴 리가 없는데. 나를 용서했다고? 그 '강새인'이?

거짓말.

그렇게 생각하면서도 나는 입을 헤벌린 채 '기적'을 구경하고 있었다. 다른 아이들은 새인의 능력을 '마술'이라고 부르며 신기해하고 동경했지만, 나는 새인의 능력이 눈속임에 불과한 '기적'임을 알고 있었다. 잰 복음의 새순이니까. 이단이니까.

새인이 다시 동전을 튕겼다. 손때 묻은 백 원짜리 동전은 구르지도 않고 단번에 바닥에 착지했다. 100. 숫자 면이 위였다. 이번에도, 또. 열다섯 번째였다.

"진짜 신기하다, 새인아. 어떻게 하는 거야?"

새인이 어깨를 으쓱했다.

"그냥. 난 내가 원하는 면이 보이도록 동전을 튕길 수 있어. 내 맘대로 되더라고."

"눈속임이지?"

내가 큰 소리로 물었다. 새인이 나를 빤히 쳐다보았고, 다른 아이들의 시선도 차례차례 내게로 꽂혔다. 짜증이 났다. 얘들도 다 나랑 같이 그 복음의 새순 영상을 봐놓고, 이런 것에 속는 게 한심했다. 그래서 나는 일부러 더 큰 소리로 말을 이어나갔다.

"그 동전, 분명히 다른 쪽 면에 뭔가 해놨을 거 아냐."

새인의 말갛고 무뚝뚝한 얼굴엔 일말의 짜증도 서려 있지 않았다.

"그럼 네가 동전 하나 줘 봐. 그걸로 던져볼게."

나는 거의 웃을 뻔했다. 이렇게 뻔할 수가.

"내가 동전 주면 네가 속임수로 네 동전과 바꿔치기할 거잖아."

다른 아이들이 웅성거렸다.

"야, 너는 처음부터 새인이를 믿을 생각이 없는 거네."

"잠깐만, 하은이 말대로 새인이가 거짓말을 한 걸 수도 있지."

누군가가 불퉁스럽게 물었다.

"야, 근데 거짓말이 나쁘냐? 어차피 마술이잖아."

놀랍게도 그 말이 새인의 무언가를 건드렸는지, 새인은 얼굴을 일그러뜨렸다.

"거짓말 안 했어."

새인은 찡그린 낯으로 두 손바닥을 펼쳐 보였다. 접힌 오른손 엄지에는 문제의 백 원짜리 동전이 끼워져 있었다.

"검사해. 너희가 검사하면 내가 다시 던져볼게. 그리고 하은이, 너."

그 기세에 눌려 나는 말을 조금 더듬었다.

"어, 어. 뭐."

새인이 웃었다.

"남을 거짓말쟁이라고 주장할 거면 너도 거는 게 있어야지. 십 원짜리든, 오백 원짜리든 상관없어. 아무거나 두 개 주고 네가 이기면 그대로 다시 가져가면 돼. 그렇지만 내가 이기면 그 동전들은 내 거야."

나는 지갑을 꺼냈다. 헌금으로 쓸 천 원 말고도 지퍼 달린 주머니에 백 원, 오백 원짜리들이 제법 두둑하게 들어 있었다. 충동적으로 동전 한 줌을 잡히는 대로 꺼냈다. 십 원, 오십 원, 백 원, 심지어 오백 원까지 잡은 것 같았다. 예배 끝나고 간식 사 먹으려고 조금씩 모은 돈이었다. 내가 말했다.

"이거 다 걸 테니까, 어디 한번 해 봐."

아이들이 다시 시끄럽게 굴었다.

"그거 다 건다고?"

나보다 몇 살 어린 여자애 하나가 조그마한 목소리로 중얼거렸다.

"어, 근데…… 예수님이 교회에서 도박하면 안 된댔는데."

그 옆에 있던 남자애가 면박을 주었다.

"이게 무슨 도박이냐? 시합이지."

나는 목소리를 높였다.

"할 거야? 이거 전부 숫자 면이 위로 향하게 떨어지면, 네가 다 갖게 해줄게."

내 손바닥에서 새인의 손바닥으로 동전들이 짤랑짤랑 흘러내렸다. 내 손가락은 통통하고 짤막했는데 새인의 손가락은 길고 곧고 단단했다.

손가락과 손가락이 닿았나. 아니, 닿은 것은 손가락과 손바닥이었나. 어쩌면 아무것도 닿지 않았을지도 모른다. 그저 미지근하고 납작한 동전들과 손바닥에 묻어난 땀이 섞인 것에 정신이 팔려, 착각했을지도 모른다.

초등부실 카펫 위로 동전 여섯 개가 날아올랐다가 추락했다. 전부 숫자 면이었다. 내가 읽은 어떤 마술책에서도 동전 여섯 개가 전부 같은 면이 나오게 할 수 있는 트릭은 없었다. 만약 그런 게 있다고 해도 그건 초등학생이 할 수 있는 레벨이 아니라는 것쯤은 문외한인 나도 알았다. 아니, 인간 레벨이 아닐지도 모르지.

내가 흐물거리는 눈꺼풀을 간신히 부릅뜨며 새인을 노려보자, 그 애는 아무렇지 않다는 듯 팔짱을 낀 채 서서 나를 바라보았다. 퍽 재미있다는 표정이었다. 그 얼굴에는 어떤 노고도 들이지 않고 '기적'을 행한 사람의 오만함이 있었다.

신난 아이들이 새인에게 몰려들었다. 나는 저건 이단, 사이비, 마녀라고, 내 세상을 허물어뜨리고 있다고, 그렇게 중얼거렸지만 내 목소리는 다른 아이들 귀에는 물론이고 내 귀에조차 전혀 닿지 않았다. 그런 경험은 처음이었다. 그게 공황 발작의 일종임을 알게 된 것은 몇 년이나 지난 후였다.

다시 만난 새인은 세월이 비껴간 것 같았다. 그래서 화가 났다. 저 예쁜 인간한테도 우울증이라는 게 있을까? 알 수 없었다. 나처럼 스물이 지나고부터 밤마다 꼬박꼬박 공황 발작 약을 먹진 않겠지. 하고 싶은 말, 하고 싶은 행동을 다 해도, 어디가서 면박받지는 않을 테니까. 나는 잠시 증오에 차 새인을 바라봤다. 새인은 그런 나의 감정을 모를 터였다. 나는 원래 가만히 있으면 뚱해 보이니까.

"피곤해 보인다."

새인이 불쑥 내뱉었다. 나는 고개를 끄덕였다.

"남편 사업이 망했어."

사업만 망한 것이 아니었다. 있는 대로 끌어모아 투자한 비트코인에서 큰 손실을 보았다. 어떤 사람들은 우리가 더 빨리 뛰어들었어야 한다고들 했다. 매사에 느릿느릿 행동하는 것은 신중한 게 아니라 멍청한 거라고도 했다. 우리가 답답하다고 했다.

"안됐다."

그렇게 말하는 새인의 목소리엔 온기가 없어서, 별로 위로받지 못한 나는 웃으며 화제를 돌렸다.

"그래서 다시 옛날 사업 하자는 거야. 너하고……."

"너한텐 그게 단지 사업이기만 했어?"

새인의 표정엔 감정이 드러나 있지 않았다. 나는 한숨을 쉬었다. 그래, 이 얘기가 나올 줄 알았다.

"나 결혼했잖아. 너한테 내가 나쁜 년이라는 거 알아."

"나는 우리 연애 얘기하는 거 아니야."

"……우린 연애한 적 없어."

조금 고통스러웠다. 새인은 여전히 우리가 연인이었다고 생각하고 있었다. 새인이 팔짱을 꼈다.

"연애할 때 하는 거 다 해놓고, 연애한 적이 없다고?"

"그냥 호기심에 해봤던 거야. 어릴 때, 그냥 해본 거라고. 그리고 난 회개했어."

눈을 감은 새인의 입에서 금방이라도 '취소'라는 단어가 튀어나올까 봐, 나는 황급히 덧붙였다.

"나는 이제 가정을 꾸리고 살아. 너도 그래야 해."

"이 얘긴 그만하자. 어쨌든…….."

새인이 핸드폰을 만지작거렸다.

"다시 '그 짓'을 시작하자, 이거지."

"그런 짓 하는 거 아니야."

손에서 볼펜이 미끄러져 떨어졌다. 나와 다른 여자애 세 명이 동시에 머리 위를 올려다보았다. 키가 큰 새인이 우리를 내려다보고 있었다. 2박 3일짜리 중등부 여름 성경 학교의 첫 번째 밤이었다. 얼굴에 홧홧하게 열이 올랐다.

"뭐야 너, 안 잤어?"

"그런 짓이라니, 우리가 뭘 했길래 그래."

새인이 입을 열었다. 어처구니없다는 표정이었다.

"교회 수련회 와서 분신사바를 한다고?"

그제야 우리는 우리가 어디 있는지를 깨달았다. 한 아이가 기어들어가는 목소리로 중얼거렸다.

"야, 좀……. 조용히 말해."

새인의 눈에 우리가 켜둔 핸드폰 불빛이 어려 있었다. 푸르스름한 인공광이 닿자 그 애는 더욱 창백해 보였다. 그리고 엄숙해 보였다. 나는 갑자기 화가 났다.

내가 잘못한 것은 맞았다. 여름 성경 학교에 와서 분신사바를 하면 안 되지. 하나님께 죄송한 일이 맞지. 그러나 내가 화가 난 것은 새인의 이중성이었고, 내가 하는 일과 행동을 모두 부정하려 하는 오만한 태도였다. 자기보다 나이 많은 언니들이 불 꺼놓고 남자친구와의 섹스 이야길 하며 낄낄거릴 땐 가만히 듣고만 있었으면서……. 그건 참 성스러운 짓이라 그랬나, 뭐.

나는 바닥으로 볼펜을 집어 던졌다.

"야, 됐다. 그만하자."

내가 일어나고 다른 여자애들도 일어나자 새인의 표정이 멍해졌다.

"왜 화를 내?"

"화 안 나겠냐? 네가……."

새인의 뚝뚝한 질문에 씩씩거리며 운을 뗐지만, 막상 덧붙일 말이 없었다.

"난 위험해서 하지 말라고 한 거야."

"뭐가 위험한데. 그냥 장난치는 건데 그게 위험해?"

"나, 네 하나님 여호와는 질투하는 하나님인즉."

새인이 중얼거렸다. 나는 할 말을 잃고 그 애를 바라보았다. 다른 애가 대꾸했다.

"잘난 척하지 마. 십계명은 우리도 알아."

나는 날카롭게 따져 물었다.

"네가 언제부터 그렇게 독실했다고 그래?"

복음의 새순이면서. 그 말을 토해내려다 간신히 삼켰다. 무언가가 내 입을 꿰맨 것 같았다. 수많은 순간이 있었지만 나는 단 한 번도 남들 앞에서 새인의 본질을 까발릴 수 없었다. 이것도 새인이 행한 '기적'일까? 그런 새인은 순순히 인정했다.

"나는 독실하진 않지……."

핸드폰 불빛이 하나둘 꺼지고, 새인은 자기 방으로 돌아갔다. 너무 좁아서 한 명밖에 잘 수 없는 방이었기에, 여럿이 모여 성경 학교의 밤을 즐길 예정이던 여자애들에겐 버림받은 방이었다.

방이 너무 더웠다. 온몸이 데워지는 느낌이었다. 어쩌면 수치심 때문일지도 몰랐다. '복음의 새순'인 새인의 목전에서 내 불경을 드러낸 셈이었다.

그날 나는 말도 안 되는 행동을 저질렀다. 그러나 당시엔 그 행동 말곤 다른 방법이 없다고 생각했다. 모두가 잠든

새벽 나는 새인의 방으로 들어갔다. 원래 좁다란 창고여서 그
런가, 방은 방이라기보다는 관 같았다. 새인 한 사람을 위한
관.

나는 주저했다. 새인의 목을 조르는 것을 망설인 것이
아니었다. 그러기 위해 새인의 몸에 올라타야 한다는 것이 꺼
림칙했다. 아니, 생각해보니 목을 조르는 것도 꺼림칙했다.
내 몸과 새인의 몸이 닿는 것이 거북했다. 그땐 베개로 누를
생각을 못 했다. 만약 그렇게 했다면 우리의 관계는 정말 많
이 달라졌을 것이다.

잠시 머뭇거린 나는 새인의 몸에 올라타 목에 손가락을
감았고, 그대로 졸랐다. 새인은 죽은 듯이 평온하게 제 죽음
을 받아들이고 있었다. 정신은 이미 죽은 지 오래고, 오직 살
아 있는 것은 다리 아래로 느껴지는 따뜻하고 말랑한 몸뿐인
줄 알았는데…….

새인이 눈을 떴다.

입을 열었다.

—너희가 다른 귀신을 불러왔구나.

말할 수 있을 리가 없었다. 나는 온 마음, 미움과 증오를
다해, 나의 미래를 위해 그 애의 목을 조르고 있었으니까. 그
런데도 새인은 말했다.

—다른 귀신이 한 명의 몸에 붙었다. 그 애는 여자인데
귀신은 남자이니까, 곧 다른 몸으로 찾아갈 것이다.

나는 벌떡 일어나다 낮은 천장에 머리를 부딪치고, 문손

잡이에 등을 찧었다. 신음이 절로 새어 나왔다.

어느새 몸을 일으킨 새인이 조용히 속삭였다.

"들었구나."

그러더니 입가에 가느다란 검지를 갖다 댔다.

나는 문손잡이를 열고 뒷걸음질 쳐 창고 방을 빠져나왔다. 따라 나온 새인은 그런 나를 그저 물끄러미 바라보았다. 커다란 창으로 달빛이 흘러들었고, 새인은 하얗게 빛을 받고 있었다. 반짝반짝 빛이 났다.

그날 내가 어떻게 잠이 들었는지 기억이 나지 않는다. 그러나 나는 잠들었다. 아무 일도 없었다는 듯이. 따지고 보면 정말 아무 일도 일어나지 않긴 했다. 나는 새인을 죽이는 데에 실패했으니까. 그리고 그 후로 다신 새인을 죽이려 하지 않았으므로.

아침 예배 시간이 되었고, 목사는 강단에 올랐다. 주제는 '복이 있는 사람'이었다.

"심령이 가난한 자는 복이 있나니 천국이 저희 것이요."

"애통해하는 자는 복이 있나니 저희가 위로를 받을 것이요."

목사의 목소리가 울려 퍼지는 가운데, 옆에 앉은 여자애가 꼭 뭔가를 토해내려는 것처럼 자꾸만 헛구역질을 했다. 내가 낮은 목소리로 물었다.

"괜찮아?"

여자애는 고개를 저었다. 얼굴이 땀으로 가득했다.

"나로 말미암아 너희를 욕하고, 박해하고, 거짓으로 너희를 거스려 모든 악한 말을 할 때는 너희에게 복이 있나니 기뻐하고 즐거워하라. 하늘에서 너희의 상이 큼이라."

나는 무수한 사람들 틈에서 새인을 찾아냈다. 어제 들은 말들이 떠올랐기 때문이었다. 새인의 입에서 나왔으나 새인의 목소리는 아니었던 말.

—너희가 다른 귀신을 불러왔구나.

—다른 귀신이 한 명의 몸에 붙었다. 그 애는 여자인데 귀신은 남자이니까, 곧 다른 몸으로 찾아갈 것이다.

"너희 전에 있던 선지자들도 이같이 박해하였느니라."

불길한 예감이 들었다. 나는 새인을 노려보았으나, 새인은 눈치채지 못한 듯했다. 그 애는 여전히 독실한 기독교인을 연기하고 있었다. 아직도. 목사의 말 한 마디 한 마디를 경청하고 있었다. 헛구역질 소리가 들려와 고개를 돌리자, 아까 그 여자애가 식은땀을 뻘뻘 흘리고 있었다. 어제 나와 분신사바를 했던 애였다.

다음 날 밤, 그 애는 남자친구와 오토바이를 타고 드라이브를 즐기다가 트럭에 치여 죽었다. 오토바이에서 튕겨 나간 남자친구는 경상에 그쳤다.

어쩌면 우리는 연애를 했을지도 모른다, 새인의 입장에서는. 성인이 된 그 애는 자기가 레즈비언이라고 밝혔다. 내가 아는 한, 나에게만 밝힌 것 같았다. 이유는 알 수 없었다.

그러나 놀랍진 않았다. 나는 새인이 아주 오래전에 심어진 복음의 새순, 이단, 사이비, 마녀, 악마라는 것을 알고 있었으니까.

그리고 악마는 쉽게 떨쳐낼 수 있는 것이 아니었다. 예수님조차 광야에서 시험당하지 않았던가. 그 후로 꽤 오랫동안 나는 새인에게 놀아날 수밖에 없었다. 그 애가 하자는 대로 했다. 새인은 자기가 원하는 방향으로 동전이 떨어지도록 할 수 있었고, 사람을 저주해 죽일 수도 있었다. 고작 분신사바로 사람이 죽을 리가 없지 않은가. 그건 분명 새인이 일으킨 어떤 '기적'일 터였다.

그 고통스러운 시간 속에서 약간의 이득을 볼 수 있었던 건 어쩌면 전화위복이었다.

"돈을 받고 이 짓을 하자고?"

내 아래에서 새인이 물었다. 나는 새인의 목이 졸릴 때마다 새인에게 뭔가가 빙의한다는 것을 알게 된 뒤로 철저하게 그 애에게 휘둘렸다. 이따금 나는 그 애가 시키는 대로 목을 졸라주어야 했다. 치가 떨리게 징그러운 행위였으나, 나는 할 수밖에 없었다. 새인이 무서웠다. 오토바이를 타다 트럭에 치여 죽은 여자애처럼, 나도 죽일까 봐 겁이 났다.

그러나 죽음의 공포도 매일같이 겪다 보면 무뎌지는 법인지, 어느 날 나는 제법 과감한 제안을 해낸 것이다. 나는 신중하게 할 말을 골랐다.

"너는 목이 졸릴 때마다…… 어떤 힘이 생기잖아."

나는 새인의 표정을 살폈다. 무감동하게 나를 올려다보는 커다란 눈. 다리 아래로 새인의 복부가 오르락내리락하는 것이 느껴졌다. 그 애는 고르게 숨을 쉬고 있었다. 딱히 화가 난 것 같진 않았다. 나는 새인의 목에 감고 있던 손가락을 떼어냈다.

"나더러 무당이 되라고?"

"네가 목이 졸릴 때 하는 말들, 그러니까 예언이나 그런 거…… 다른 사람들도 궁금해하는 종류의 말들이니까…… 어때?"

새인의 침묵을 긍정으로 해석하며 나는 말을 이어갔다.

"어차피 하는 거, 돈을 벌면서 하면 좋지 않아?"

"너는 가끔 굉장히 미친년 같은 구석이 있어."

새인이 중얼거렸다. 그 말을 듣자 입이 비죽 튀어나왔다.

"싫으면 말고."

"하자."

새인이 웃었다.

"어차피 하는 거 네 말대로 돈 벌면서 하자고."

우리의 사업은 그렇게 시작되었다.

다시 사업을 시작하며, 나는 죄책감을 느꼈다. 새인의 목을 조르는 것에 대한 죄책감이 아니었다. 그건 그 애가 원한 거였으니까. 나는 내 남편, 내 배 속 아기에게 죄책감을 느꼈다. 어쩌면 새인이 나에게 '우리의 연애'에 대해 언급했기 때문일지도 몰랐다. 내가 남편을 배반하는 기분을 느끼게 된 이유는……. 게다가 배 속 아기는 목에 탯줄이 감겨 있었다. 며칠 전 산부인과에 갔다가 초음파 영상을 보았을 때 알게 된 사실이었다. 나는 곧장 새인을 의심했다.

"네가 그랬지?"

나는 새인에게 전화를 걸어 소리 질렀다. 그러나 새인은 영문을 모르겠다는 목소리였다. 다 알고 있으면서. 내가 전화한 이유까지. 심지어 전화할 시간조차 다 알고 있었을 거면서.

"우리 하람이 목에 탯줄이 감겨 있다고. 그거 네가 한 짓이잖아."

「그게 어떻게 내가 한 짓이 돼?」

새인의 목소리는 차분했다.

"네가 했잖아. 내가 널 떠났으니까! 아니야?"

「정말 미안한데, 나는 그 일에 유감없어. 그리고 그렇다고 한들, 내가 왜 네 배 속의 태아 목에 탯줄이 감기게 하겠어?」

나는 부정하는 새인을 향해 쏘아붙였다.

"네가 설명해야지. 너 혹시 내가 네 목을 조르는 게 화가 나서 그래? 그렇지만 네가 원해서 그런 거잖아! 나는……."

갑자기 나는 끔찍한 상상에 사로잡혔다. 어쩌면 우리 하람이가…… 강새인과 같은 사람으로 태어나는 건 아닐까? 목이 졸리면 예언을 뱉는 이단, 사이비, 마녀, 악마로…….

그때 새인이 말했다.

「뭐 생각하는지 알겠는데, 그거 아니야.」

"여보, 무슨 일이야?"

잠에서 깬 남편이 졸린 눈을 비비며 내게 다가왔다. 나는 목소리를 죽였다. 내 일을 남편이 알게 할 수는 없었다. 남편에겐 조만간 부업을 시작할 예정이라고 말해놓았다. 그게 무슨 일인지, 남편이 알아서는 안 되었다. 그는 목사의 아들이었고, 과거엔 내 주일학교 선생이었다. 내 상황을 이해하지 못할 게 뻔했다.

내 삶을 저주해 망가뜨린 여자가 다 안다는 듯 말했다.

「이봐, 사업파트너. 너무 나를 싫어하지 마. 이제 네게 옛날 같은 감정 없어. 그리고 우리, 앞으로 같이 일해야 하잖아. 좋든 싫든. 아니야?」

"시작하자."

새인은 그렇게 말하곤 눈을 감았다. 우리는 구인구직 앱에 광고를 냈다. 믿는 자에게 복이 있나니, 라는 촌스러운 캐치프라이즈는 새인이 고집했다. 옛날부터 새인이 산상수훈을 좋아한 것은 알았지만, 이런 곳에서조차 그 스타일을 선택할 것이라곤 생각도 해본 적 없었다.

심령이 가난한 자는 복이 있나니 천국이 그들의 것이요.

애통해하는 자는 복이 있나니 저희가 위로 받을 것이요.

(…)

화평케 하는 자는 복이 있나니 저희가 하나님의 자녀라 일컬음을 받을 것이요.

나로 말미암아 너희를 욕하고 박해하고 거짓으로 너희를 거슬러 모든 악한 말을 할 때는 너희에게 복이 있나니

─기뻐하고 즐거워하라. 하늘에서 너희의 상이 큼이라. 너희 전에 있던 선지자들도 이같이 박해하였느니라.

나는 흠칫 몸을 떨었다.

"방금 너, 뭐라고 말했어?"

새인이 눈을 뜨지도 않고 답했다.

"방금 말한 건 내가 아니야. '그분'이지."

"그분이라니."

목소리가 떨렸다.

"어떤 악마인데?"

눈을 뜬 새인이 나를 노려보았다.

"악마라고 생각했어?"

"아니란 말이야?"

"여태 그렇게 생각한 거야?"

나는 처음으로 새인의 경멸과 마주했다.

"그랬단 말이지……."

그러나 새인은 화를 내는 대신 다시 눈을 감았다. 내 속에서 무언가 울컥, 하고 솟아올랐다.

"그럼 뭔데? 네가 악마가 아니면 뭔데!"

─너희 전에 있던 선지자들도 이같이 박해하였느니라.

나는 새인의 목을 쥔 손에 힘을 주려 했으나, 이상하게
도 자꾸 손가락에서 힘이 풀렸다. 또 공황 발작이 오나 보다,
나는 그렇게 생각했다. 눈앞이 흐려졌으니까. 그러나 공황 대
신 눈물이 찾아왔다. 새인은 제 얼굴에 떨어진 내 눈물을 닦
아냈다.

"네가 내게 했던 모든 말, 모든 행동. 다 그분이 내리신
시련이라고 생각하며 견뎌냈어. 목이 졸릴 때도, 숨이 끊어지
기 직전의 고통도 나를 향한 험담, 증오, 복수도."

그리곤 말했다.

"나는 선지자야."

그럴 순 없어. 나는 필사적으로, 온몸의 힘을 끌어모아
새인의 목을 졸랐다. 그러면 내 인생, 내 망가진 인생은 뭐가
되지? 목에 탯줄이 감긴 내 아이는? 내 남편의 사업이 망한
건? 내 인생이 누구 때문에 이렇게 됐는데?

─네 탓이다.

그분이 말씀하셨다.

뷰티풀 라이프

사이런

짜증이 치민다. 하루 종일 영미의 전화에 시달렸다. 출근할 때에서야 부스스 침대에서 몸을 일으킨 영미가 "나 오늘 옷 사러 백화점에 갈 거야"라고 말했다. 그 말이 사형선고만큼 내 가슴을 짓눌렀다. 출근길 내내 심장이 벌렁거리고 식은땀이 나고 배도 살살 아파왔다. 전화기를 꺼버릴까. 그랬다간 집에 들어가서 한잠도 못 자겠지. 어쩌면 집 안에 다신 들어가지 못할 수도 있다. 그 정도의 반항이면 장인어른이 출동하는 대소동이 벌어질 것이 뻔했다. 출근하자마자 화장실에서 나오질 못하고 과민성 대장 증후군을 해결했다. 그러는 내내 카톡으로 수십 장의 사진이 전송되고 전화벨이 사납게 울렸다. '이 옷은 어때?' '너무 예쁘네. 거기 이름표 같은 거 없어? 이영미라고 이름 써 있을 거야. 딱 네 거다, 네 거.' '아 근데 이거 길이가 조금 긴 것도 같고. 조금 더 둘러보고 사진 보낼게…….' 차라리 연차를 내고 같이 가는 게 나았을지도 모르겠다. 전화기가 불덩이처럼 뜨거웠다. 내 전화기는 늘 2년을 채우지 못하고 새로 사야 했다. 배터리가 배겨나지 못하기 때문이다. 종일 영미와 카톡을 하고 통화하느라 점심도 먹지 못했다. 오후 세 시쯤 신상 원피스 한 벌을 사서 집으로 간다는 통화를 끝으로 오늘 일은 일단락이었다. 전화를 내려놓자마자 거짓말처럼 복통이 사라졌다. 옥상으로 올라가 담배에 불을 붙였다. 오전 내내 설사를 한 엉덩이가 홧홧했다.

"등신 새끼."

입에서 나를 향한 욕이 튀어나왔다. 구역질 난다. 그 옛날 아씨를 모시던 몸종도 이보다는 나을 거 같다. 진현 그룹의 단 하나뿐인 사위. 남자 신데렐라, 마리오네트, 허수아비, 낙하산, 바지 이사, 영미의 충실한 개……. 사람들은 뒤에서 나를 다양한 이름으로 불렀다. 그들은 쉬쉬하듯 공공연하게 나를 무시했다. 나를 향해 인사하는 사람들의 미소에서 경멸과 조롱을 보았지만 모른 척하는 건 늘 나의 몫이다.

"좆같은 세상……."

죽어버릴까. 난간 아래로 아득히 보이는 보도블록이 아찔하게 멀다. 현기증과 함께 욕지기가 치민다. 0.5초쯤 뛰어내리고 싶은 유혹을 받는다. 몇 초만 견디면 이 생활에서 벗어날 수 있는데. 그럴 수 있는데. 그렇긴 한데…… 그렇지만…….

죽어버리기엔 내가 가진 60평대 아파트의 대리석 마루

가, 자랑스럽게 빠진 벤츠 e-클래스가, 수십 벌 걸린 이태리제 정장이, 손목에서 번쩍거리는 롤렉스 시계가, 국내 최고 시설 골프장 VIP 회원권과 함께 얼마 전 구입한 수입 골프채 세트가 내 발목을 붙잡는다. 내 힘으로는 절대 손에 쥘 수 없는 것들이 너무 많이 주어졌다. 우화처럼, 오랜 시간 그 많은 것들에 길든 나는 이제 신발 없이는 살 수 없는 원숭이다. 구역질 나는 세상이다.

띠리리리리.

전화벨 소리에 심장이 쿵 내려앉는다. 설마 원피스를 교환하러 가는 건 아니겠지? 등줄기에 서늘하게 한기가 흐른다. 벌써 배가 아파오는 것 같다. 빠르게 뛰는 심장을 진정시키며 핸드폰 액정을 바라본다. 액정에 뜬 '건일산업'이란 이름을 보자 복통은 순식간에 사라지고 급격히 올라가던 혈압은 심장의 두근거림으로 바뀐다. 나도 모르게 입꼬리가 올라간다. 목소리를 가다듬고 통화 버튼을 누르는 손가락이 가볍게 떨린다.

—유정이?

—명철아. 뭐 하고 있었어?

허스키한 톤의 부드러운 목소리. 내 이름을 부르는 그 목소리는 배꼽이 간질거릴 정도로 달콤하고 부드럽다. 목소리만으로도 본능을 깨울 수 있구나. 새삼 그녀가 사랑스러워 죽을 지경이다.

—뭐 좀 생각하느라고 정신없었지.

　—일이 바빠? 뭘 그렇게 생각했는데?

　—……유정이 생각.

　말끝에 기분 좋은 콧바람이 섞인다. 이역만리 저 먼 곳에서도 내가 미소 짓고 있다는 걸 알 수 있을, 그래서 같이 미소 지을 수밖에 없는 말. 수화기 너머로 작은 웃음소리가 들린다. 유정이는 웃음까지 차분하고 고상하다. 오전 내내 영미에게 시달린 고막이 시원하게 뚫리는 기분이었다.

　—짓궂다.

　—지금 거기 새벽 아니야?

　—응, 새벽이야. 오랜만에 와인 한잔했어. 잠은 안 오고 누군가와 밤새 소곤거리며 대화하고 싶은 밤이거든. 문득 명철이 네 생각이 나더라.

　명치끝이 찌르르 울렸다. 혀가 약간 풀린 그녀의 목소리가 내 귀를 훑었다. 입꼬리가 귀밑까지 올라가고 나도 모르게 자꾸 웃음이 난다. 상상 속에선 이미 그녀가 내 팔베개를 하고 가슴팍으로 파고들고 있었다. 정말, 미칠 것같이 좋다.

　—어릴 때 엄마한테 막 졸라서 내가 너희 집에서 잔 날 있었잖아. 열두 시 넘도록 안 자고 떠들다가 너희 엄마한테 막 혼나고. 그날 했던 얘기 기억나?

　유정이가 우리 집에서 자고 간 날은 기억한다. 초등학교 5학년 방학이었고 더운 여름날이었다. 나는 침대를 유정이에게 양보하고 그 밑에 이불을 깔고 잤다. 에어컨이 흔하지 않은 시절이라 더위를 식히려 틀어놓은 선풍기 바람이 머리카락을 흩트려댔고 깔깔거리다 혼이 난 후로 이불을 뒤집어 쓰고 키득대다 잠이 들었다. 오래된 방충망은 짝짓기 철을 맞아 기승을 부리는 벌레들의 침입을 막지 못했고 다음 날 아침 눈을 떠보니 온몸 여기저기를 모기에 뜯겼던 기억만 날 뿐, 무슨 이야길 했는지는 도통 기억이 나지 않았다. 나도 모르게 긴장이 되었다. 머리를 굴려봤지만 떠오르는 게 없었다. 이럴 때는 괜히 아는 척하다 된서리를 맞을 수 있다. 워낙 오래된 일이니 기억 못 하는 것도 이상할 일은 아닐 것 같았다.

　—글쎄……. 그날 엄청 더웠던 거랑 모기에 잔뜩 물린 기억은 나는데. 하핫. 무슨 얘길 했는지는 잘 모르겠네.

　—아……. 남자들이란. 너무한다. 나는 지금까지도 그날 한 이야기, 엄청 덥고 습했던 날씨며 저녁으로 먹은 너희 어머니 카레 맛까지 생생하게 다 기억하는데!

　—미안, 미안. 기억나는 척하려다가 이실직고하는 거야. 유정이한텐 거짓말하기 싫거든.

　—그래. 거짓말하는 것보단 낫네.

　유정이가 웃었다. 다행히 쉽게 넘어간 것 같다.

　—그날, 우리 나중에 크면 결혼하자고 약속했었는데…….

　더 할 말이 있지만 하지 못하는 듯 유정이가 말끝을 흐렸다. 아. 나도 모르게 작은 탄식이 나왔다. 그랬나. 그랬었나. 그렇게 중요한 말을 나는 왜 기억하지 못하는 걸까. 심장이 빠르게 뛰고 얼굴이 화끈 달아올랐다. 대학 시절 빈 강의실에서 영미의 과제를 해주다 "오빠 나랑 사귀어요"라는 말

을 들었을 때와는 다르게, 너무나 설레고 가슴 저릿한 기분이
었다. 유정이는 말끝에 걸린 작은 얼버무림까지도 정말 사랑
스러웠다. 그 약속을 지켰으면 좋았을걸. 옆에 있었으면 그녀
의 사랑스러운 입술을 확 덮쳐버렸을 것이다. 나도 모르는 사
이 몸이 반응했다. 재킷의 단추를 잠그고 재떨이 옆에 놓인
간이 의자에 앉아 슬그머니 다리를 꼬며 누군가 옥상으로 올
라오는 건 아닌지 사방을 살폈다.

　—아. 내가 좋은 소식 하나 알려주려고.

　어색한 침묵을 깨고 유정이가 갑자기 생각났다는 듯 말
했다. 이 상황에 좋은 소식이란 게 대체 뭘까. 긴장감에 침이
꼴깍 넘어갔다.

　—나 다음 주 화요일에 한국 들어가.

　유정이의 말에 의자에서 벌떡 일어났다.

　—뭐? 정말?

　할렐루야! 하느님, 부처님, 알라신이시여 감사합니다.
저에게도 이런 좋은 날을 허락해주시는군요. 옆에 누군가 있
다면 그게 누구라도 끌어안고 싶을 정도였다. 온 세상이 환하
게 밝아오고, 삶이 아름다워졌다. 정말로 그녀를 볼 수 있다
는 것을 믿을 수 없었다. 지옥 같던 하루하루가 희망으로 부
풀었다.

　일주일이 어떻게 흘러갔는지 모르겠다. 초등학교 때 가
는 소풍보다도 더 설레는 날들이었다. 하루하루가 너무도 더

디고 너무도 야속했다. 화요일 저녁 그녀가 도착했다는 전화를 받고는 떨려서 한숨도 못 잤다. 옆에서 코를 골던 영미가 왜 자꾸 뒤척이냐며 화를 내는 통에 거실 소파에 누워 있다가 새벽녘에서야 깜빡 잠이 들었던가 보다. 어느 날보다 더 오래 샤워를 하고 제일 좋은 정장을 꺼내 입고 한껏 멋을 부렸다. 가사도우미 이모님이 차려준 아침을 먹는 둥 마는 둥 하고 집을 나설 때 영미는 늘 그랬듯 자느라 코빼기도 비치지 않았다. 내 와이프가 영미인지 이모님인지 모르겠다. 아니다. 괜스레 일어나서 아침부터 사람 피곤하게 하는 것보다 나을지도 모르겠다. 깨기 전에 서둘러 집을 빠져나왔다.

금방이라도 비가 올 듯 하늘이 구물구물했다. 유정이와 약속한 시간까지 이대로 지구가 멈춘 게 아닌가 싶게 지루했다. 약속 장소에는 만나기로 한 시간보다 삼십 분이나 일찍 도착했다. 요즘 잘나간다는 예쁜 카페에 입구가 잘 보이는 자리를 잡고 앉아 에스프레소를 시켰다. 가슴이 두근거렸다. 유정이는 어떻게 변했을까. 그녀의 페이스북엔 풍경 사진 같은 것만 몇 장 올라왔을 뿐 그녀의 사진은 없었다. 대입시험을 볼 때도 이렇게 긴장하지는 않았던 거 같다. 문이 열릴 때마다 나는 놀라 문 쪽을 바라보았고, 내가 기다리던 사람이 아닌 걸 확인하며 여러 번 실망했다. 긴장이 계속되어 어지러울 무렵에야 문이 열리고 잘 차려입은 내 또래의 여자 하나가 천천히 들어오는 것이 보였다.

"명철아."

내 쪽을 향해 또각거리며 걸어온 여자는 내가 앉아 있는 테이블 앞에 서서 내 이름을 불렀다. 잔뜩 긴장했던 나는 자리에서 벌떡 일어났다. 딸꾹질이 나왔다. 나를 바라보는 여자는 여유로운 미소를 지으며 말을 이었다.

"먼저 와 있었네. 차가 많이 막혀서 조금 늦었어. 미안. 너는 하나도 안 변했구나."

머리카락을 쓸어 넘긴 여자가 매우 자연스러운 태도로 내 앞에 있는 소파에 앉았다. 나는 그저 놀라서 멍하니 입을 벌린 채 그녀의 행동을 바라보기만 했다. 현실감은 사라지고 영화나 드라마 속으로 빨려 들어온 이방인이 된 느낌이었다.

"……. 왜 그렇게 서 있어?"

유정이가 의아한 표정으로 이 말을 했을 때에서야 내가 입을 벌린 채 계속 서 있기만 했다는 것을 깨달았다. 겨우 정신을 차리고 머쓱하게 자리에 앉았다. 뭔가 말은 해야겠는데 뭐라고 첫인사를 건네야 할지, 머릿속이 하얗게 변해서 아무 생각도 나지 않았다.

"내 모습 보고 실망했어?"

"아…… 아니…… 아니, 그런 게 아니고……."

바보같이 더듬거렸다. 내가 보여주고 싶은 모습은 이런 어리숙한 모습이 아니었는데 점점 바보 같은 행동만 하는 것 같아 더 초조했다. 내가 갖고 있는 온갖 그럴듯한 언어 중에 멋있는 말을 고르고 골라봤지만 결국 입에서 나온 말은 이 한마디였다.

"아니……. 네가 너무 예뻐서."

어눌한 나의 말에 유정이의 커다란 눈이 더 커지더니 이내 웃음으로 바뀌었다. 주위 사람들이 다 쳐다볼 정도로 깔깔거리며 웃어대는 유정이를 바라보며 나도 웃음을 터뜨렸다. 머쓱하게 같이 웃고 나니 긴장이 조금 풀리는 듯했다. 웃음을 수습하는 유정이를 찬찬히 살펴보았다. 내 앞에는 내 기억보다 너무 세련되고 예쁜 여자가 앉아 있었다. 가슴이 벅차올랐다.

"실망한 건 아닌 듯해서 다행이야. 명철이는 어린 시절 모습이 그대로 있어서 들어오자마자 금방 알아봤어. 난, 많이 변했지?"

"아니. 어릴 때도 예뻤어. 지금은 더 예뻐졌을 뿐이야."

"짓궂어, 암튼."

유정이 나를 향해 눈을 흘겼지만 이내 또 피식 웃었다. 어색한 분위기는 금세 사라지고 어릴 적 이야기, 살아온 이야기를 주거니 받거니 하는 동안 야속한 시간은 하염없이 흘렀다. 한참을 이야기하다 근사한 한정식을 먹고 그녀가 묵고 있다는 호텔 바에서 간단하게 칵테일을 마셨다. 이야기를 하면 할수록 나는 사랑에 빠지는 느낌이었다. 지적이면서도 여성스러운 유정이는 말이 통하는 여자였다. 잘 보이고 싶은 마음에 조금씩 과장스러워지는 내 말에도 유정이는 고개를 끄덕이고 맞장구를 쳐주었다. 작은 탄식과 긍정의 제스처가 자신감을 북돋아 주었다. 그녀는 내가 하는 말에 말꼬리를 잡지도 않았고 정신없이 자기 이야기만 하지도 않았다. 실로 오랜만에 대화다운 대화를 나누었다. 작은 흥분과 설렘이 가득한 그 시간을 할 수만 있다면 영원히 붙잡아두고 싶었다. 오늘 너를 이렇게 보내기 싫다는 말을 하고 싶었지만 섣부른 한마디가 우리 사이를 망칠까 두려워 밤이 깊어질수록 마음은 초조해졌다.

"잠깐 올라갔다 가."

심장이 멎는 줄 알았다. 바에서 나와 엘리베이터를 기다리며 헤어지기 싫어 안절부절못하는 나에게 그녀가 먼저 손을 내밀었다. 참을 수 없는, 격렬한 감정이 나를 덮쳤다. 엘리베이터 문이 열리자 유정이의 손을 잡아끌었다. 문이 닫히기도 전에 유정이와 격렬한 입맞춤을 나누었다. 꿈이 아니었다. 그녀는 내 품 안에 있었다.

행복이 무엇인지 알 것 같았다. 유정이에게 오피스텔을 하나 얻어주고 같이 가구며 식기를 사러 다녔다. 영미와 결혼할 적에는 피곤하기만 했던 일이 그렇게 행복할 수도 있다는 걸 처음 깨달았다. 욕실에 놓인 칫솔 두 개를 볼 때마다 가슴 저 밑에서 벅찬 느낌이 솟아올랐다. 일주일에 두 번, 골프 연습을 핑계로 오후 일정을 비워놓고 일찍 퇴근해서 유정이의 오피스텔에 들르면, 정성 가득한 밥상이 나를 기다렸다. 밥을 먹고 나면 뜨거운 시간을 보냈다. 영미와는 느껴보지 못한 감정이 나를 지배했다. 소곤거리며 밀어를 나누다 집에 가면 대궐같이 커다랗지만 암흑 같은 소굴이 나를 기다렸다. 집에 들어가는 게 예전보다 더욱 싫어졌다. 지옥으로 끌려가는 것 같았다. 자꾸만 귀가가 늦어지는 나를 영미가 의심스러운 눈으로 바라봤지만 참을 수 없었다. 유정이 없는 삶은 생각하기도 싫었다. 유정이와 함께라면 남자로 사는 기분이 들었다. 나를 바라보고, 나를 존경하며, 나를 기다리는 여자가 있다는 것에 자부심을 느꼈다. 따뜻하게 마련된 식탁에 앉아 밥을 먹고 소파에 앉아 설거지하는 유정이의 뒷모습을 보면 내 안의 남성성이 불끈거리며 올라왔다. 사라졌던 자신감이 회복되고 삶에 의욕이 생겼다. 모든 것이 만족스러웠다. 결혼반지가 끼워진 내 손가락을 바라볼 때마다 유정이의 표정이 어두워지는 것을 알고 있다. 진심으로 영미 대신 유정이가 나의 아내였으면 좋겠다. 하지만 60평대 아파트의 대리석 마루가, 자랑스럽게 빠진 벤츠 e-클래스가, 수십 벌 걸린 이태리제 정장이, 손목에서 번쩍거리는 롤렉스 시계가, 국내 최고 시설 골프장 VIP 회원권과 함께 얼마 전 구입한 수입 골프채 세트가 내 발목을 붙잡는다. 나는 정말 구역질 나는 놈이다.

어느 날은 으슬으슬 한기가 들고 눈알이 빠질 것처럼 아팠다. 아무래도 몸살이 난 것 같았다. 일찍 퇴근해 집에 들어가니 어쩐 일로 영미가 쪼르르 달려 나와 내 목에 매달렸다.

"오빠! 내일 주말인데 양평으로 나들이 가자. 거기 유명한 레스토랑이 있대. 그 연예인 이미혜 알지? 그 사람 단골이라더라고. 그 옆에 있는 미술관도 한번 둘러보자. 거기 커피가 그렇게 맛있다네.”

영미는 나를 잡아끌며 쉬지 않고 조잘거렸다. 어질어질해서 다리가 휘청거렸다. 주방에서 일하던 이모님도 뒤따라 나오며 인사를 했다.

“오셨어요, 사장님? 어머, 근데 어디 몸이 안 좋으세요?”

이모님이 놀라 물었다. 그 말을 듣고서야 영미는 내 얼굴을 빤히 바라보더니 눈을 깜빡였다. 이모님이 급히 수건을 갖고 와 나에게 건넸다. 식은땀으로 온몸이 젖어 있었다.

“이모님, 저녁은 됐어요. 영미야, 나 몸살인 거 같아.”

영미는 인상을 찌푸리며 잡고 있던 내 손을 놓고 황급히 뒷걸음질 쳤다.

“아이, 참. 오빠는. 빨리 말을 하지. 난 감기 걸리면 금방 폐렴 되는 거 알잖아. 작년에도 오빠한테 감기 옮아서 입원하고 우리 아빠 노발대발했던 거 기억 안 나?”

순간 명치끝에서 욱하고 뜨거운 덩어리가 올라오는 느낌이 들었다. 하마터면 소리를 지를 뻔했지만 정신을 부여잡았다. 내 눈앞에 있는 건, 영미였다. 내가 섬겨야 할 공주님. 그 대가로 누리고 있는 이 거대한 집과 재력이 떠올랐다. 한소리는커녕 신음조차 내지 못하고 힘없이 안방으로 들어가려는데 영미가 뒤에서 소리를 질렀다.

“오빠! 며칠 작은방에서 자. 이모님, 우리 오빠 약 좀 챙겨주시고 손님방에 잠자리 마련해줘요. 그리고 제 목욕물 좀 받아주세요.”

대충 씻고 손님방 문을 열어보니 이모님이 가져다 놓은 약과 물병이 보였다. 그걸 쳐다보는데 짜증이 치솟았다. 약봉지를 집어 던지고 힘겹게 이불 속으로 들어가 누우니 눈물이 왈칵 쏟아질 것 같았다. 만일 유정이가 내 아내였다면…….그랬다면 어땠을까.

벌떡 일어나 옷을 챙겨 입었다. 영미가 목욕을 하며 틀어놓은 클래식 음악이 거실까지 들려왔다. 영미는 감기가 옮을까 두려워 이삼 일간 내 근처엔 얼씬도 하지 않을 것이다. 혹시라도 내가 외출한 것을 알았다 해도 응급실에 다녀왔다고 둘러대면 될 일이었다.

차를 몰고 유정이에게로 향했다. 유정이는 예정에도 없는 갑작스러운 방문에 당황했지만 내 얼굴을 보자마자 곧바로 이렇게 말했다.

"맙소사. 많이 아프구나? 이 몸으로 여기까지 운전해서 온 거야? 전화하지 그랬어. 데리러 갔을 텐데."

유정이를 와락 안았다. 나도 모르게 눈물이 쏟아졌다.

"몸이 불덩이야. 이렇게 아프면서 여기까지 어떻게 온 거야. 일단 들어와 얼른 누워. 약이 있던가? 약국 문을 몇 시에 닫나 모르겠네."

유정이는 나를 침대에 눕히고 정신없이 밖으로 나갔다. 어디서 났는지 약을 찾아 물과 함께 내밀었다. 약을 받아먹고 그녀의 무릎에 누워 까무룩 잠이 들었다. 기절하듯 자다 눈을 떴을 때 내 이마엔 물수건이 얹혀 있었다. 해열제 덕에 열은 조금 내린 듯하지만 여전히 온몸이 쑤셨다. 온 집 안에 고소한 냄새가 가득했다. 갑자기 심한 허기가 느껴졌다.

"일어났어? 밤새 끙끙 앓더라. 열은 좀 내린 거 같은데……. 배고프지? 죽 좀 쒔어. 먹고 나면 한결 나아질 거야."

유정이는 정갈한 그릇에 죽이 가득 담긴 베드 트레이를 내 앞에 놓고 손에 숟가락을 쥐여주었다. 먹기 적당하게 식힌 죽을 한 수저 넣으니 몸에 온기가 돌았다.

"그 여잔 뭐 하는 여잔데 이렇게 아픈 사람을……."

유정이는 하던 말을 끊고 아랫입술을 깨물었다. 고개 돌린 유정이의 얼굴에 분노와 슬픔이 어렸다. 먹던 죽을 옆으로 밀쳐놓고 가만히 유정이를 안았다. 유정이의 여린 등이 떨렸다. 유정은 흐느끼고 있었다. 심장이 조이듯 아팠다. 그동안 바보처럼 망설이기만 하던 것을 결심할 때가 되었다는 확신이 생겼다.

"조금만 기다려. 곧 정리할게. 나만 믿어."

영미와는 대학교 선후배 사이로 만났다. 나는 가진 것 하나 없는 시골 출신 학생이었다. 등록금을 마련하지 못해 1학기를 마치자마자 군대를 다녀와 복학하니 파릇한 새내기들이 캠퍼스 곳곳에 보였다. 교양과목 과제를 위한 조별 모임에서 만난 새내기 영미는 너무 제멋대로라 조원들이 다들 싫어했다. 조별 과제를 마친 후 영미에게 연락이 왔고, 이후에도 제일 어수룩하고 만만했던 나에게 과제를 대신 해달라고 부탁하는 걸 차마 거절하지 못하고 하나둘 들어주다가 코가 꿰이듯 사귀게 되었다. 알고 보니 어마어마한 집안의 외동 여식이었고 나는 로또에 제대로 당첨되었다는 파다한 소문 속에 영미와 결혼했다. 반대가 만만치 않았지만 영미의 유별난 성격을 다 참아주는 것 하나로 합격점을 받은 듯했다. 지금까지도 내게 기대되고, 주어진 임무는 회사 일보다 영미의 비위를 맞추는 것이었다. 그 대가로 행복을 제외한 모든 것을 누릴 수 있었다. 그러나 이젠 행복까지 내 것으로 만들 생각이다. 영미만 사라지면 내 인생은 완벽 그 자체다. 이 모든 것을 누린 채로 유정이와 남은 생을 함께할 수만 있다면…… 위험을 감수할 만하지 않을까.

초등학교 동창 놈 중에 건달이 된 녀석이 있다. 워낙 작은 시골 마을이라 초등학교 동창이면 중학교 동창이기도 했다. 고등학교는 그놈이 공고를 가고 나는 인문계를 가게 되어 달랐는데 그 녀석은 그나마도 건달짓 하다가 소년원에 가는 바람에 중퇴했다고 한다. 동창들이 모이는 술자리에서 만나면 영화에 나오는 조직폭력배라도 되는 것처럼 허풍을 떨지만 친구들은 그냥 시골 장마당에서 일수나 뜯고 사고나 치는 건달패일 뿐이라고 무시하기 일쑤였다. 내가 영미와 결혼해 순식간에 돈이 생기자 몇 년 전에 갑자기 찾아와서는 술을 사라고 엉겨 붙더니, 공짜 술에 취해 자기가 조직에서 내린 중요한 임무를 수행하다 사람을 다치게 해서 감방에 있다 나왔는데 거기서 큰 거물을 만났었노라고 시답잖은 허세를 부려댔다. 그 덕분에 아주 유능한 흥신소를 차리게 되었노라고, 큰일하다 혹시 은밀하게 처리할 일 있으면 연락을 달라고 주고 간 명함은 찢어버려 사라진 지 오래였기에 동창들에게 물어물어 연락처를 알아냈다. 그를 통해 어떤 일이든 돈만 주면 뒤탈 없이 처리해준다는 사람을 소개받았다. 동창에게는 나도 정확한 건 모르고 장인어른이 긴밀히 처리할 일이 있다고 둘러댔다. 동창 녀석은 소개비조로 돈 몇 푼 든 봉투를 받으며 눈을 찡긋거렸고 언젠간 내가 필요할 거라고 했지 않냐며 거들먹댔다. 인쇄소들이 모인 오래된 동네의 낡은 건물 3층에 위치한 허름한 사무실에서 남자를 만났다. 영화에서 보는 것처럼 무섭고 우락부락하게 생겼을 줄 알았던 해결사는 의외로 왜소하고 평범한 사람이었다. 옆집에 살고 있으면 좋은 이웃이라고 여길 만큼 너무나 평범해서 외려 더 섬찟했다.

　"옛날이 좋았지. 요즘은 이게 위험부담이 너무 커요. 시세도 많이 올라갔죠. 내 자랑 같지만 제가 여태껏 의뢰받은 사건 중에 성공하지 못한 게 단 한 건도 없습니다. 몰래 죽여서 암매장하는 건 실패할 확률이 거의 없긴 해요. 근데 걸리면 내 인생보다 선생님 인생이 끝장나는 거거든요. 이렇게 돈 많은 집 여자는 집에서 죽자고 달려들면 걸릴 확률이 좀 있어요. 억울하지만 어쩔 수 없이 참는 사람들이 아니잖아요, 이런 집 사람들은? 정말 재수 없으면 알음알음 해결사 찾아 다시 저에게 연락이 오기도 한답니다. 자, 그럼 또 어떤 방법이 있느냐. 그냥 돈 급한 사람 하나 사서 사고사로 위장하는 게 그나마 안전해요. 비용도 훨씬 저렴하죠. 당장 빚에 시달리는 사람 중에 몇 년 들어갈 각오하고 일을 맡아주는 사람들이 널렸긴 한데…… 이건 또 자칫 실패할 확률이 있다는 게 흠이고. 그래도 이 상황이면 저는 후자를 권해드리고 싶네요."

이자의 말이 맞다. 영미가 사라진다면 그냥 자리에 앉아 경찰만 믿고 기다릴 장인어른이 아니다. 혹여 내가 한 짓이란 걸 알게 되면 내 허벅지 살로 포를 떠서 영미 제사상에 놓고도 남을 사람이었다. 사고사로 위장하는 게 최선일 것이다.

"생각을 좀 더 해보겠습니다."

남자는 여유롭게 다리를 꼬았다. 담배를 꺼내 불을 붙이더니 내 얼굴을 향해 연기를 후 뱉으며 실실 쪼갰다. 불쾌함이 표정에 드러났지만 말을 뱉을 수는 없었다. 그는 사람을 죽일 수도 있는 남자였다.

"그러시죠. 아쉬운 건 내가 아니고 선생님이시니까요. 왜 사모님을 없애고 싶으신 건지, 그래서 뭘 얻을 건지 저희는 일절 관심 없어요. 소개해준 그 녀석한테도 비밀 엄수죠. 사건을 맡은 사람 역시 함부로 발설하면 쥐도 새도 모르게 사라질 걸 아니까 걱정 붙들어 매십쇼. 마음 정해지면 언제든 연락 주세요. 우리는 정해진 금액만 받으면 입에 지퍼 채웁니다."

남자가 엄지와 검지를 동그랗게 맞잡고 입술의 왼쪽에서 오른쪽으로 지퍼를 채우는 시늉을 했다. 남자의 미소가 섬찟했다. 섬찟해서 짐짓 불안했고 섬찟한 만큼 묘하게 믿음이 갔다.

오랜만에 일찍 집으로 향했다. 유정이가 기다리는 곳으로 가고 싶어 엉덩이가 들썩이던 나이지만 오늘은 어째 내키지 않았다. 죄책감일지도 모르겠다. 열린 문 안에서 도우미 이모님이 웃으며 나를 맞이했다. 어떤 때는 이모님이 내 와이프가 아닐까 착각이 들기도 했다. 어릴 때 꿈꾸던 가정은 이런 모습이 아니었다. 일하고 집으로 돌아오면 앞치마를 곱게 두른 여우 같은 마누라와 토끼 같은 자식들이 문간으로 달려와 반기고 보글보글 된장찌개가 고단한 하루를 마친 가장의 지친 위장을 따뜻하게 데워주는, 그런 화목한 집의 존경받는 가장이 되고 싶었다. 나는 단 한 번도 영미가 직접 해주는 밥을 받아본 적이 없었다. 일하고 들어온 나의 수고로움을 토닥이는 환대도 받아본 적이 없었다. 유정이에게 먼저 갈 걸 그랬나, 하는 후회가 잠시 나를 스쳤다.

"영미는요?"

"드레스 룸에 계세요. 조금 전에 들어오셨어요. 식사는 하셨어요?"

"아, 오늘은 입맛이 없네요. 그냥 두세요. 출출하면 제가 차려 먹을게요. 고생하셨습니다. 퇴근하세요."

드레스 룸의 문을 열어보니 쇼핑백 여러 개가 바닥에 나뒹굴고 새로 산 옷을 들고 이리저리 거울을 비춰보고 있던 영미가 나를 발견했다. 영미가 눈을 반짝이며 달려와 내 목에 매달렸다.

"이게 누구야? 너무 예쁜데?"

옷 따위를 들여다보느라 남편이 들어와도 쳐다보지 않는 영미에게 짜증이 났지만 입에서는 익숙한 아부가 튀어나왔다. 구역질 나는 이 생활을 완벽하게 끝내려면 마지막 순간까지 내 역할에 충실해야 한다. 그래야 내가 꿈꾸던 완벽한 가정을 이루고 남자로서 대접받으면서 행복하게 살 수 있다. 유정이가 그 꿈을 이루어줄 것이다.

"오빠 왔어? 이거 잘 어울리지? 너무 맘에 들어."

영미가 천진난만한 얼굴로 옷을 들고 빙그르르 돌았다. 나는 눈이 부시다는 듯 눈을 가리고 쓰러지는 시늉을 했다. 영미가 만족스러운 듯 깔깔거리고 웃으며 내 가슴팍을 툭 쳤다. 누군가 이 장면을 본다면 무척 사이좋은 부부라고 할 것이다. 그런데 이상한 일이다. 오늘 쇼핑을 했다면 온종일 문자와 전화질을 해댔어야 하는데 전화 한 통이 없었다. 영미를 만난 이후 처음 있는 일이었고, 혹시 뭔가 눈치라도 챈 건가 싶어 갑자기 식은땀이 흘렀다.

"오빠, 저번에 얘기했잖아. 승마클럽에서 만난 언니 말이야. 오늘 같이 쇼핑 가자고 해서 그 언니랑 쇼핑하는데 센스가 보통이 아니야. 내가 고민하고 있으면 그 언니가 이건 이래서 나한테 안 어울리고 내 얼굴형이나 체형이 이러니까 이런 걸 입어야 한다고 조언을 해주는데 아주 전문가야. 글쎄, 압구정에서 한때 잘나가던 디자인숍을 했었대. 확실히 뭐가 달라도 다르더라고. 오늘 그 언니랑 밥도 먹고 쇼핑도 하고 너무 좋았어. 그래서 오빠한테 전화도 못 했지 뭐야. 미안해 오빠."

서운하다니. 그 언니가 눈물 나게 고마울 지경이다. 부
디 오래도록 영미와 친하게 지내주었으면 좋겠다. 옆에 있다
면 달려가 두 손 꼭 잡고 부탁하고 싶은 심정이었다.

"음…… 영미가 오빠한테 전화 안 하는 건 조금 질투나
지만 영미만 행복하다면 난 다 괜찮아."

이런 말이 술술 나오는 내가 구역질 난다. 영미가 폴짝
뛰어 내 입에 뽀뽀를 했다. 하하하하. 어색한 촌극처럼 과장
된 웃음과 과장된 대사를 하는 것이 내 역할이었으니 나는 역
할에 충실했다.

별난 성격 탓에 친구가 별로 없는 영미는 그 압구정 언
니에게 푹 빠졌다. 나에겐 너무나도 고마운 일이었다. 하루
종일 전화 한 통 없는 날이 잦았다. 이렇게 숨통을 틔워주기
만 한다면 영미와의 결혼을 유지하면서 유정과의 밀회를 즐
기는 것도 괜찮지 않을까, 하는 생각도 들었다. 죽여버리기엔
내가 갖고 있는 60평대 아파트의 대리석 마루가, 자랑스럽게
빠진 벤츠 e-클래스가, 수십 벌 걸린 이태리제 정장이, 손목
에서 번쩍거리는 롤렉스 시계가, 국내 최고 시설 골프장 VIP
회원권과 함께 얼마 전 구입한 수입 골프채 세트가 내 발목을
붙잡는다. 포기하기엔 영미가 내게 줄 수 있는 것들 또한 너
무도 달콤했다.

유정이와의 밀회도 다섯 달이 되어가고 있었다. 영미의

집착이 덜해진 만큼 나의 삶도 여유로워졌고 유정이와의 만남도 조금은 시들해졌다. 내가 시들해진 만큼 유정이의 태도에도 변화가 생겼다. 한식을 좋아하는 내가 영미 때문에 샐러드나 빵 쪼가리 같은 서구식 식사를 주로 하는 게 안타까워 매일 종류를 바꿔가며 찌개를 끓이던 유정이는 요즘엔 같은 음식을 여러 번 내놓기도 하고 배달 음식으로 끼니를 때우기도 했다. 사랑을 나누고 집을 나설 땐 늘 문 앞에 나와 배웅을 했었지만 최근엔 잠이 들어버려 나 혼자 그곳을 나서는 일도 많아졌다. 서운하기도 하고 슬그머니 부아가 날 때도 있어서 예전처럼 참새가 방앗간 찾듯, 틈날 때마다 유정이의 거처를 찾지 않는 것도 변화 중 하나였다. 언제 오냐는 유정이의 전화에 예전만큼 설레지 않고 조금은 귀찮다는 생각까지 나서 정리해버릴까 하는 마음이 처음으로 든 날이었다. 늘 예쁘게 단장을 하고 식사를 차리고 있던 유정이가 외출하고 와서 피곤하다며 막 씻고 난 민낯으로 나를 맞이했다. 전이라면 물기가 촉촉한 유정이의 머리카락을 보곤 곧바로 안아 들고 침대로 뛰어들었을 텐데 오늘은 그렇게 준비하지 않은 모습이 실망스러웠다. 시큰둥한 나에게 유정이 무슨 일 있냐고 물었지만 그저 피곤해서라고 답했다. 마음이 복잡했다.

"여기 올 땐 그 반지 좀 빼놓고 오면 안 돼?"

배달 음식으로 배를 채우고 벌러덩 침대에 누운 나의 가슴팍에 파고들며 유정이가 말했다. 나는 왼손을 들어 약지에 끼워진 반지를 들여다보았다. 결혼 후 살이 붙어 약간 헐렁하던 반지 아래위로 손가락 살이 불룩하게 삐져나와 있었다. 빼고 끼는 것도 버듯해진 반지였다.

"어? 아…… 이거. 혹시라도 안 끼고 있으면 영미가 의심할까 봐. 빼놨다가 두고 가기라도 하면 어디에다 뒀는지 변명할 말도 마땅치 않고."

"……그럼, 나는?"

"응?"

유정이가 가슴팍에 묻었던 얼굴을 반짝 들어 올렸다. 눈가가 번쩍거렸다. 잘근 문 입술이 미세하게 파르르 떨리는 것이 보였다.

"이 반지 볼 때마다 내가 느끼는 모욕감은 괜찮아?"

유정이의 눈매가 사뭇 사나웠다. 내키지 않는 발걸음을 한 것이 후회되었다. 나 역시 짜증이 올라와 말투가 거세어졌다.

"왜 그래, 너까지. 내가 유부남인 거 모르고 만난 것도 아니잖아. 하루아침에 정리되는 것도 아니고. 아무것도 모르는 애한테 나 딴 여자 생겼으니 헤어져달라고 갑자기 어떻게 말하니."

"너 기다리라고 한 게 벌써 5개월이야."

"그래, 5개월. 꼴랑 반년도 안 됐는데 뭘 어떻게 정리를 해. 처음에 시작할 때부터 각오했던 거 아냐?"

"이렇게 미적대면서, 날 계속 숨겨두고 그 여자랑 행복하게 살고 싶은 건 아니고?"

벌떡 일어나 앉은 유정이의 말투가 조금 격앙되었다. 가슴에 투명한 창이라도 있어서 유정이가 내 마음을 다 읽은 건 아닌가 심장이 두근거렸다. 속내를 들켜버린 부끄러움과 고분고분하기만 했던 유정이 긁는 바가지에 대한 분노로 역정이 솟구쳐 오르는 걸 참을 수가 없었다. 참고 싶지도 않았다.

"그만 좀 해! 이렇게 쪼아대면 뭐가 달라져? 그렇게 못 참겠으면 헤어지든가!"

생각이 말이 되어 몸 밖으로 튀어나왔다. 나는 벌떡 일어나 함부로 옷을 꿰어 입고 신경질적으로 현관문을 닫고 나왔다. 속이 답답했다. 무작정 차를 몰아 고속도로를 달렸다. 닥치는 대로 밟다 보니 속초였다. 담배를 물고 바닷가를 걸으며 생각에 잠겼다. 영미가 있어서 생길 메리트와 없어지면 생길 메리트를 비교하고 유정이와 꿈꿨던 미래를 다시 곱씹어 보았다. 오늘 본 유정이의 모습은 내가 꿈꿨던 미래의 모습에 검은 얼룩을 만들었다. 하늘에서 내려온 선녀 같은 여자인 줄 알았는데 그냥 그런 평범한 여자였구나, 하고 탄식을 했다. 어떻게 해야 깨끗하게 정리가 될까 고민하다가 어둑해질 무렵 다시 서울로 차를 몰았다. 집에 도착해 현관을 보니 낯선 신발 한 켤레가 놓여 있었다.

"오빠 왔어?"

영미가 쪼르르 달려 나와 팔짱을 끼며 조잘댔다. 오늘은 영미의 수다를 견딜 에너지가 남지 않았다. 그저 누워서 쉬고 싶을 뿐이다.

"어딜 갔다가 이제야 와. 오빠 오길 한참 기다렸는데. 저녁은 먹었어?"

"아냐, 밥 생각 없어."

거실로 걸어 들어가며 넥타이를 풀다가 고급 카우치 위에 놓인 와인 한 병과 여성용 코트를 보았다.

"근데, 누가 왔어?"

"전에 내가 얘기했잖아. 승마클럽에서 만난 언니. 언니가 갑자기 우리 집에 놀러 왔어. 올 때 장을 잔뜩 봐 와서 파스타 해줬는데 진짜 파스타 전문점보다 더 맛있었다니까. 이리와, 오빠. 소개해줄게."

영미는 급한 듯 내 팔을 잡아끌었다. 어떤 여자인지 만나기만 하면 큰절이라도 하고 싶을 만큼 궁금한 사람이었지만 오늘은 아무 생각 없이 쉬고 싶었다. 조금 짜증이 나는 상태로 주방 쪽을 바라보았다. 요리한 것을 뒷정리하는 중이었는지 싱크대에 서 있던 뒷모습의 여자가 천천히 내 쪽으로 몸을 돌렸다. 순간 몸이 빠르게 굳었다.

"언니, 우리 오빠야. 인사해."

"안녕하세요. 처음 뵙겠습니다. 강유정이라고 합니다."

주저앉을 뻔했다. 내 눈앞에 유정이가 너무나 태연한 표정으로 서 있었다. 상황 파악이 되지 않아 얼이 빠진 사람처럼 멍하니 있었던 모양이다. 영미가 내 팔을 잡아당겼다.

"왜 그래, 오빠?"

황급히 정신을 차렸다. 유정이가 여기 왜 와 있는지는 나중 문제였다. 여기서 유정이와의 관계를 들키면 모든 것이 끝장이다. 일단은 이 상황을 넘겨야 했다.

"어? 아……, 아니야. 예, 잘 오셨습니다. 영미에게 말씀 많이 들었습니다."

"영미가 남편 자랑을 입에 침이 마르게 하더니 그럴 만하네요. 인상이 참 좋으세요."

유정이가 표정 하나 흐트러뜨리지 않고 차분한 미소를 띤 채 말했다. 등 뒤로 소름이 돋았다. 자꾸만 벌벌 떨리는 손을 감추느라 온 힘을 다 끌어모아야 했다.

"시간도 늦었고 남편분도 오셨으니 나는 이제 집에 갈게, 영미야."

듣던 중 반가운 말이었다. 영미가 벌떡 일어나 유정이의 손을 덥석 잡아 앉혔다.

"언니, 괜찮아. 자고 가도 돼. 우리 이러지 말고 와인이라도 한잔할까? 언니 시간 괜찮지?"

저 입을 틀어막아버리고 싶었지만, 영미는 두 사람을 방해하는 거 같다고 말을 흐리는 유정이의 손을 잡고 놔주지 않았다. 난처한 표정으로 소파에 앉는 유정이를 흘깃거리는 내 이마에 땀이 맺혔다. 세상에서 가장 긴 시간을 꼽으라면 아마 지금 이 순간일 것이다. 진땀을 흘리는 나와 반대로 유정이는 너무도 여유롭고 차분했다. 유정이는 부드러운 목소리로 사들고 온 와인에 대해 영미에게 설명했다. 영미는 감탄에 감탄을 남발하며 그녀의 해박함을 칭찬했고 한 모금 맛본 와인에 기절할 듯 비명을 질렀다. 이렇게 맛있는 와인은 처음이라며 동그란 눈을 더 동그랗게 뜨고 호들갑을 떨다 나에게 의견을 물었지만 난 말 한마디라도 섣불리 했다간 큰일이 날 것 같아 와인도 목으로 넘어가지 않았다.

"영미 부부 보니까 참 좋아 보인다. 행복하겠어, 영미는."

"언니도 얼른 결혼해. 얼마나 행복한데. 아, 오빠. 오빠 회사에 괜찮은 사람 있으면 언니 소개 좀 시켜줘."

"어?"

영미의 말에 화들짝 놀랐다.

"언니한테 어울릴 만한 좋은 남자 있을 거 아냐."

영미가 내 팔짱을 끼며 어깨에 머리를 기댔다. 스쳐 가듯 유정이의 표정이 굳는 찰나 나는 영미의 머리를 밀어버리고 싶은 충동을 느꼈다. 하지만 그랬다간 영미에게 먼저 죽을 것이다. 나는 하하하하. 목각 인형처럼 웃을 뿐이었다.

"영미야, 사실 언니 사귀는 남자 있어."

유정이가 세상 온화한 미소를 지으며 영미를 향해 말했다. 그 표정이 어찌나 한결같은지 가면이라도 한 꺼풀 쓰고 있는 게 아닐까, 착각이 들 정도였다. 나는 소파 위에 놓인 불덩이에라도 앉은 듯 안절부절못하는 심정이었다. 당장이라도 일어나 유정이의 멱살을 붙잡고 끌어내고 싶었다.

"그래? 그동안은 왜 말 안 해준 거야. 서운하게. 언니, 그럼 다음엔 우리 커플끼리 넷이서 같이 만나자. 커플 여행 어때? 너무 재미있겠다. 그치?"

영미가 박수를 치며 신나 했다. 핸드폰을 들고 어느 리조트가 좋은지 어디가 예약 가능한지를 유정이에게 보여주며 계획을 짜는 동안 나는 토할 것 같은 현기증을 느꼈다. 일단은 영미가 이상한 낌새를 느끼지 못하게 하는 게 최우선이었다. 최대한 아무렇지 않은 척 있어야 했다. 동시에 유정이의 의도가 뭔지 짐작하기 위해 이리저리 머리를 굴렸다. 그동안 영미가 내 부인이라는 걸 알고 만난 걸까. 그렇다면 내가 헤어지자는 말을 하자 우리 집에 찾아온 건⋯⋯. 그렇다. 협박. 이건 더도 덜도 아닌 협박이었다.

그날 이후로 유정이는 연락이 되지 않았다. 오피스텔에도 나타나지 않았다. 연기처럼, 내 옆에서 사라졌다. 초조하고 겁이 났다. 무슨 짓을 할지 도무지 감이 잡히지 않았다. 영미에게 슬쩍, 아직도 그 언니와 만나느냐고 물었다. 영미는 환하게 웃으며 대답했다.

"그럼! 요즘은 내가 언니랑 연애하는 건가 싶다니까. 매일 통화하고 매일 만나는걸!"

생전 처음 겪어보는 공포가 나를 지배했다. 당장 해결사를 만나야 했다.

"계약을 하고 싶어요. 근데 대상을 바꿔주세요."

그의 낡은 사무실 소파에 앉아 유정이의 사진을 내밀었다. 남자는 아무것도 묻지 않고 계약금과 사진을 들고 일어서며 믿음직한 미소를 던졌다.

"걱정 마세요. 확실하게 처리해드리겠습니다. 계산만 정확하다면 우리는 묻지도 따지지도 않습니다."

시간이 어찌 흘러가는지도 모르겠다. 매일 초조하고 불안해서 잠도 제대로 잘 수 없었다. 열이 펄펄 끓어도 눈치 못 채던 영미가 어디 아프냐고 할 정도로 나는 빠르게 초췌해져 갔다. 3일 후 해결사에게 연락이 왔다. 이젠 모든 걱정은 끝인 건가 싶은 반가운 마음에 달려나갔다. 남자는 내가 준 사진을 내밀며 희한한 듯 물었다.

"이분이 강유정 씨 맞아요?"

"해결 못 하신 겁니까? 믿고 맡기라면서요!"

며칠간 초조와 불안에 시달려 신경쇠약 지경까지 간 터라 나도 모르게 고함이 터져 나왔다.

"아니. 대상이 확실해야 해결을 해드리죠."

남자는 다른 사진 하나를 더 내밀었다. 해맑게 웃는 낯선 여자의 사진이었다.

"명일초등학교 나오고 6학년 때 미국으로 이민 간 강유정 씨는 이 사람입니다."

사진 속의 얼굴을 보았다. 오목조목한 이목구비. 어릴 적 기억에 희미하게 남아 있는 그 모습이 조금씩 선명해졌다. 숨이 멎는 것 같았다.

"그러……. 그럼 그 여자는 누구죠?"

"그거까진 우리도 모르고. 미국으로 이민 간 강유정 씨는 작년 3월 5일에 의문의 사고로 사망하셨습니다."

탄식이 흘러나왔다. 유정이가 이미 죽은 사람이라니. 그렇다면 내 앞에 유정이라고 나타난 여자는 누구란 말인가. 머릿속이 뒤죽박죽이어서 아무 생각도 할 수 없었다. 잠시 멍하니 있다가 문득 영미가 떠올랐다. 황급히 전화를 걸었지만 받지 않았다. 내가 어떻게 집으로 왔는지 기억이 잘 나지 않는다. 차를 타고 오면서 수십 번 전화를 걸었지만 이제는 아예 전원조차 꺼진 상태였다. 정신없이 집에 도착해 차를 버리듯 세우고 안으로 뛰어들어갔다.

"영미야! 영미야! 어딨어?"

"오빠, 웬일이야. 이렇게 일찍 들어오고?"

영미의 목소리가 들렸다. 다행이다. 온몸에 긴장이 풀렸다. 거실 소파에 앉아 있는 영미의 뒤통수를 보며 안도의 한숨을 쉬었다. 새삼 영미가 이렇게도 애틋할 수가 없었다.

"아니, 영미가 보고 싶어서 일찍 들어왔어. 별일 없었지?"

영미가 천천히 일어나 몸을 돌렸다.

나는 그 자리에 주저앉았다. 영미의 옷을 입고 영미처럼 단발머리를 하고 있는 그 여자가 나를 향해 웃고 있었다.

"너…… 너는……."

"영미 찾는 거야?"

일어나려 했는데 주저앉은 다리에 힘이 들어가지 않았다. 손이 벌벌 떨렸다. 앉은 채로 뒤로 물러났다. 그마저도 쉽지 않았다.

"그러니까, 이혼하라고 했을 때 했으면 좋았잖아."

그녀가 서서히 내 쪽으로 걸어왔다. 필사적으로 팔다리를 움직여 엉덩이를 뒤로 밀었다. 대리석 마루가 미끄러웠다.

"영미가 지긋지긋하다며. 유정이를 사랑한다며. 근데 유정이에게 네가 뭘 해줬니? 영미에게는 부르면 오고 가라면 가는 개처럼 굴었잖아. 놀 만큼 놀고 나니까 유정이가 지겨워졌니? 유정이는 계속 어릴 때 첫사랑을 그리워했는데 그 첫사랑이 이런 병신인 걸 모르고 죽어버렸네?"

"너…… 넌 누구야? 영미…… 영미는 어디 있어!"

"내가 누구냐고? 당신은 내가 누구였으면 좋겠어? 유정이? 아니면…… 영미?"

그 여자는 고개를 갸웃하더니 소름 끼치는 미소를 지었다. 그리고 이내 표정을 바꿨다.

"오빠, 왜 영미를 못 알아봐? 영미 여기 있잖아."

혀 짧은 말투, 지나치게 천진난만한 표정, 손짓 하나까지 영미를 떠올리게 했다. 아니다. 유정이라고 알고 있었지만 유정이가 아닌, 그래서 누군지 알 수가 없는 여자가 영미와 똑같은 표정 똑같은 말투 똑같은 행동을 하고 있었다. 떨어지지 않는 입을 움직여 겨우 말을 했다.

"너…… 누구야."

여자가 표정을 바꿔 안쓰럽다는 듯 혀를 쯧쯧 찼다. 유정이도 영미도 아닌 사람의 표정이었다. 처음 보는 여자라고밖에는 생각할 수 없는 얼굴이었다.

"유정이가 널 차지할 수 없다면 이제는 영미가 되려고. 첫사랑 명철이를 소중한 추억으로 간직한 유정이는 그 첫사랑이 이렇게 등신인 걸 모르고 관 속에 누워 있지. 유정이가 되려고 내가, 후후훗, 내가……."

유정이가 아닌 그 여자가 고개를 숙이고 어깨를 세차게 들썩였다. 안개처럼 형태가 없는, 그래서 잡히지도 않는 강한 공포심이 밀려왔다. 천천히 고개를 든 얼굴이 기묘하게 일그러져 있었다. 웃는 것 같았다. 온몸에 소름이 돋고 나도 모르게 뒷걸음질을 쳤다.

"죽였어."

그녀가 나를 향해 다가오며 소파 옆에 세워놓은 골프채를 잡았다. 나는 전력을 다해 현관으로 뛰었다.

"어딜 가? 영미 여기 있잖아! 내가 영미라고. 넌 영미의 충실한 개잖아!"

여자의 새된 고함이 뒤통수에서부터 들려온다. 불과 몇 걸음 되지도 않는 현관문까지가 멀고도 멀다. 양말이 대리석 바닥에 미끄러지고 또 미끄러져 제대로 뛸 수가 없다. 퍽. 둔탁한 소리와 함께 머리에서 상상도 못 할 통증이 느껴진다. 사방이 빙글 돌더니 꽝 하는 소리와 함께 차가운 바닥이 내 볼에 들러붙는다. 뜨듯한 액체가 흐르고 눈앞에 보이는 문이 점점 저 멀리로 달아난다. 내가 차마 버리지 못했던 60평대 아파트의 대리석 마루 위에서 내가 죽는다. 참 개같은 인생이다.

그를 사로잡는
단 하나의 마법

유기농물세미키

그를 사로잡는 단 하나의 마법!

「이번에 소개해드릴 신상 매직 포션은 바로바로~ '사랑의 물약'입니다!

전설 속에 내려오던 사랑의 묘약 레시피 그대로! 사랑의 마법이 익기에 가장 좋은 시간 66시간 6분 동안 숙성하여 사랑의 여신에게서 내려받은 여신님의 힘을 가득 충전했답니다-★

이 제품으로 말씀드릴 것 같으면, 태어나서 35년 동안 모태 솔로이던 저희 단골 고객님께서 생애 처음으로 행복한 연애를 시작하게 될 만큼 강력한 사랑의 힘이 담겨 있답니다. '그를 사로잡는 단 하나의 마법!' 포션은 나 자신에 대한 자책을 벗어던지고 더 나은 내 모습을 만들어주는 특단의 사랑과 아름다움의 마법이 걸러 있어요. 그래서 당신이 사랑 앞에 섰을 때 아름다움을 최대한으로 떨칠 수 있는 무한한 힘과 매혹을 드립니다-! 사랑의 여신께 내려받은 특별한 여신님의 힘, 숨겨진 나의 아름다운 잠재력을 개화시켜 당신의 그를 저절로 사로잡게 만들어주는 특단의 사랑비결 러브-포션.

집중력의 허브로 알려진 로즈메리는 정신을 맑게 해주고, 장미는 사랑을 끌어옵니다.

사랑을 향하여, 앞으로 한 발자국 내디딜 맑은 정신과 집중력과 용기를!

이 포션은 당신에게 그를 사로잡는 힘을 선사하며 그 힘이 가장 올바르고 아름다운 방향으로 갈 수 있게 도와주는 마법의 러브 포션입니다.

시제품들부터 사랑 성공의 후기가 넘쳐나는 전설의 연애 꿀템! 늘 그렇듯 언제나 강력한 후기로 보답하는 저희 〈연금술사 공방〉의 얼티밋 스페셜 포션, 밸런타인데이 시즌을 맞이해서 더 많은 분들이 사랑에 성공하시라고, 오픈 기념으로 착한 가격에 드려요.

문의는 DM 주세요(찔러보기 사절).」

주말 아침, 하릴없이 인스타그램의 피드를 내리다 발견한 괴상한 광고가 희선 씨의 눈을 사로잡았다. 도대체 무엇 때문에 인스타그램의 광고 추천 알고리즘이 생전 듣도 보도 못한 정체불명의 '사랑 물약'을 팔자고 광고를 내놓았을까. 희선 씨는 졸린 눈을 비비며 다시 한번 스크롤을 내려 광고와 후기들을 확인했다.

「마법은 진짜 있어요! 저도 처음엔 안 믿었는데 이거 바르고 나가니까 오늘 남자들한테 번호를 세 번이나 따였어요. 셋 다 키도 크고 잘생겨서 누구한테 먼저 답장을 해야 할지 행복한 고민 중이에요.」

「핸드크림에 이 물약을 섞어서 짝남 오빠한테 발라줬더니 오빠가 사흘 뒤에 저를 좋아한다고 고백했어요! 연금술사 공방, 최고예요!」

「그동안 연애에 좋다던 연애운 부적, 비방 다 해봤지만, 연금술사 공방의 스페셜 러브 포션만큼 효과를 본 건 없었습니다. 이거 꼭꼭 재출시했으면 좋겠어요-♡」

"이게 뭐야? 이런 게 효과가 있다고?"

희선 씨는 자신의 눈을 의심했다. 그러나 그녀의 간절한 짝사랑과 새로운 것에 대한 호기심은 손가락에 실려 어느새 연금술사 공방 계정의 피드와 가격표를 하나하나 스캔하기 시작했다. 쓰면 사랑이 이루어지는 물약이라고? 진짜로 효과를 봤다고? 후기에는 하나같이 믿을 수 없는, 기적에 가까운 사랑이 이루어졌다는 간증이 폭발했다. 후기 중 어떤 경우에는 손님을 끌어들여서 사업의 수입이 증가했다거나 살이 빠져서 아름다워지셨다는 이야기까지 있었다. 희선 씨는 어느새 판매자의 계정에 다이렉트 메시지를 보내고 있었다.

판매자는 친절하게 한 병에 십만 원이라는 금액을 알려 주었다. 사랑의 여신을 소환하는 의식을 통해 마녀들과 연금 술사들이 한데 모여 제작하고 힘을 넣었으며 그 효과는 대단 하고, 그전과는 달라진 자기 자신을 발견하실 수 있을 거라며 판매자는 희선 씨의 호기심과 구매 욕구에 불을 질렀다.

희선 씨는 평범한 사람이었다. 그리 크지 않은 회사에서 그리 대단하지 않은 계약직 사무원으로 일하는 대한민국에 사는 20대 후반 여성. 어릴 때부터 체격이 남들보다 크고 체 력도 좋은 편이어서 한때 체육교육과와 경찰대 입시를 준비 해본 적도 있었지만, 공부 머리도 운동 신경도 애매한 그녀는 모든 지망에서 낙방하고 성적에 맞춰 2년제 대학에 들어갔 다. 그 어중간한 학교를 졸업하고 그럭저럭 자신이 갈 수 있 는 기업 중에서 괜찮은 곳에 취직했지만, 차라리 구멍가게가 더 크다 싶을 정도로 열악한 스타트업이던 첫 직장은 입사한 지 6개월 만에 부도가 났다. 그렇게 직장을 한 번 잃고 약 1년 간을 백수로 지내다 다시 동종 업계의 경력 있는 신입으로 들 어와 조용하고 평범하게 다니기를 어언 3년, 누가 보아도 별 볼 일 없는 얼굴과 몸매, 경력이라는 건 희선 씨도 잘 알고 있 었다.

인생에서 크게 더 특별히 일어날 일도 없었으며 주중에

는 회삿일과 상사의 짜증에 시달리고 주말에는 소소한 쇼핑과 맛집 투어를 즐기다 보니 나이를 먹고 주변에서부터 슬슬 결혼에 대한 압박이 밀려오기 시작했다.

특별할 수 없다면 차라리 평범한 삶이라도 남들 눈에 부족하지 않게 살고 싶었다. 그러나 그 또한 녹록지 않았다. 부족하지만 '정상적인' 삶의 경로에서 이탈했던 적은 다음 직장에 취직하기 위해 부모님 눈치를 보며 지냈던 딱 1년의 시간 뿐이었다. 그 시간 동안의 눈칫밥은 결코 쉽게 목구멍으로 넘어가는 것이 아니었다. 그렇기에 희선 씨에게 '결혼'이라는 압박은, 여자로 태어나서 어떻게 연애에 한 번도 성공해보지 못하고 지금 나이까지 남자친구도 없냐, 라는 핀잔과 '살을 빼라'든가 '성형수술을 하라'든가 '누구누구는 살 쫙 빼고 예뻐져서 대기업 월급 사장 아들한테 시집갔는데 너는……'이라는 비교로 다가왔다. 살을 빼기 위해 굶기도 하고 다이어트 약도 먹어보고 운동은 거의 매일매일 했지만, 고등학교 시절 체대 입시를 준비하기 위해 키운 근육들은 무슨 짓을 해도 그녀의 몸에서 나가지 않은 채 그녀를 아주 건장하고 여성스럽지 못하게 만들었다.

그러던 어느 날, 희선 씨에게도 봄날에 불어오는 황사 바람처럼 사랑이 들이닥쳤다.

사랑의 대상은 이번에 낙하산으로 입사한 김 과장이었다. 그의 스펙은 화려했다. 명문대 졸업생인 데다가 미국에서 MBA를 수료했고, 집안도 빵빵해서 외삼촌이 이 회사의

전무이사이며 그 자신도 부잣집 외아들이라는 소문이 자자
했다. 게다가 스펙만 좋은 게 아니라 얼굴도 꽤 반반한 편이
었다. 텔레비전에 나오는 남자 아이돌 밴드 그룹의 기타리스
트를 닮아서 한때는 길거리 캐스팅이 될 뻔했다는 이야기까
지 돌 정도였다. 스스로를 별 볼 일 없이 재미없는 삶을 사는
여자라 생각한 희선 씨가 그처럼 빛나는 남자에게 끌리는 건,
어찌 보면 인간이 어둠 속에서 광명을 찾듯이 자연스러운 이
치였다. 그가 희선 씨의 옆자리에 배정되었을 때, 희선 씨는
딱히 믿지도 않는 신에게 감사하다고 속으로 기도할 정도로
기뻤다. 그는 심지어 친절하고 다정하기까지 했다. 모든 여자
에게 다 그런 것이 아니라, 회사 안에 있는 더 예쁘고 어린 여
직원들을 두고 희선 씨에게 더욱 그러했다.

"희선 씨, 어제 회식 자리에서 많이 취했던데 오늘은 속
괜찮아요?"

하면서 희선 씨의 책상에만 간식과 숙취해소제를 놔주
기도 했고,

"희선 씨, 주말에 시간 되면 우리 영화나 볼까요? 갑자기
표가 생겨서 말이에요."

하고 팝콘까지 다 자기가 살 정도로 살갑게 데이트 신청
을 하기도 했다.

그러나 그는 절대로, 사귀자는 이야기를 꺼내지 않았다.
희선 씨가 관계를 더 발전시키고자 연애 서적에서 본 대로 이
런저런 운을 띄워보았으나 모두 헛수고였다. 오히려 희선 씨

가 서툴게 마음을 표현할수록 그는 그것이 부담스럽다는 듯 머뭇거리며 그녀가 그의 취향에 걸맞는 충분한 여성스러움을 갖고 있지 않다고 핀잔을 주곤 했다. 희선 씨가 그에 실망하고 두려워하면 세상 다정하게 그녀를 달래어 모텔로 데려갔다. 그리고는 항상 이렇게 말했다.

"난 아직 연애할 마음의 준비가 되어 있지 않아. 연애에 대해서는 매우 진지하게 고민해야만 한다고 생각해. 그렇지만 희선이 너는 좋은 여자야. 우리 관계, 이대로도 충분히 특별하지 않을까? 서로를 구속하지 않고 나도 너도 결혼 전까지 충분히 자유를 즐기는 거야. 연애는 아주 깊고, 진지하게 서로를 사랑해야만 하는 관계잖아? 그렇지?"

그때 그 말투와 미소에서 느껴지는 싸한 감각을 믿었어야 했다. 도망쳤어야 했다.

그러나 그녀는 이미 그를 사랑하고 있었다. 그만큼 모두에게 부러움을 살 만한 남자는 어디에서도 만날 수 없다는 걸 희선 씨 자신이 가장 잘 알고 있었다. 그 사랑의 마음이 괴로워서 이틀에 한 번씩 각기 다른 타로집에 가서 그의 마음은 어떤가요, 저 그 사람이랑 정식으로 연애할 수 있을까요, 사귈 수 있을까요, 사랑받을 수 있을까요, 하고 한 번에 이삼 만 원씩을 쓰곤 했다.

한 달이 지나자 그는 지갑을 갖고 나오는 것을 자주 잊어버렸다. 모텔에 가서도 생활비가 없다며 자기가 낸 모텔비의 절반을 계좌로 이체해달라고 졸라댔고, 콘돔을 끼면 항상 발기가 죽는다며 피임약을 먹게 했다. 피임약을 먹다 살이 쪘다. 네가 살이 쪄서 발기가 안 된다며 그는 희선 씨를 침대 위에 발가벗겨 두고 다른 여자와의 카톡을 대놓고 하면서 그녀의 인스타그램에 올라와 있는 수영복을 입은 날씬한 몸매의 여성 사진을 대놓고 찬양했다. 어차피 우리는 사귀는 사이도 아닌데, 나를 제대로 세우지조차 못하는 네가 그렇게 '집착'해서 우리가 더 멀어질지도 모른다며 그는 그녀의 톡 튀어나온 배를 꼬집어댔다. 노력을 하라고 했다. 그런데 노력을 하면 할수록 그녀의 왕자님은 사귀어줄 듯 말 듯 그녀의 마음을 흔들었다. 그럴수록 타로 카드 집에서 쓰는 돈은 점점 늘어만 갔다.

물약을 산 그날도 퇴근길에 타로를 보고 오는 참이었다. 이제는 선톡조차 잘 해주지 않으면서 마음만 살살 흔드는 그 남자, 그러나 인생에서 두 번 다시 만날 수 없을 것만 같은 그녀의 왕자님을 사로잡기 위하여.

그리하여 희선 씨는 물약 한 병을 구매했다. 매일매일 자기 몸에 바르고, 사랑하는 사람에게도 몰래 발라주면 사랑을 얻을 수 있다는, 힘과 기적이 담긴 십만 원의 신비를. 그 십만 원으로 지금까지 쓴 돈에 대한 보답을 받을 수만 있다면 이 지푸라기는 아주 가성비가 좋은 지푸라기가 될 것이었다.

「주의사항이 한 가지 있어요. 절대로 주술을 쓰고 있다는 사실을 상대방에게 들켜선 안 돼요. 왜냐면 마법이라는 건

비밀스러워야 소원이 제대로 힘을 받기 마련이거든요. 조심,
또 조심하세요.」

◇

"당신은 김성택과 어떤 관계였나요?"

"그게……. 저도 잘 모르겠어요. 분명히 사귀자는 이야
기 들었지만, 그 어느 때도 사귀는 것 같은…… 보호는 받지
못했거든요."

"사귀는 것과 같은 보호라면, 무엇을 말씀하시는 것인지
요?"

"예를 들자면……, 강제된 비밀 연애라고 아시나요? 남
들한테 소개해주지도 않고, SNS에는 여전히 싱글이고, 그러
면서 여자들이랑 어울리는 사진은 많이 올라오고. 그녀들은
다 나보다 날씬하고 예뻤어요. 사귀기 전과 달라진 게 있었다
면, 제가 거기에 대해 항의했을 때 그가 매우 화를 냈다는 거
예요. 많이 무서웠어요."

박 변호사의 사무실에서 그녀는 머뭇거리되 똑똑한 발
음으로 대답했다. 희선 씨가 변호사 사무실에 방문한 건 이번
이 두 번째였다. 지난번에는 정당방위에 대한 희선 씨의 주장
을, 그 일이 벌어진 사유를 제대로 듣기 위해 만난 것이었다
면 이번에는 해당 사건이 어찌하여 벌어졌는가에 대해 본격
적으로 재판을 준비하기 위함이었다. 비록 국선 변호사와 의

뢰인 사이로 만난 인연이지만 양희선 씨는 박 변호사가 그간 만났던 모든 여성들 중에서도 꽤 특별한 사람이었다.

정말 엄청난 사건이었다. 이 여성의 어디에서 그런 힘이 나왔길래 피투성이가 다 되어서 경찰서까지 갔던 걸까? 그런 장정들을 혼자서, 그것도 말도 안 되는 무기들을 갖고 물리쳤던 사람이 그전까지는 그들의 무력한 피해자였다는 사실도 박 변호사의 관심을 유발했다. 온갖 흉악한 범죄자들이란 범죄자들은 다 만나본 박 변호사로서도 이번 사건은 정말 설명하기 힘든, 신기할 정도로…… 꼭 마법 같은 일이었다.

"그렇다면 김성택이 교제 중에 폭력을 사용한 적이 있었나요?"

"직접 때리지는 않았어요. 다만……."

희선 씨는 입술을 떨며 말을 이어갔다. 그녀의 목소리는 여전히, 그 기억을 회상하기조차 고통스럽다는 듯 두려움에 차 있었다. 박 변호사가 믹스 커피 한 잔을 더 건네자, 희선 씨는 조용히 그것을 받아 마시며 섧게 웃었다.

"오랜만이네요. 믹스 커피를 마셨는데 믹스 커피 맛이 나는 건."

"그럼 그동안은 대체……."

"이렇게 불투명한 액체를 마시라고 그가 명령했을 땐, 항상 두 경우 중 하나였거든요. 안에 뭐가 들어 있는지 모를 때랑 뭐가 들어 있는지를 알려주고 빨리 다 삼켜버리라고 카메라를 들이대면서 협박할 때.”

진술하는 희선 씨의 목소리에 분노가 차오르기 시작했다.

태어나서 처음으로 마법과 함께하는 삶은 예상보다 순
조로웠다. 사흘을 기다려 배송받은 러브 포션은 ‘사랑의 마법
이 담겼다’라는 판매자의 말처럼 달콤한 향과 그 뒤의 상쾌한
로즈메리 향을 함께 갖고 있었다. 그냥 향수로만 제조했다고
해도 시향을 해보았다면 샀을 법한 달달한 향에, 약간의 기
름 재질에 알코올이 섞여 있어서 ‘향수를 뿌렸다’라고 둘러대
도 좋을 수준이었다. 더 감동적인 것은 이 물약이 담긴 예쁜
병이었다. 핑크색 하트 모양의 유리병에 빨간 액체가 들어차
있는 모습은 누가 보아도 만화 속 마법 소녀들이 쓸 법한 감
성인지라, 희선 씨는 포션을 받자마자 다음 날 기쁜 마음으로
몸에 바르고 출근을 했다.

“요즘 들어서 점점 예뻐지네. 오늘 밤에 어때?”

“저…… 오늘은 고향에 내려가기로 한 날이라…….”

“내가 너를 원하는데, 안 들어줄 거야? 오늘은 모텔비 내
가 낼게.”

결과는 왠지 신비로웠다. 회사에서 평소와 똑같이 일했
을 뿐인데도 묘하게 사람들이 그녀를 존중하고 툭툭 던지는

말로 '희선 씨 오늘 스타일 좋네'라는 둥 각종 칭찬을 늘어놓았다.

희선 씨는 점차 마법을 믿기 시작했다. 왠지 자신감이 샘솟고, 조금이라도 더 부지런해졌다. 자신이 아름다움을 발산하고 있다는 사실만으로도 그녀는 이미 아름다워진 듯한 기분이었다. 한 병을 다 썼을 무렵에는 사람들이 친절해졌고 큰 프로젝트팀에도 들어갔다.

희선 씨가 그의 자리에 포션을 조금씩 뿌려놓기 시작한 건 물약을 두 병째 샀을 즈음이었다. 그녀는 나날이 다정하지만 애매한 관계의 그 남자 자리에 향수 냄새를 묻히는 척 알코올 스프레이에 물약을 담아 뿌렸다. 후기에서 그랬다. 몰래 그에게 발라 놓았을 때 성공률이 훨씬 높아졌다고. 그것을 따라 해봤을 뿐이었다.

재앙은 그녀가 실수로 회사 책상 위에 그 하트 모양의 병을 올려뒀을 때부터 시작되었다.

"이게 뭐야?"

"햐, 향수예요. 평소에 자주 쓰는……."

"향수? 햐, 내 차에 묻어 있던 그 기름 냄새랑 똑같은데? 혹시 당신이 뿌린 건가, 이 향수?"

"손이 미끄러졌어요. 그래서 미처 몰랐었나…… 봐요. 죄송해요."

그가 피식 웃으며 희선 씨를 바로 쳐다보았다. 겁에 질린 그녀의 얼굴을 찬찬히 살피던 그는, 희선 씨의 머리카락을 귀 뒤로 넘기며 그녀에게 달콤하게 속삭였다. 입안에 묻은 침들이 뒤섞인 그의 끈적한 음성에 희선 씨는 온몸에 소름이 돋았다.

"희선아, 너 나 좋아해?"

"네? 그, 그게……."

"솔직히 말해 봐. 아무 문제도 없을 거야. 내가 그런 비밀스럽고 사사로운 이유로 널 밀어낼 리가 없잖아. 비록 너는 내 취향보다 훨씬 덜 여성스럽지만, 네가 얼마나 나를 사랑하는지 내가 가장 잘 아는데."

그의 말은 달콤했지만 눈빛은 무서웠다.

"좋……아해요. 좋아했어요, 계속."

"그래? 내가 그렇게 좋단 말이야? 그럼 사귀어줘야지. 우리 사귀자."

마법은 존재하는 걸까?

잠시 두려움에 떨던 희선 씨는 꼭 소녀 시절로 돌아간 것처럼 눈물을 터뜨렸다.

그와 사귀기로 한 다음 날 김성택은 주식이 올랐다며 오랜만에 희선 씨를 고급 레스토랑에 데려가 주었다. 그가 투자한 주식과 코인이 상승세를 타고 있을 때 희선 씨는 세상 그 어떤 여자들보다도 사랑받고 행복해했다. 이미 태블릿 PC며, 핸드폰이며 그가 갖고 싶어 하는 것들을 적금까지 깨서 다 마련해주었던 희선 씨에게 그 식사는 아주 적은 금액을 돌려받

그를 사로잡는 단 하나의 마법

는 셈이었지만, 사랑을 받고 있다는 사실 자체가 그녀에겐 '기적 같은' 일이었다. 아름다운 사랑의 후기들이 넘쳐나는 러브 포션의 후기란에 희선 씨의 글도 하나 추가되었다.

희선 씨는 이 세상의 여자에게는 외모가 거의 전부이고 그 외모 자본이 부족한 여자에게 자존감 같은 건 사치라고 생각했다. 여고 시절부터 그녀의 짝사랑은 항상 실패했고, 대학 때는 같은 과 선배에게 좋아하는 티를 냈다가 그 선배의 주변 인들에게 술자리에서 한없는 조롱을 당해야만 했다. 분에 맞지 않는 남자를 '감히' 사랑했다는 이유였다. 예쁘지도 않은 주제에 쓸데없이 남자에게 무언가를 요구하는 여자가 사랑받을 수 있을 리 없다. 그것이 희선 씨가 가진 연애와 아름다움에 대한 강박이었다. 그렇기에 그녀는 자신에게 김성택 같은 남자의 사랑은 황공한 것이라고 여겼다. 모텔비를 반씩 부담하지 않아도 사랑받을 수 있다니! 매달 피임약을 사다 주는 남자라니! 하지만 그 '행복'조차도 100일을 가지 못했다.

세계 증시가 대폭락하고 코인에 대한 규제가 들어가며 그가 갖고 있던 주식과 코인이 파랗게 곤두박질치기 시작했을 때, 김성택은 희선 씨에게 짜증을 부렸다. 다시 모든 식비와 모텔비는 희선 씨가 부담하기 시작했다. 우리가 결혼하려면 남자로서 내가 돈을 모아야 하기 때문이라고, 김성택은 짜증을 섞어 구차한 변명을 늘어놓았다.

그가 그녀의 카톡을 씹는 날이 다시 반복되었다. 보통의 경우라면 헤어졌겠지마는, 희진 씨는 기껏 친구들에게 남자친구인 김성택을 소개하고 부러움을 사고 인정을 받았던 그 자랑거리를 100일도 안 되어 잃고 싶지 않았다. 너무나 사소하지만 그 사소함을 갈망했다. 사랑받고 싶었다. 사랑받지 못하는 여자는 부족하고 모자란 여자였으니까. 그렇게 배웠으니까. 어릴 때부터 항상, 남자에게 사랑받을 수 없을 거라고 폄하되던 그녀의 몸을 가장 예뻐해준 건 그 남자밖에 없었다. 그녀는 다시 연금술사에게 연락했다.

「그렇다면 이번에는 더 큰 힘을 가진 부적을 그의 책상에 몰래 붙여보는 건 어떠신가요? 이건 사실 재회 비방에만 쓰는 술법으로 만든 건데, 특별히 저희 공방을 사랑해주시는 고객님이시니까 삼십만 원에 드릴게요. 원래는 칠십칠만 원짜리지만⋯⋯.」

이번에는 망설임이 없었다. 희선 씨는 삼십만 원짜리 부적에 포션을 묻혀 그의 책상 아래 붙여두었다.

마법은 이틀 만에 발각되었다.

"그래서 저쪽에서 당신을 재물손괴죄로 걸었군요. 검사의 기소 내용이랑은 별도로, 김성택 측에서 걸려온 민사가 하나 있거든요. 재물손괴죄."

"개새끼. 그럴 줄 알았어요."

"손괴한 재물이 실제로 있었나요?"

"아뇨. 명백하게 '손괴'라고 할 건 없었어요. 오히려 그
날이 진짜 지옥의 시작이었죠. 그동안의 서러움은 그냥 유치
원생 장난이었다고 하는 수준으로요."

희선 씨는 입술을 깨물며 변호사에게 대답했다.

"김성택은 저를 협박하기 시작했어요. 그건 딱 봐도 부
적이었거든요. 그리고 그는 평소에, '신 같은 게 어디 있냐'며
자기는 세상에서 가장 이성적이고 합리적이며 냉철한 지성
을 통해 주식을 매매해 부자가 될 것이라 호언장담하던 사람
이었어요. 미친 듯이 비웃더라고요. 이딴 미개한 미신이나 믿
으면서, 미신 따위로 날 잡으려고 했던 거냐고. 당장 회사 전
체에 알려서 네가 나에게 저지른 이 무식하고 미개하고 폭력
적이고 광적인 집착을 까발리면, 너는 어떻게 될까? 라고. 그
표정, 그 표정이 정말……. 어떤 악마도 그런 표정은 짓지 못
할 거예요."

희선 씨가 김성택에 대해 하는 말을 들으며 박 변호사는
눈앞에 정갈히 프린트된 서류 꾸러미를 한 장 한 장 넘겼다.
꾸러미 안에는 소위 트위터의 '섹계'라고 불리는, 성적인 내
용과 중요 부위 사진, 입에 담을 수도 없는 음란하고 천박한
문구로 가득한 트윗 이미지 포스팅이 날짜별로 정리되어 있
었다.

"이 자료들, 동영상으로도 증거가 다 보존이 되어 있

다고 했죠? 그자의 협박에 의해 만드신 게 확실하다고 하셨죠?"

"네. 확실해요. 왜냐면……."

"난 너한테 매우 실망했어, 양희선. 아무리 돼지같이 살찌고 음침하게 생긴 여자라도 그렇지, 어떻게 이따위 주술 같은 걸 쓸 수 있어? 내가 제일 혐오하는 게 이런 비이성적인 미신인 거 몰라?"

"미안해요, 제발, 제발 용서해주세요……. 헤어져도 좋으니까, 그러니까 제발 회사에 퍼트리지만 말아 주세요, 네?"

"어딜 감히 미개한 게……. 싹싹 비는 주제에 눈을 똑바로 뜨고 날 봐?"

그는 손찌검할 듯한 동작을 하며 희선 씨의 무릎을 꿇렸다. 빌어, 빌라고. 미친년아. 이 과대망상병자, 정신병자. 희선 씨가 마치 정신과적 장애라도 앓고 있는 것처럼 그는 희선 씨의 머리를 짓밟으며 그녀의 '사과'를 받았다. 도망칠 수 없었다. 도망치는 순간 그가 알고 있는 희선 씨 지인들과 가족들의 모든 연락처로 그녀가 그에게 주술을 썼다는 사실과 증거 사진들이 전송될 거라고 협박했기 때문이었다. 게다가 그가 희선 씨를 모함하기 위해 꺼낸 협박 안에는 그의 잘나신 '이성'에 따라 치밀하게 계획된 '증거자료'들이 들어 있었다.

희선 씨가 그동안 그의 자리에 물약을 뿌렸던 사진들과 그간 몰래 찍어놓은 희선 씨와 그의 성관계 동영상, 그중에서도 희선 씨의 얼굴만 잘 나오도록 찍은 캡처본과 오르가슴에 떠는 그녀의 목소리까지. 희선 씨는 USB를 빼앗으려 했지만, 김성택이 들고 있는 USB는 이미 여러 곳에 복사된 것 중 하나에 불과했다.

"하지만 넌 날 사랑하니까, 그 정성을 가상히 여겨서 한 달간의 기회를 줄게. 네가 얼마나 나에게 여자로서 '순종'하고 나를 '사랑'하는지에 따라 달렸어. 만일 한 달 동안 내 모든 요구에 다 따른다면 네 사진과 동영상, 이 역겨운 미개인의 잔재까지 지워줄게. 알았지?"

경찰에 신고해서도 안 되고, 주위에 말을 해서도 안 되었다. 그러면 그 순간 희선 씨의 모든 개인정보를 포함한 애정 주술의 기록과 사생활, 사랑을 말하던 문자메시지와 영상까지 다 퍼져 나갈 테니까. 주변인뿐만 아니라 온 세상으로 퍼져 나가서 조롱을 당하고 인생이 끝장날 테니까.

희선은 고개를 끄덕일 수밖에 없었다. 그런 희선에게 그는 입술을 이빨로 깨물어 씹어버릴 듯한 키스를 갈기고는, 그녀의 머리를 자신의 하반신에 짓눌렀다. 그 순간에도 카메라는 켜져 있었다.

"죄송해요. 듣기가 좀 힘드시죠."

"아닙니다. 괜찮습니다. 여성 대상 성범죄에서 협박은 흔한 일인 걸요. 그래도 김성택의 범행은 너무 끔찍했습니다. 어떻게 이런 걸…… 견디고 사셨어요?"

"무서웠으니까요. 한 가지 명령을 들을 때마다 한 가지 사진을 지워줬어요. 돈을 빌려달라고 했을 땐 두 장을, 액수에 따라 동영상도 하나씩 지웠죠. 사실은 모든 하드와 클라우드까지 다 백업이 되어 있어서 아무 소용 없는 것이었는데……."

"그래서, 최초의 '섹계'와 '조건만남계'가 김성택의 명령으로 만들어진 것이 맞나요?"

"흑, 흐윽…… 네. 그 새끼가 시켰어요. 처음에는 간단한 것부터 시작했어요. 자기한테 있는 성벽을 풀어달라고요. 아시잖아요, 그…… 성인용품점에 있는 기구들. 그걸 사용하는 것부터 시작했어요. 얼굴을 가릴 테니 야외에서 노출하라고, 싫으면 명품 지갑을 사달라고. 노출광이 되기는 싫어서 금품을 줬더니 어느새 제 월급을 제가 아니라 그 새끼가 거의 다 쓰고 있었어요. 그래도 모자랐는지 어느 날은 천만 원을 빌려달라고 하더군요. 잃은 코인 수익 중에 사채 빌려서 투자한 돈이 있다고요. 그런데 제게 그 돈이 있을 리가 없잖아요. 이미 그 새끼가 사달라는 그놈의 명품을 사 주느라 제 통장 잔고는 바닥인데. 그랬더니······. 그 개새끼가······."

희선 씨의 감정이 격해졌다. 박 변호사와 희선 씨 둘 다, 그 사건의 다음 과정은 이미 알고 있었다. 김성택은 몸을 팔아서라도 그 돈을 벌어오라고 했다. 업소에 빚을 지게 해놓진 않을 테니까 자기가 시키는 대로 하라고. 그래서 희선 씨는 팔자에도 없던 '마조히스트 여자'의 정체성을 연기하며 그가 시키는 대로 자신의 신체 일부 사진을 올려놓았다. 올라오는 사진들은 점점 더 수위가 높아졌고, 그 언어 또한 입에 담을 수 없을 만큼 끔찍해졌다. 국내 최대의 불법 촬영물 공유 사이트가 이미 법의 철퇴를 맞아 없어진 지 오래임에도, 악인의 수가 완전히 사라진 것은 아니었기에 그 행위는 점점 더 음지로 내려 들어갔다. 희선 씨처럼 착취와 협박에 구속된 여성은 구조적으로 그 늪에 더 빠질 수밖에 없었다.

김성택은 거의 매일 그의 인맥을 자랑했다. 이 클럽은 고위층들만 오는 곳이며 자기는 경찰 고위 간부와도 인맥이 있다고. 사실은 재벌가의 숨겨진 아들이라 대놓고 드러내지 못할 뿐이지, 너 하나쯤 섬에 팔아버리는 건 간단하니까 경찰서 문턱에 가봐야 소용없다고.

그렇게 그녀는 점점 더 말 잘 듣는 그의 인질이 되어 갔다. 김성택은 마치 일본의 저질 만화에 나오는 것처럼 그녀를 괴롭혔다. 희선 씨가 자발적으로, 원해서 그런 행위를 하는 것처럼 게시물을 꾸미고 강제로 찍은 사진들을 트위터와 해외 사이트에 올려 수익까지 창출했다. '자발적'이라는 타이틀

이 걸린 희선 씨는 이제 성폭행을 신고할 수조차 없게 되었다고 수많은 남자에게 조롱당했다. 네가 원해서 한 것처럼 올라간 게시물이니 신고한다 한들 아무런 보호도 받지 못하고, 오히려 그녀의 문란한 행실이 만천하에 드러나는 꼴이라고 그는 몇 번이고 반복해서 희선 씨에게 주입시켰다. 그리고 반복된 협박은 어느새 진실처럼 다가왔다. 법은 멀리 있고 그는 가까이 있었다.

"그래서 자살을 시도했어요. 어느 순간, 평생을 이렇게 살아야만 한다고 생각하니까 아득해지더라고요. 그런데 뛰어내리는 건 너무 무서운 거예요. 그래서 욕조에 물을 받고 손목을 그었어요. 유서를 쓰고. 그랬는데, 그렇게 잘 그어서, 정신이 몽롱해지고 앉은 자리가 전부 빨개질 즈음에, 그놈한테서 전화가 왔어요. 그놈 목소리는 아닌데 다른 남자 목소리로 제 '섹계' 닉네임을 부르더라고요. 전화를 건 건 당연히 김성택이었죠. 그는 그런 짓도 시켰으니까. 저는그목소리에최대한상냥하게.안녕하세요뚱녀걸레희선입니다주인님의…… 씨발, 좆같은 새끼들, 다 죽어버렸어야 되는데 그 산에서 삽으로 모조리 대가리를 깨서! 전부 다! 눈깔을 파헤쳐야 했는데!"

"진정해요, 희선 씨. 김성택은 지금 병원에 있어요. 당신은 안전해요."

"변호사님, 너무 웃긴 거예요. 제가요, 목숨이 끊어져 가는 순간에도 그놈이 가르쳐준 성 접대 멘트를, 자동 응답 기

그를 사로잡는 단 하나의 마법

계처럼 읊고 있었어요, 제가요, 그래서, 그때 너무 무서워서, 손에 다시 붕대를 감고 119를 불렀어요. 모든 걸 이야기하려고요. 살아서. 그런데 병문안을 제일 먼저 온 게 누구였는지 알아요? 김성택이었어요……. 저 몰래 혼인 신고서를 위조해서 제 보호자인 척을 했더라고요."

❖

눈을 뜬 그녀에게 김성택은 역겹게 웃으며 말했다.

"자기야…… 많이 힘들었지?"

"꺼져, 제발! 제발 꺼져!"

"내가 너를 얼마나 사랑하는데, 희선아. 나 생각났어. 우리 곧 200일이잖아. 그동안 내가 너무 서운하게 했지……. 이번에는 네가 좋아할 만한 최고의 이벤트를 해줄게. 기념일은 남자가 챙겨야지. 그렇지?"

치료비는 모두 김성택의 신용카드에서 나갔다. 늘 자기에게 돈을 달라고 했던 남자가 죽으려 하니 돈을 다 냈다는 것을, 그 꿍꿍이를, 희선은 짐작할 수 있었을까? 퇴원 후 보름 뒤였던 기념일까지 그는 희선에게 아무것도 시키지 않았다. 도망칠 생각으로 죽으려 했던 여자를 안심시키기 위한 투자였다.

"자, 희선아. 우리 드라이브 가자. 내가 특별한 이벤트를 준비했거든."

죽음의 문턱에서 살아 돌아왔을 때, 그녀는 너무도 쉽게 그에게 다시 의존했다. 자신을 죽음으로 몰고 간 남자와 어떻게든 살아 숨 쉴 수 있게 자신을 돌봐준 남자를 일치시키기가 힘들었다. 이미 그녀의 정신은 폭력과 협박과 사랑과 비약으로 가득 차버린 상태였다.

차가 도착한 곳은 어느 산장이었다. 깊디깊은, 야밤의 산장 앞에 도착하자마자 김성택은 희선 씨의 눈을 안대로 가렸다. '서프라이즈'를 위함이라고 했다. 그런데 느낌이 이상했다. 왜 하필 이런 으슥하고 침침한 곳에서 이벤트를 하지?

"짜잔, 서프라이즈!"

그가 음흉한 목소리로 깔깔대며 그녀의 눈에 씌운 안대를 벗겼다.

"이게, 이게 뭐야. 왜 내가 이, 이런 지하실에 있는 거야, 왜?"

"갠년이 주인님한테 말버릇이 안 됐네. 일단 가축용 채찍으로 좀 맞아 볼까?"

매서운 채찍질이 몸을 강타했다. 주위에는 김성택뿐만 아니라 처음 보는 얼굴의 남자들까지 우글거렸다. 더 큰 문제는, 그녀가 생전 듣도 보도 못한 고문 도구와 성인 기구들이 의자 근처에 널려 있다는 사실이었다.

"왜, 나한테 대체 왜 이러는 거야! 김성택 이 쓰레기 새끼야!"

"너 죽고 싶어 했잖아. 유서까지 아주 정성스럽게 써놨

던걸? 그래서 소원 들어주려고. 죽여줄게. 대신 나한테 선물 하나만 하고 가주라."

"그동안 그렇게 괴롭혔으면 됐잖아……. 왜, 내가 뭘 그렇게 잘못해서! 왜 날 놔주지 않아! 왜!"

쌓였던 감정이 북받쳐 올라왔다. 그러나 김성택은 꿈쩍도 하지 않았다. 오히려 그의 옆에서 팔짱을 끼고 있는 표독한 여자 하나가 그녀를 조롱했다.

"오빠, 이번에 다크웹에 팔아먹을 게 쟤야?"

깔깔대며 웃는 두 남녀를 보고 희선은, 그동안의 모든 노력이 헛수고였다는 것을 선명하게 깨달았다. 저 남자는 애초에 희선을 사랑할 생각조차 없었으며, 그간 착취당한 시간과 삶은 저 개새끼와 그 옆에서 아양을 떠는 여자에게 고스란히 바쳐졌다. 그녀는 그에게서 아무것도 얻은 것이 없었다. 그저 그를 사랑한다는 이유로, 그 사랑을 조금이라도 온전히 받고 싶다는 마음을 가졌단 이유로 죽느니만도 못한 생활을 반복하다 이 끔찍한 상황에 놓이게 된 것이다. 단지 사랑했다는 이유로.

그런데 내가 왜 죽어야 해? 그것도 이따위 좆같은 방식으로? 죽이고 싶다. 사람을 기만하고, 협박하고 그것으로 원하지도 않는 노출 사진과 음란 계정을 만들게 하고, 내 인생 전체를 저당 잡은 저 새끼를 죽이고 싶다. 그리고 내 피와 눈물로 얻은 돈, 내 인생을 짓밟은 인간이 번 범죄 수익으로 산 가방을 들고 히죽거리는 저년을 피떡이 되도록, 내가 느낀 모든 끔찍함을 고스란히 느낄 만큼 패 죽이고 싶다. 그러지 못할망정 순순히 죽어줄 순 없었다.

"그래서 오늘은 특별한 이벤트를 할 생각이야. 바로 너에게 극한의 고통과 극한의 쾌락을 주면서 열두 시간 안에 소원대로 죽을 수 있게 만들어줄 거야. 마취제는 충분하지만, 말을 안 들으면 마취제도 안 주는 수가 있어."

"왜, 대체 왜…… 이렇게까지 하는 거야!"

"너 어차피 뒈질 거잖아. 그럴 바에는 우리한테 돈이라도 더 내놓고 가는 게 낫지 않겠어? 감히 스스로 죽으려고 해? 네 목숨, 그거 내가 갖고 있다는 거 몰랐어?"

그의 말이 무엇인지 그녀는 알 수 있었다. 스너프 필름. 공포 영화에나 나오던, 사람을 잔인하게 고문하고 강간하다 죽이는 쾌락 살인마들의 포르노를 제작한다는 뜻이었다.

김성택은 끔찍하게 일그러진 미소를 지으며 희선 씨에게 다가왔다. 그리고는 주머니에서 작은 병 하나를 꺼내 희선의 눈앞에 흔들었다.

"자아, 우리 희선이를 여기까지 데려와 준 멋진 사랑의 물약을 소개하겠어요, 초대남 여러분. 이년이 말이야, 글쎄 인스타에서 이딴 걸 사다가 내 책상이랑 의자에 처발라놓은 거 있지? 바르면 사랑이 이루어진다나. 하하하! 미개하기는. 이딴 미신이나 믿으니까 인생이 비참해진 거야. 알아?"

희선 씨는 그의 조롱은 아랑곳하지 않고 손목을 비틀어 청테이프로 묶인 손을 슬슬 풀었다. 이 짓거리를 당하면서 깨달은 것 중 하나는, 저것들은 본인들이 원하는, 트위터 섹계의 텍스트들을 육성으로 말하는 여자를 적당히 연기해주기만 하면 심한 꼴을 당하지 않고 넘어갈 수 있다는 것이었다. 그들은 그런 걸로 남을 지배할 수 있으리라 믿는 놈들이니까.

"이딴 거에 십만 원이나 쓰다니. 너같이 멍청한 년은 당해도 싸. 그나마 나를 만난 걸 행운으로 생각해. 지금까지 나한테 사랑받는다는 느낌으로 좋은 꿈이라도 꿨잖아. 안 그래?"

김성택이 비릿하게 웃으며 '사랑의 물약'을 바닥에 던졌다. 병이 쨍그랑, 하고 깨지며 그 안에 들어 있던 빨간 오일이 새어 나왔다. 사랑의 여신이 가진 힘을 가득 담았다던 한 병의 러브 포션은 비참한 사금파리들과 함께 바닥에 산산조각 나며 희선 씨의 눈앞에서 '여신의 힘'을 모조리 흩뜨렸다. 기적과 지옥을 동시에 가져다준 익숙한 향기가 희선 씨의 코를 간질였다. 평소에 한두 방울씩 바를 때보다 훨씬 강렬한 로즈메리 향이 머리끝까지 올라왔다.

집중력의 허브로 알려진 로즈메리는 정신을 맑게 해주고, 장미는 사랑을 끌어옵니다

바닥에서 올라오는 로즈메리 허브 향에 희선 씨는 정신이 반짝 깼다. 아로마테라피의 효과인지 여신님의 마법인지, 희선 씨는 지금까지 겪었던 지옥도의 데이터가 머릿속에서 한 번에 조각모음 하듯 정리되는 감각을 느꼈다.

사랑의 여신께 내려받은 특별한 여신님의 힘,

숨겨진 나의 아름다운 잠재력을 개화시켜

살고 싶다. 살고 싶어. 뒷일은 몰라. 그렇지만 일단은 살아서 저것들을 죽이고 여길 나가는 거야. 그리고 내 삶을 되찾을 거야. 혼자였지만 혼자여도 충분히 즐거웠던 나날들을, 별 볼 일 없고 특별할 것도 없지만 평범한 만큼 소소히 행복했던 내 인생을…….

이 공간 안의 모든 것이 머리에 그려지고 눈에 들어왔다. 희선의 생존 의지에 따라 머릿속에 지도가 그려졌다. 두려움이 사라진 자리에 로즈메리의 향기와 같이 맑은 집중력이 깃들었다.

곧이어 희선 씨는 짧은 시간에 탈출 방법을 구상했다. 신비한 마녀의 마법에 걸린 것처럼, 희선은 맑고 상쾌해진 정신으로 방 안에 있는 모든 물건과 인두겁을 쓴 짐승들의 위치를 스캔했다.

널브러져 있는 고문 기구 중에 타격감이 좋은 둔기와 근접전에 유용한 날붙이가 눈에 들어왔다. 그것들을 집어 저 금수들을 해치우기 위해서는 어떻게 이동해야 좋을까. 가장 빠르게, 그러면서도 가장 확실하게 급소를 공격해 고통을 주되, 너무 빨리 죽이지 않고 제압만 하면서 이곳을 탈출해 저

것들에게 죄를 물을 최선의 방법은 무엇일까. 이왕이면 살아서도 평생을 후회하고 자신이 지은 죄를 곱씹고 곱씹을 수 있도록 팔이든 다리든 어디든 한두 군데는 잘라내버렸으면 좋겠는데.

"주인니임…… 저, 너어무 주인님의 ○○를 빨고 싶어요오……."

"뭐야 이거, 최음제였냐? 야, 그동안 너 나한테 최음제 뿌렸냐?"

김성택이 순간 당황했다. 단 한 번도 협박 없이 먼저 이런 모습을 보여준 적이 없는 희선 씨가 별안간 눈을 게슴츠레하게 뜨고 그가 제일 좋아하는 표정을 하자, 김성택은 추하게 앞섶을 발딱 세웠다. 온갖 우월한 척은 다 하면서도 정작 그 물건 크기는 한 뼘도 채 안 되었던 그놈은 발기를 할 때마다 다리 사이가 뾰족하게 툭 튀어나오곤 했다. 그것은 한 번도 변한 적 없던 신호였다.

"제가 이렇게 미신이나 믿는, 감정적이고 미개한 년이라…… 어떡하죠? 저, 당신한테 길들어졌나 봐요."

결박은 허술했다. 손의 결박은 벌써 거의 다 풀렸다. 심지어 어디서 뭘 보고 따라 했는지 허리와 허벅지는 묶여 있는데 발목은 풀려 있었다. 그녀는 김성택의 시선을 조금 더 돌리려고 다시 한번 말했다.

"주인니임…… 제 입 좋아하신다고 하셨잖아요오, 저

카메라도 찍고 있는데 안 주실 거예요?"

속에서 토악질이 치밀었지만, 일차적 목표를 달성해야 했다. 이곳에 '초대'되었다는 저놈들은 뭐가 어떻게 된 것인지조차 몰라서 자기네들끼리 쑥덕거리는 중이었다. 김성택은 완전히 경계를 풀었다. 지금껏 반복되어 왔던 희선 씨의 복종에 김성택도 길이 든 상태였다. 김성택은 자신을 과신했다. 이자에겐 희선 씨가 너무나 만만해서, 최소한의 경비를 하려는 생각조차 않은 것이다.

희선 씨는 눈을 내리까는 척하며 주위를 둘러보았다. 평소보다 두 배, 아니 세 배 이상 빠르게 두뇌가 회전하고 집중력이 높아진 듯한 기분이었다.

가장 가까운 곳에 묵직하고 거대한 실리콘 딜도와 진동 안마기가 있었다. 고문 도구들, 채찍과 각목, 몽둥이, 쇠파이프, 주사기와 줄톱 같은 것들은 비교적 멀리 있었지만, 멀리 있는 도구를 잡으려면 일단 가까이에 있는 둔기로 이 자리의 주최자인 김성택을 가격해 움직이지 못하게 해야 한다.

다행히도 희선 씨의 눈앞에 있는 실리콘 딜도는 비현실적일 만큼 커다랬고 진동 안마기 역시 희선 씨의 정강이 수준으로 거대했다. 가장 가까이에서 잡을 수 있는 성인 기구들만으로도 충분한 힘을 실어 때릴 수만 있다면 저 새끼들의 대가리를 날리고 이빨을 털어버릴 수는 있을 것이다.

실패할지라도, 적어도 저 범죄자들에게 영구적인 상해 하나는 입히고 갈 수만 있다면. 사회의 심판이든 몸의 고통이

든, 영원히 자신들이 저지른 짓의 대가를 몸에 새기고 살아가
게 할 수만 있다면.

이 포션은 당신에게 그를 사로잡는 힘을 선사하며

희선 씨는 김성택의 그 더럽고 추잡한 것을 마지막으로
입에 물었다.

"아아아아악!"

"오빠, 오빠아아! 무슨일이야아아!"

젖 먹던 힘을 다해 그것을 앞니로 잘랐다. 입에서 그놈
의 해면체가 내뿜은 피가 꿀렁거렸다. 그토록 무섭게 그녀를
협박하던 김성택은, 성기가 반 이상 잘려나간 순간 하반신을
부여잡고 바닥에 엎드려 구르기 시작했다.

몸에서 힘이 솟아올랐다. 살면서 처음으로 경험해보는
마법에 걸린 것만 같은 쾌감이었다. 희선 씨는 자리에서 일어
나 추잡한 해면체 덩어리를 이로 잘근잘근 씹어 그의 눈앞에
뱉고 발로 꾹꾹 밟았다.

"너, 너 무슨 짓이야. 가드! 가드읍!"

이렇게 하찮은 새끼를. 자리에 드러누워 피나 질질 흘리
며 버둥거리는 이 벌레 같은 새끼를 왜 진작에 응징하지 않았
을까.

"우리 오빠한테 무슨 짓이야 이 돼지야!"

"왜, 그 손톱으로 머리채라도 잡으시게? 근데 어쩌나?

네가 사랑해 마지않는 오빠의 좆 대가리가 내 발밑에서 밟히고 있는데. 네 사랑하는 '오빠'의 목숨이 아깝지 않아?"

희선 씨는 그렇게 말하고 그 흉물을 밟은 채로 가장 거대한 모조 남근과 그 옆에 있는 커다란 전동 마사지기를 손에 들었다. 지극히 딱딱하고 뻣뻣한, 약 30센티미터의 거대한 둔기와 무선으로 움직이는 초강력 진동 둔기가 희선 씨의 양손에서 쌍검처럼 힘차게 들어 올려졌다.

"미친년, 이 미친년, 가드를 불…… 크억! 살려줘어으어어!"

부르르르르 부우우우우웅.

안마기의 진동을 켜자 굉음이 났다. 희선 씨는 제 앞에 덤벼오는 쥐방울만 하고 표독스러운 여자가 손톱을 내밀기도 전에 그녀의 턱에 둔기의 강렬한 진동을 연타로 먹였다. 안마기의 진동에 골이 울렸는지 그녀는 어지러움과 아픔을 참지 못하고 비명을 질러댔다.

"핸드폰 내놔. 좋은 말로 할 때."

"이, 이……!"

"한 대 더 맞고 싶어? 아니면 얌전히 핸드폰 내놓고 내 말 듣고 여기서 같이 탈출할래? 좋은 말로 할 때 내 말 들어. 안 그러면 저 남자들한테 널 던져버릴 거야. 아니면 이 개새끼한테 하고 싶었던 것 중에 하나를 너한테 해줄까?"

눈이 맑아지고 정신이 뜨이니 팔에도 힘이 들어갔다. 다리 사이에서 피를 질질 흘리는 범죄자가 눈에 핏발이 선 채로 다시 일어났다. 그러나 그 잠깐의 일어섬은, 희선 씨가 다시 최고 강도로 올린 전동 안마기를 그의 대가리에 후려갈기고 피가 철철 흐르는 그곳에 가져다 댐으로써 더욱 고통스럽게 좌절되었다.

초대남들은 우왕좌왕하다 너나 할 것 없이 출구를 향해 몰려들었다. 미나는 출구를 향해 도망치는 그들의 무리에 끼어들어 같이 도망가기 시작했다. 그러나 출구는 건장한 남자들의 차지였다. 악당의 정실부인은 처참하게 튕겨 나와 무작위적인 발길질에 밟혀 돌아왔다. 그녀의 유일한 희망인 남자는 그녀를 보호하기는커녕 배신자, 창녀라고 쌍욕을 해댔다.

그 힘이 가장 올바르고 아름다운 방향으로 갈 수 있게
도와주는 마법의 러브 포션입니다

"언니, 흐윽, 제발 살려주세요. 언니, 저 죽이지 마세요. 드릴게요, 다 드릴게요."

미나는 희선에게 얌전히 핸드폰을 내밀었다.

"희선아 너 이러면…… 너 범죄자야. 네 인생이 다 끝난단 말이야! 오빠 말 들어. 그동안 오빠 말 잘 들었으면서 왜 그래, 응? 지금, 크흑, 그만두면 저거 말고 너랑 결혼할게. 평생 싹싹 빌면서 미나에게 줬던 명품백들 열 배씩, 매달 안겨주고. 호, 호호호, 호강시켜줄게!"

"정신 못 차렸네."

한 손으로는 핸드폰을 낚아챈 희선 씨가 남자의 바지를 발목까지 벗겨냈다. 추악하게 매달린 놈의 고환을 한 손으로 가뿐히 뜯어내자 한 번에 뜯겨 나갔다. 희선 씨는 주위에서 또 다른 딜도를 발견해 전원을 켜고 그의 엉덩이 깊숙이 꽂아 넣었다. 그래도 힘이 떨어지지 않았다. 체력, 아니 그 이상의 에너지가 몸 안에서 계속 솟아났다. 희선 씨의 얼굴에 화색이 돌았다.

희선이 핸드폰을 열고 현장의 사진을 찍으려 하자마자, 사방에서 이 범죄조직의 '가드'를 맡고 있던 자들이 우락부락한 인상을 드러내며 다가왔다.

앞으로 한 발자국 내디딜 맑은 정신과 집중력과 용기를!

희선 씨는 긴급 신고 버튼으로 112에 전화를 걸었다.

"여기요! 강도가 나타났어요! 강도가! 저를 죽이려고 해요! 살려주세요! 연쇄살인범 강도가 저를 찔러요! 제가 납치되어서 좌표는 모르고요. 이 전화의 발신 주소로 와 주세요, 제발!"

가드들이 일제히 달려들었다. 희선 씨는 달려오는 놈들을 향해 거대한 안마기를 휘둘렀다. 퍽, 퍽! 퍽! 때리고 맞는 소리가 계속해서 들려왔다. 희선을 잔혹하게 괴롭히는 데 쓰기 위해 적들이 마련한 거대한 기구들은 둔기가 되어 적을 당황시켰고 진동 안마기는 힘껏 휘두르니 부웅 부웅, 소릴 내며 적의 골통을 울렸다. 경찰이 이제 와야 하는데, 신속 출동이라며 신속 출동! 씨빌! 빨리 와! 다시, 몸을 웅크려 전화기를 꺼내고 112를 눌렀다.

"살인! 강도! 강간! 강간범들이 가득해요! 연쇄살인마야 연쇄살인마! 살려주세요! 저 칼 든 놈들한테 쫓기고 있어요! 아아아악!"

들고 있던 진동 안마기가 꺼졌다. 희선 씨는 가드들을 피해 젖 먹던 힘까지 끌어모아 '고문 도구' 쪽에 있던 도구 중 잡히는 대로 집어 들었다. 양손에 긴 가축용 채찍과 날이 잘 다듬어진 공업용 전기톱이 들렸다.

어릴 때부터, 여성스럽지 못하다는 말을 계속 들어왔다. 무슨 여자애가 덩치가 그리 크냐고, 무슨 여자애가 밥을 그리 많이 먹으며 무슨 여자애가 힘만 무식하게 세고 무슨 여자애가 얼굴이 남자처럼 생겼냐고. 살 빼. 그래야 남자에게 사랑받지. 남자는 연약한 여자를 좋아하는 거야, 여자의 덩치는 남자에게 싸게 팔려가기나 하는 단점일 뿐이야, 말 잘 듣고 예쁘고 연약해야 사랑받아.

희선 씨는 지금 그녀의 살이, 살로 덮힌 근육이 그 어느 때보다도 사랑스러웠다.

"비켜, 안 비켜? 전기톱에 맞고 싶지 않으면 다 꺼져어어!"

당신의 그를 저절로 사로잡게 만들어주는
특단의 사랑 비결 러브 포션

이상하게 손에 잡히는 무기들마다 착착 감겼다.

마법은 존재할까? 희선 씨는 모른다. 아무도 모를 것이다. 마법이 실제로 존재하는가, 존재하지 않는가. 눈에 보이지 않는 에너지가 사람을 움직이고 기적을 일으키는, 그런 추상적이고 신비로운 일들이 세상에 존재하는가 혹은 존재해도 되는가. 희선 씨는 모른다. 아무도 모를 것이다. 그러나 희선 씨는 지금, 적어도 포션 값 십만 원의 효과만큼은 톡톡히 느끼고 있었다.

마법이 무엇인지 딱히 알 길이 없겠지마는, 심지어 사랑에는 실패하고 사랑 때문에 나락까지 끌려왔지만, 그 나락의 바닥에서 올라오는 로즈메리 향기가 지금 이 순간 그녀 자신에게 맑은 정신과 강인한 육체의 힘을 주고 있었다.

위이이잉.

전기톱이 맹렬한 소리를 내며 돌아갔다. 분노한 희선 씨의 전기톱은 마구 휘둘러지며 그녀를 에워싼 남자들의 피를 사방으로 뿌렸다. 비명과 욕지거리가 산을 가득 메웠다. 남자들은 악을 쓰며, 때로는 싹싹 빌며 그녀에게 그 톱을 거둬달라 말했다. 빠루와 야구 배트를 들었던 손목들은 잘려나갔고 어떤 자는 허벅지가, 어떤 자는 정강이가, 또 어떤 자는 다리 사이가 전기톱 날에 갈려 제각기 바닥을 뒹굴며 비명을 질렀다. 희선 씨는 그럴수록 미친 듯이 웃으며 그들을 사냥하듯이 출구 쪽으로 나아갔다.

김성택이 자리에서 일어나 희선 씨 앞을 가로막았다.

"제발! 제발! 자수할게! 자수할 테니까 그만해!"

"싫은데? 네가 날 가지고 하려던 게 바로 이거 아니었어? 왜, 본인들이 직접 당해보니까 못 견디겠니?"

"이건 미친 짓이야! 흐윽, 제발 그만해. 내려놔. 지금 네가 한 짓들 안 알릴게. 신고도 안 할거고. 나, 앞으로 네가 하라는 대로 다 할게! 자기야, 희선아, 제, 제바아알 아아악!"

그녀를 가로막던 김성택의 오른손이 전기톱의 거친 날에 잘려나갔다.

"사람을, 여자들만 골라서 그딴 식으로. 한 사람의 생활, 삶을 모조리 짓밟아 놓고 그걸로 돈까지 벌었으면서 니들은 사지가 멀쩡하길 바라? 남의 인생을, 씨발, 손가락 발가락 손목 발목 팔다리 하나씩 자르고 뜯어내듯이 그렇게 협박하고 착취해서 개짓거리를 해댄 주제에, 손발 자르듯이 사람의 존엄성을 잘라서 수많은 '구매자'들에게 팔아먹은 주제에 멀쩡히 살아나가길 바랐어? 남을 죽여놓고, 그것도 여자라는 이유로 사소하게 사랑을, 관심을 원했다는 이유로 그 모든 인생을 파괴하면서 온갖 범죄를 저지르고 죽어서까지 돈을 벌려던 주제에, 남은 평생을 행복하게 살길 바라? 감히?"

광기 어린 희선 씨의 말에 그들은 비명으로 대답했다.

희선 씨는 그렇게 산장을 빠져나와 고래고래 소리를 질렀다.

"살려주세요! 살고 싶어요! 불이야! 불이야!"

그날, 신고를 받고 출동한 경찰관들과 구급대원들은 성인용품과 피로 난장판이 된 한 산장을 습격했다. 도주한 생존자이자 최초 신고자, 양희선 씨는 등산로 바깥의 숲속에서 들리는 요란한 전기톱 소리를 통해 찾을 수 있었다. 그녀는 헝클어진 머리와 입에서 가득 흐르는 피, 알몸 위에 입은 가죽 점퍼라는 충격적이고 강렬한 모습으로 인해 오해를 받았다. 그리하여 희선 씨는 처음에는 수갑을 차고 경찰서에 들어갔다가, 곧이어 다른 놈들이 체포되면서 일단은 수갑 하나는 풀 수 있었다.

❖

"고생 많으셨어요. 정당방위는…… 보자, 다행히 김성택이 죽지는 않고 의식도 있고, 오른손 접합 수술은 실패했지만 하반신은 남은 살점을 모두 절단하고 잘 봉합했어요. 수술 후 보행기만 차면 보행도 가능한 상태라서 아예 불가능하진 않을 텐데, 그래도 어느 정도는 한국 법률상 과잉 방어가 적용될 거예요. 아무래도 남근만 깨물었으면 정당방위겠지만 고환까지 뜯고 뒤에 모조 성기를 꽂아서 항문을 파열시킨 건 직접적인 생존 위협이랑은 조금 거리가 있으니까요. 다른 가해자들도 최소한 전기톱에 손가락 하나씩이라도 절단 났으니 형량이 나오는 건 피할 수 없을지도 몰라요. 그래도 괜찮으시겠어요?"

"괜찮아요. 제가 그렇게 행동하지 않았다면 더 끔찍한 일을 당했을 거고, 여기 살아 있지도 못할 테니까요. 죽어서 귀신이 되는 것보단 감옥에 잠깐 들어갔다 나오는 게 더 낫지 않겠어요? 아닌가……. 전과 생기면 재취업 안 될라나……. 이번 프로젝트 되게 큰 건이고 마무리도 얼마 안 남았었는데……."

"심신미약과 적법행위의 기대가능성 없음을 강력하게 주장해볼까 하는데 어떠신가요? 피해 사실과 정황, 그리고 어느 정도의 자기방어가 필요한 상황이었으니 우선적으로 당연히 정당방위를 주장해야겠지만, 심신미약 상태가 인정되지 않으면 다른 정황들을 참작하더라도 완전한 무죄를 받긴 좀 힘들 수 있어요. 과잉방위는 범죄를 저질렀음을 일부 인정하되 그 책임과 벌을 경감하거나 면제해주는 거라서 위법성 조각사유 불인정, 즉 '죄가 있음'으로 취급되니까요. 가장 좋은 건 희선 씨의 용감한 대응이 경찰 선에서 정당방위와 긴급피난을 인정받아서 아예 불기소 의견으로 검찰에 송치되고 법정에 안 가는 게 최선이지만……, 아시다시피 우리나라 법은 정당방위를 잘 인정해 주지 않아요. 그래서 제가 형법 제21조3항을 근거로 '이성을 찾을 수 없을 만한 공포와 위협상황'이었다고 심신미약을 주장하는 솔루션을 낸 거예요. 제21조2항이 '방위행위가 그 정도를 초과한 때에는 정황에 의하여 그 형을 감경 또는 면제할 수 있다.'이고, 과잉방위에 관한 조항이면 '전항의 경우에 그 행위가 야간 기타 불안스러운 상태 하에서 공포, 경악, 흥분 또는 당황으로 인한 때에는 벌하지 아니한다'가 제21조3항의 내용이니 딱 희선 씨 같은 케이스죠. 전문용어로는 '면책적 과잉방위'라고 합니다. 우리 이걸로 한번 밀고 나가 보시죠."

"확실히 그땐 '살아야겠다'라는 생각이 제일 먼저 들었어요. 살기 위해선 여길 빠져나가야 하는데 사방이 다 저를 해치려고 모인 자들이라 공포와 경악과 흥분이 올라오는 건 당연하죠. 그놈이 카메라 켜고 말했던 살해 예고가 결정적인 증거일 거예요. 다 남아 있죠?"

"증거는 전부 남아 있습니다. 너무 걱정하지 마세요, 희선 씨. 괜찮아질 겁니다."

희선 씨는 아직 감정을 잘 다스리지 못했다. 사건의 충격이 커서였는지 웃기도 하고 울기도 하며, 차분하고 이성적인 상태와 분노에 차서 울부짖는 상태를 몇 번씩이고 오가기도 했다. 생존자이기에 어쩔 수 없이 일어나는 외상 후 스트레스 장애에 대해 해줄 수 있는 말은 "최선을 다해 당신이 얻은 새 삶을 감옥이 아닌 사회에서 꾸려나갈 수 있게 도와주겠다"라는 것뿐이었다.

"희망적인 소식이 있어요. 이런 걸 희망적인 얘기라고 해도 괜찮을지 모르겠지만, 최소한 우리 쪽에는 아주 유리하게 적용될 수도 있는 소식이에요. 희선 씨가 잡은 놈이 현재 경찰도 수사에 난항을 겪던 디지털 성범죄조직의 총책 우두머리였던 것으로 밝혀졌어요. 기사 보셨죠?"

"그놈이 그런 놈인 줄은 저도 몰랐었어요. 하지만⋯⋯ 저, 그래도 복직은 해야 하는데⋯⋯ 이게 이렇게 전국에 다 알려져 버렸으니 어떡하나요⋯⋯. 제가 이상한 걸 믿고 주술 같은 걸 해버렸다는 게 알려졌잖아요⋯⋯."

"에이, 희선 씨! 그때 경찰 아저씨가 해주셨던 말, 다시 한번 말씀해보시죠!"

"크흐흠, 대한민국은 종교의 자유가 있는 나라입니다. 하지만 남을 협박하고 타인의 성을 착취하며 살인 모의를 할 자유는 대한민국에도, 그 어느 나라에도 없지요. 앞으로도 소수 종교적 신앙 때문에 김성택이 같이 협박하는 놈이 있다면 언제든 경찰에 먼저 신고를 하세요. 우리 경찰 공무원들이 나라의 녹을 괜히 먹는 게 아닙니다. 알았죠?"

경찰 아저씨의 성대모사를 하며 까르르 웃는 희선 씨는 한결 밝은 표정으로 쿠키를 씹어 먹었다. 박 변호사는 희선 씨의 정당방위와 긴급피난 요건이 충분히 적용되어서 운이 좋으면 무죄, 운이 나빠도 집행유예로 나올 가능성이 충분하고 회사에서도 복직을 환영한다는 희망적인 이야기를 희선 씨에게 전했다. 김성택은 금수저도 정관계 유력 인사를 알지도 못하는 지질이였으며, 그놈을 '사로잡은' 덕분에 악성 성범죄자들도 줄줄이 연루되어 검거 중이라는 소식도. 범죄자 김성택은 심지어, 공범 신미나의 이름으로 열 개의 생명 보험을 가입해놓았다고 했다. 그 사실에 분노한 신미나는 김성택을 비롯한 성범죄 가해자들에 대한 진술을 낱낱이 털어놓고 증거물들을 모조리 제출했다.

"감사합니다. 변호사님. 저, 이제 아무것도 두렵지 않아요. 제가 변호사님같이 좋은 분을 만난 것도…… 마법일까요? 아니면 우연의 일치일까요?"

"글쎄요. 저는 법은 알지만 마법은 잘 몰라요. 그렇지만 희선 씨가 더 나은 삶을 살기 위한 힘을 얻었다면 그것만으로도 충분히 마법 같은 일이 벌어졌다 할 수 있지 않을까요?"

희선 씨가 집으로 돌아간 직후, 사건 현장의 바닥에서 검출된 문제의 마법 포션과 포션의 본품을 분석한 국과수의 결과지가 변호사 사무실에 도착했다. 포션에는 그 어떤 마약성 물질이나 환각 물질도 들어가 있지 않았다. 희선 씨에게 힘과 용기를 주었던 러브 포션은 로즈메리를 비롯한 몇 가지 에센셜 오일들과 인체에 무해한 허브, 산패 방지를 위한 비타민E 오일과 에탄올 등을 향기롭게 섞어놓은 평범한 향수였다. 포션을 만드는 작업실도 어느 평범한 아로마테라피숍이었을 뿐 수상한 증거는 일체 발견되지 않았다. 제작자는 참고인 조사에서 자기가 믿는 신비주의적 자연 친화 신앙 체계의 종교의식을 간단하게 치렀다고 밝혔다. 수사관들이 입회하여 의식을 참관하고 가게와 작업실을 수색한 결과도 마찬가지였다. 포션의 축성 의식은 일체의 반인륜적이거나 비위생적인 행위 없이 아주 조용하고 소박한 기도 의식이었다. 의식에 들어가는 재료 또한 식약처에서 금지하는 불법적인 물질

없이 그저 아로마 기름 몇 방울과 공장제 향초, 숍 주인과 동업자가 미국 하와이에서 기념품으로 구매한 커다란 수정 구슬 한 알과 톡 튀어나온 뽕주둥이가 매우 귀여운 하와이안 몽크 물범 봉제 인형 한 개뿐이었다.

　집에 돌아가는 희선 씨의 밝은 미소를 떠올리며 박 변호사는 흐뭇한 마음으로 희선 씨가 선물한 로즈메리 오일을 아로마 램프에 떨어뜨렸다.